I Narratori / Feltrinelli

GW00544234

GIANNI CELATI
CINEMA NATURALE

Feltrinelli

© Giangiacomo Feltrinelli Editore Milano
Prima edizione ne "I Narratori" gennaio 2001
Seconda edizione marzo 2001

ISBN 88-07-01585-4

Notizia

Questi sono racconti scritti nell'arco di vent'anni, poi riscritti a lungo per tenermi occupato e vedere cosa succede. Perché scrivendo o leggendo dei racconti si vedono paesaggi, si vedono figure, si sentono voci: è un cinema naturale della mente, e dopo non c'è più bisogno di andare a vedere i film di Hollywood.

Sono racconti di studenti e girovaghi, di qualcuno che vuole diventare santo nel deserto e qualcun altro che si perde correndo dietro alle voci, d'un ragazzo che corteggiava sua mamma e d'un mendicante che diceva di aver parlato con Dio, senza trascurare la donna che a forza di parlare al telefono metteva i suoi pensieri nella testa di un altro. Poi c'è la storia della prima volta che sono sbarcato in America, la storia di una celebre modella, e infine il racconto di Cevenini e Ridolfi che si perdono in Africa.

Se questo libro potesse parlare, interrogato sulla sua vita, credo risponderebbe come il pellegrino Dante Alighieri: "Veramente io sono stato legno sanza vela e sanza governo, portato a diversi porti e foci e liti dal vento secco che vapora la dolorosa povertade" (*Convivio*, I, 3).

COME SONO SBARCATO IN AMERICA

Un personaggio di nome Giovanni, che conosco benissimo, qui racconta come è sbarcato in America la prima volta, ai tempi della sua giovinezza. Già in aereo e molto prima dello sbarco aveva l'idea di scrivere una lettera per raccontare le sue esperienze di andata in un altro continente. Il viaggio era stato lungo e avventuroso, perché si trattava d'un volo a basso prezzo in partenza dall'Inghilterra, con un aereo vecchio che aveva avuto un guasto ed era stato costretto a una lunga sosta in Islanda. Ma Giovanni non era disturbato da quello, e neanche dalla sosta in Islanda, dove aveva dormito su una panca quasi tutto un giorno. Anzi, era contento, perché se il viaggio fosse stato normale, la lettera che doveva scrivere avrebbe avuto un inizio molto meno interessante. Poi man mano che lo sbarco si avvicinava, con i cigolii del vecchio aereo e le facce preoccupate dei passeggeri, era sempre più impaziente di scrivere la lettera per raccontare le sue esperienze, anche se non sapeva a chi dovesse scriverla.

Nel lungo tragitto sul pullman che portava dall'aeroporto alla stazione delle corriere, si è accorto di non avere la penna né la carta per scrivere. Lui era sveglissimo per la fregola di raccontare lo sbarco in un altro continente, mentre i suoi compagni di viaggio dormivano della grossa nel buio del pullman, dopo una trasvolata di quasi trenta ore. Ogni tanto qualcuno si alzava all'annuncio d'un numero di strada gridato dal guidatore, e scendeva nella notte a una fermata come un sonnambulo. E anche lui è sceso non so come al posto giusto, come un sonnambulo che non capisce le parole ma riesce a trovare lo stesso la sua strada.

Verso le tre di notte non c'era anima viva nella grandissima stazione delle corriere, echeggiante a ogni passo. Si sarebbe volentieri seduto a scrivere, per raccontare i suoi pensieri, ma non aveva la penna. Nella stazione di Port Authority non sapeva dove andare, nessuno in giro per informarsi. Col pesante valigione da tirarsi dietro, valigione di quelli vecchi di fibra rigida, si muove verso una luce là in fondo.

Avvicinandosi vede che si tratta d'un piccolo bar, sotto la grande arcata, ma stranamente pieno di gente a quell'ora di notte. È pieno di neri, tutti uomini neri in piedi a discutere animatamente, nei contorni del buio dove spicca la vetrina del bar. Intanto continua l'urgenza di scrivere la lettera; dunque l'unica cosa che ha in mente è di trovare una penna, sedersi e scrivere, per raccontare tutto, compresa la stazione vuota alle tre di notte. Così, dopo un po' di tentennamenti perché là dentro sono tutti neri, si decide a entrare nel bar.

L'ingresso lo ricorda bene, col suo valigione, solitario nella notte, che non capiva la situazione in quanto non combaciava con le sue idee. Ha fiutato qualcosa solo quando si è sentito addosso cento occhi che lo scrutavano poco amichevolmente. Dopo ha imparato a stare in campana in certe situazioni, perché allora i neri erano sul sentiero di guerra, e rientrando a casa di sera per una stradina poco frequentata sentiva spesso gridargli alle spalle: "Ehi, whitey, biancuzzo, mettiti a correre se non vuoi una fucilata!". E lui doveva scappare a gambe levate, per forza, vedendo un giovanotto nero a una finestra che gli puntava un fucile. Questo per dire il clima d'epoca, quando Giovanni fece il suo ingresso nel baretto di Port Authority, appena sbarcato.

Tirando il valigione va verso il barista che lo guardava con occhi da trucido, da vero trucido e per giunta nerissimo. Riesce a balbettare: "Un caffè". Paga il caffè e il barista fa: "Gimme a dime". Vuole una moneta da 10 cent come mancia. La esige con voce bassa e gelida. Ma Giovanni non aveva quella moneta. Tira fuori tutti i centesimi che ha in tasca, più monete varie europee, e rispettosamente posa i suoi spiccioli sul banco, chiedendo intanto al barista se non avesse per caso una penna.

Il trucido insiste: "Gimme a dime". Tutti quelli nel bar adesso scrutavano Giovanni di traverso come per giudicare le sue colpe. E qui diventa chiaro che la mancanza di quella moneta vuol dire molto più di 10 cent. Vuol dire che lui lascia al barista solo le briciole che il bianco getta al nero, invece di pagargli la mancia dovuta con un onorevole dime. Un dime è un dime, non sono dieci centesimi sparsi. Questo è il punto della questione che si profila nella sua mente. Allora conta i centesimi sul banco, che sono più di dieci, ma non nella moneta richiesta, purtroppo, e allarga le braccia a implorare comprensione.

Qui il barista nero diventa pacifico e sereno, raccoglie tutti i centesimi nel palmo della mano e gli fa: "Cosa volevi?". Giovanni: "Una penna". L'altro lo fissa dritto negli occhi, poi gli scaraventa in faccia tutti i suoi centesimi, che per poco non gli accecava una pupilla. Saltiamo la tremarella alle ginocchia, la fuga tirando il valigione verso le pensiline delle corriere, che non so come le abbia trovate. Il momento più incerto della notte, sempre come un sonnambulo.

Verso le quattro ha preso una corriera, perché doveva andare in campagna. Sulla corriera dormivano tutti. Intanto l'urgenza di scrivere una lettera era diventata molto più forte, dopo l'avventura col trucido nero nel bar. Quella era un'esperienza da raccontare al più presto, affinché i suoi connazionali sapessero a quali pericoli si esponeva andando in un altro continente. Voleva scriversi l'esperienza ancora fresca sull'ultima pagina d'un libro che aveva a portata di mano, in mancanza di carta. Ma quando si alza dal sedile per chiedere al guidatore della corriera se aveva una penna da prestargli, l'altro gli ha detto che doveva stare seduto al suo posto ed era proibito parlare al conducente.

Più gliene capitavano e più il bisogno di scrivere cresceva, a parte la tremarella che aveva ancora addosso. Ma sia chiaro che il pericolo corso non gli dispiaceva, perché così la sua lettera sarebbe stata più interessante, caricando un po' la situazione e magari raccontando che tutti quei neri nel bar volevano picchiarlo. Nel buio a tratti illuminato da insegne di motel lungo la strada, non riusciva a star fermo nello stretto sedile, con un tizio che gli dormiva su una spalla. Componeva mentalmente la sua lettera, sempre più eccitante, dove lui si difendeva da un assalto di neri furiosi nel bar e riusciva a scappare via dopo avergliene dette quattro.

Nel primissimo mattino sbarca in una landa deserta, in una sala d'attesa piena di gente che dorme sulle panche. Il paesino dove doveva andare era a quattro chilometri su per la collina. Lì c'era solo una baracca di legno, fatta con assi malamente giuntate, fermata d'autobus in aperta campagna. Giovanni non aveva mai visto una simile congrega di derelitti, barbuti straccioni, donne disfatte, vecchie ossute, bevitori di birra, gente che parla da sola, obesi mansueti, magri stizzosi, come in quella fermata di campagna. Era quella l'America? Nella lettera doveva rettificare subito l'idea che si ha dell'America attraverso i film, dato che adesso aveva visto come stavano veramente le cose.

Un taxi scassato lo stava portando in cima alla collina, e qui lui voleva fare esercizio di lingua, mettersi a parlare come gli americani, chiede al taxista: "Scusi, ce l'avrebbe una penna?". Il taxista non capiva quella parola: "Cosa?". "Una penna." Sembrava che non avesse mai sentito parlare di penne, per cui scuoteva la testa. Non voleva sapere cosa gli stava chiedendo, voleva solo fargli sapere che non c'era modo di intendersi. Il nostro eroe ha lasciato perdere, avendo compreso che tipo era il taxista. Non capiva neanche la parola "italiano", continuava a chiedergli: "Che nazionalità?".

Arriva a destinazione, davanti a una vecchissima casa tutta di legno, clapboard house si dice là, cioè rivestita di assicelle in aggetto spiovente. Casa campagnola con portico a loggia, le finestre tipo mansarda che sporgono dal tetto, sormontate da un tettuccio ad angolo acuto, e torretta su un lato. Era una casa che forse risaliva a quando in quel paesino si facevano i primi film western. Sì, perché quel paesino era stato la capitale del cinema, prima che sorgesse Hollywood: cosa che pochi sanno, ma va tenuta in mente.

Anche quella era una notizia interessante da scrivere, e avrebbe fatto colpo, magari aggiungendo che una famosa diva del cinema aveva abitato nella sua casa, agli albori del secolo. Ma in quel momento Giovanni aveva altro da pensare. Non vedeva nessun campanello, e non sapeva come entrare a prendere possesso della sua stanza. Bussa alla porta molte volte e nessuno viene ad aprirgli. Nessuno in giro per la strada in discesa, cosa fare?

Intanto la sua lettera si espandeva sempre di più, perché raccontava tutto quello che gli era successo e anche quello che gli stava succedendo, la diva del cinema e il resto. Adesso Giovanni aveva una vera esperienza alle spalle, cominciando dal nero trucido per finire al fatto che nelle case americane di campagna non c'è campanello e nessuno ti apre. Se però gli fossero venuti ad aprire sarebbe stato meglio, e nella lettera avrebbe potuto inventar qualcosa di più eccitante da raccontare ai propri connazionali.

Si è seduto sulla valigia, non nel portico, ma davanti al portico, fissando la porta nella speranza che uscisse qualcuno e lo facesse entrare. Un altro barlume su quella mattina lunghissima, è un'idea sorta nella mente del narratore per risolvere la situazione. Se imparava a memoria la lettera da scrivere, frase per frase, poteva rimediare alla mancanza di penna. Buona idea. Però così la lettera si allungava ancora di più, perché nell'attesa raccontava l'attesa, la stanchezza dopo tre giorni di viaggio, la porta che non si apre, eccetera.

A un certo punto Giovanni si è stancato di aspettare, senza avere altre esperienze più emozionanti. Allora nasconde la valigia dietro una rientranza nel portico e si avvia a piedi verso il centro del paesino sulla collina. Cammina sulla strada centrale, tra basse case di legno, negozi chiusi. Fin qui niente da dire, e che in quel posto giravano i primi film western l'aveva già detto nella lettera, mentre era seduto sulla valigia.

Tutti i negozi chiusi, tranne quello d'un barbiere, là in

fondo. Lui aveva la barba non fatta da tre giorni, dopo il viaggio dall'Italia, il treno fino in Inghilterra per prendere l'aereo, e la lunga trasvolata. Decide dunque d'entrare a farsi radere la barba, così intanto poteva chiedere dove vendono carta e penne. Ma la lettera doveva chiudersi qui, ne aveva già dette troppe di cose interessanti. Doveva chiudersi al momento preciso in cui Giovanni si sedeva sulla poltrona girevole del barbiere, finalmente un po' tranquillo e fiducioso.

Entra e fa la sua richiesta di essere sbarbato, con aria disinvolta, buon inglese. Il barbiere erculeo, però, sentendo che voleva farsi radere una barba di tre giorni, non è rimasto per niente contento. Dice che lui la barba non l'ha mai fatta a nessuno, lui taglia i capelli e basta. Dice che là ognuno la barba se la fa a casa sua, e ci mancherebbe che i barbieri americani si abbassassero a far la barba ai clienti. Ma da dove veniva? "Dall'Italia." Il barbiere erculeo non ha più sopportato di vederlo nel suo negozio neanche per un attimo, e gli faceva gesti di andare via in fretta.

Per strada si è messo a correre, a grandi falcate, mentre la sua lettera si allungava spropositatamente con l'imprevisto del barbiere scandalizzato, che era un'esperienza da raccontare subito ai suoi connazionali. Anche qui ci aveva già aggiunto qualche tocco più eccitante, ad esempio il fatto che il barbiere fosse un tipo erculeo, mentre forse era solo un tipo medio. Ma la cacciata dal negozio doveva gonfiarla un po', pensando a eventuali lettori. E il narratore correva eccitato dall'avventura, quasi direi con la criniera al vento, per rendere l'idea. Anche perché quel giorno era la vigilia del giorno del Ringraziamento, come gli aveva detto il barbiere, e Giovanni aveva già capito che non c'era modo di comprare una penna fino alla settimana dopo.

Ha passato due giorni a letto, nella casa di legno, dove la porta era sempre aperta. Uno poteva entrare quando voleva, bastava spingere la maniglia. Un biglietto lo aspettava sul tavolo per dargli le istruzioni, la sua cameretta lo aspettava al piano di sopra, il cibo lo aspettava nel frigo dell'interrato. Grande casa con cucina nell'interrato, tutto molto americano. Ma non c'era nessuno nella casa. Gli altri inquilini studenti erano tornati in famiglia per la festa del Ringraziamento. Nelle loro camere, per quanto frugasse, non riusciva a trovare una penna. Come scrivevano da quelle parti? Solo a macchina.

Però le macchine da scrivere americane non hanno i tasti disposti come le nostre, e Giovanni si è subito confuso. Doveva cercare ogni lettera per un bel pezzo sulla tastiera, e lo innervosiva il fatto che per scrivere una frase sulle sue esperienze ci volesse mezz'ora. Con tante cose interessanti da dire, che forse poteva già lanciarsi nella carriera letteraria, scrivendo un volume sulla vita in America, guarda che situazione! Dopo un'ora di tentativi, con la macchina da scrivere trovata in una camera, aveva composto due frasi incomprensibili, per tutti i tasti sbagliati che gli capitavano sempre sotto le dita.

Gli è venuta la stanchezza massima, lo scoraggiamento sul suo futuro, con anche il sudore alla fronte per quella lettera che non veniva fuori. Ed è crollato nel sonno, nel suo letto, nella sua stanza. Saltiamo i sogni che ha fatto, benché se li ricordi benissimo ancora oggi. Erano sogni che Giovanni sognava di mettere nella sua lettera, però nel sogno mentre sognava di scriverli si accorgeva di non avere la penna.

Si è alzato nel giorno del Ringraziamento, verso sera, ed è andato a fare un giro per le strade vuote, alquanto depresso. Ricorda le strade vuote, un cane che passa, e poi quel canto del gallo che ha udito in distanza per la prima volta nell'ora del tramonto, sulla via centrale. Gli è parso uno strano annuncio. Ormai non ci pensava più alla sua lettera, era rassegnato e impietosito di sé, perché il suo futuro stava andando a rotoli, chiaramente.

Là in fondo il paesino andava in salita, su per la collina. Ma quando in cima al paese ha visto il panorama che si stendeva in basso, un panorama di meraviglie, con tre laghi allungati come dita della mano, e tutto intorno boschi che avrebbe voluto attraversare a piedi per giorni e giorni, ah! ecco che è tornata la voglia di scrivere più forte che mai. Voglia e disperazione, o qualcosa del genere. Tanto che tremava tutto, posso assicurarlo, come quando si concupisce una donna, o come quando viene una fame spasmodica in cima a una montagna, per fare un esempio.

Sono cose che succedono, quando c'è la voglia di scrivere qualcosa che in quel momento sembra assolutamente decisivo, sembra che la tua vita dipenda da quello, eccetera. È uno dei deliri che viene dall'essere soli, soli con la propria cosiddetta esperienza, che poi non si sa bene cos'è. Al suo paese, in una situazione del genere, lui sarebbe andato a ficcarsi in un cinema. Lì cinema non ne vedeva, anzi non ce n'erano proprio. Allora girava a caso, senza saper dove andare, turbato da quel panorama bellissimo che aveva visto in cima al paese, oltre a tutto il resto, fin dall'aereo. E qui di nuovo, a questo punto, ecco che sente lo strano canto del gallo che sembrava l'annuncio di chissà cosa, e quasi un annuncio dell'aldilà.

Ci sono vari racconti in cui qualcuno sente un gallo cantare così, quasi come un annuncio dell'aldilà, ma Giovanni a quei tempi non li conosceva. Comunque, il canto d'un gallo al tramonto, in un paesino tutto vuoto, fa un certo effetto. E dopo non so come sia successo, trascinando i piedi dietro il canto del gallo, che il narratore e protagonista di questa storia si è ritrovato a casa di una donna. Ossia: come ha fatto a trovare la strada della donna con cui era in corrispondenza, se non conosceva per niente il paesino? Può darsi che sia successo un altro giorno? Mi pare di no, doveva essere la sera del giorno del Ringraziamento.

Quella donna era un'italiana sposata con un americano, e non so più chi avesse dato a Giovanni il suo indirizzo. Lui le aveva scritto, lei gli aveva trovato posto nella grande casa di legno, abitata da cinque o sei studenti. Ma ora, malmesso nel vestiario e stanco per il viaggio, il narratore si trova seduto in un salotto a parlare con quella donna. La quale gli è subito piaciuta poco, perché faceva troppe smorfie, e stava attenta se lui le guardava le gambe che teneva accavallate, e in più aveva l'aria di essere un po' ciucca. Con il tipico slur di pro-

14

nuncia, e blur di frasi, che hanno gli ubriachi in America.
Certo, poteva anche essere una cosa da scrivere ai suoi connazionali, ma lui aveva dei dubbi se metterla nella lettera.

Aveva il sospetto di non farci una bella figura, in quella casa trasandata, a tu per tu con una donna ubriaca, di mezz'età, che voleva raccontargli le sue disgrazie in modo intimo. Sì, perché s'era messa subito a spiegargli che suo marito andava a letto con una ragazza di vent'anni, e aveva smesso di far l'amore con lei, e poi l'aveva lasciata, e lei era sola, nessuno andava a trovarla. Tra l'altro, ogni tanto si alzava e andava nell'altra stanza a bersi un cicchetto, io credo. Ogni volta che tornava, lo slur o il blur della sua parlata diventava più schietto, e le occhiate per vedere se lui le guardava le gambe meno discrete.

Poi si è messa a farfugliare. Diceva che lui poteva stare da lei, che lei voleva tenerlo a pensione, ora che aveva la casa vuota, perché suo marito l'aveva lasciata per andare con quella cagna di vent'anni. Secondo lei Giovanni avrebbe dovuto abbandonare la sua stanza nella casa di legno, dove aveva abitato una famosissima diva del cinema, agli albori del secolo, per trasferirsi in quella trasandata dimora che sapeva anche di chiuso, piuttosto deprimente.

Più passavano i minuti, più cresceva nel narratore la voglia di scappar via. Quando la donna tornava a sedersi davanti a lui, dopo un cicchetto, lui doveva girare gli occhi altrove fingendo di trovare il salotto di buon gusto. Gli dava noia con le sue occhiate per capire se lui le spiava le gambe quando le accavallava, e poi con le storie su suo marito che andava a letto con la ventenne e aveva smesso di far l'amore con lei. Ci tornava sempre sopra su quel punto. Ma ancora di più gli dava noia con le insistenze da ubriaca, per convincerlo a trasferirsi nella stanza al piano di sopra.

Di sicuro non era un'esperienza da mettere nella lettera. Va bene che erano in America, e a parlare di cose americane si fa sempre colpo. Ma a un certo punto quella lo tirava anche per una mano: "Su, su, vedrà come le piace la stanza!". Ha dovuto andar a vedere la stanza di sopra, ancora meno eccitante del salotto. Stretta stanza sotto il tetto, con uno stretto lucernaio come unica apertura, invasa da orsetti di pezza, pupazzetti, statuette, fotografie di lei quando era giovane: "Vede com'ero bella da giovane?".

Anche nelle foto da giovane, a lui sembrava ciucca e con le stesse smorfie di adesso. Rivede un po' la scena. Non c'era aria nella stanzetta, odore di chiuso, neanche spazio per starci in due tra il letto e il muro. Ma lei continuava a stargli addosso per convincerlo, sia che da giovane lei era bella, sia che la stanzetta era di suo gusto, del narratore. Poi mi pare che traballasse un po', la signora. A tratti doveva appoggiarsi per tenere l'equilibrio. Lui diceva sempre: "Sì sì", cercando di scansarla, perché gli veniva addosso di peso.

Situazione imbarazzante, così corpo a corpo, vicini al letto, ci mancava poco e si precipitava nella copula. Ma si vede che lui si è sbagliato in una risposta, su una delle due cose che lei ripeteva per convincerlo. Cioè deve aver detto di sì sulla stanzetta, credendo di dir di sì sulla bellezza di lei da giovane, tanto perché la piantasse di appoggiarsi a lui con tutto il corpo nelle onde da ciucca. È andata così. Non sono precipitati nella copula, ma Giovanni ha detto di sì sulla stanzetta, e adesso lei non lo mollava più. E lui, che voleva stare nella casa di legno dove aveva abitato una famosissima attrice, e scrivere nella lettera che dormiva nella stessa stanza della famosissima attrice, ha dovuto dire che si trasferiva nel bugigattolo di quella donna ciucca.

Naturalmente dopo lei era così contenta della vittoria, che non solo gli metteva le braccia al collo, ma gli dava anche dei baci di consolazione. Si era sull'orlo del fatto carnale. "Va bene, va bene, a domani." La ciucca insisteva che restasse lì a dormire, poi chiedeva: "Non ti piaccio? Sono troppo vecchia?". "No, no, ma devo andare, torno domattina con la valigia." Appena per strada Giovanni sentiva il disastro delle sue aspettative di vita, la fine d'una carriera di scrittore di interessanti cose americane, la perdita irreparabile della gloria di abitare nella casa di una antica diva del cinema, che era un'invenzione notevole, da scrivere nella let-

16

tera. Invece gli sarebbe toccato dormire tra gli orsetti, pupazzetti, foto, e magari anche tra le braccia di questa signora Jones, o Johns, o Newman, o come si chiamava la desolata signora.

A parte anche i pasticci della copula, non era un'esperienza nel senso che intendeva l'eroe e narratore della presente storia. È vero che ognuno si inventa le sue esperienze di vita come gli pare, e lo fanno tutti appena aprono bocca, nessuno escluso; ma c'è sempre bisogno di qualcosa che ti ispiri l'inventiva. E la casa di quella povera donna abbandonata, indubbiamente in cerca d'amore, ma troppo triste e troppo pressante per il nostro Giovanni, non poteva ispirargli niente di avventuroso da scrivere.

Ma ora, di nuovo, mentre va rimuginando sul fatto, si ode quel canto del gallo in lontananza, nelle strade vuote, ormai quasi buie. Se era un cattivo augurio, lui voleva capire da dove venisse, e perché lo avesse guidato a farsi accalappiare da quella signora. Perché era stato il canto del gallo a guidarlo là, non si sa come, e adesso però risuonava in una direzione tutta opposta, dall'altra parte della collina.

Lui pensava che dovessero esserci degli orti da quella parte, case contadine o qualcosa di simile, con galline e altro bestiame, tra cui un gallo che canta sempre. Segue quell'onda, segue quel pensiero, per le strade vuote, già stanco di essere in America, esposto a tanti inconvenienti. Già si sta chiedendo perché è venuto lì, chi glielo ha fatto fare. Che ci sia venuto soltanto per raccontare agli altri le sue esperienze, e darsi un po' di arie? Non è un'idea da scartare del tutto, e andiamo avanti.

Qui non ricorda niente, non sa quale strada abbia preso in quel paesino sconosciuto. Una strada che va verso l'aperta campagna, ma anche quella con le solite casette di legno, e poi nella sera qualcosa che non aveva mai visto. Uno di quei ristoranti chiamati diner, aperti a tutte le ore, fatti a forma di carrozze ferroviarie, ora scomparsi quasi dovunque. Era un carrozzone rivestito di alluminio, con tutti i bordi arrotondati come le corriere americane. Dentro, tavolini stretti dove infilarsi, un piccolo juke-box per ogni tavolino, un finestrino stretto per guardar fuori, tipo oblò.

Non c'era nessuno nel diner, quando è entrato. Forse aveva in mente di chiedere una penna, scrivere sul tovagliolo. Ma il cameriere lo teneva d'occhio, erano soli. Giovanni doveva mostrargli che beveva volentieri il caffè, che non era di suo gusto, ma l'altro veniva sempre a chiedergli se ne voleva ancora, e lui straniero doveva dirgli di sì. Poi, tra un caffè e l'altro, dopo aver chiesto un sandwich tanto per darsi un contegno, l'eroe e narratore della presente storia si è accorto di qualcosa.

Bisogna dirlo con calma, è un momento cruciale. Intanto si tenga presente che era la sera del giorno del Ringraziamento, e che stando ai costumi locali quel diner non avrebbe dovuto essere aperto. Perché era aperto? Esisteva quel diner? O era qualcosa che andava assieme al canto del gallo, un richiamo dell'aldilà? Il cameriere, ad esempio, aveva un po' la faccia da morto. Si tenga anche conto che Giovanni continuava a udire il canto del gallo, a tratti, là fuori, nella notte, attraverso lo stretto finestrino a forma di oblò.

Poi ha cominciato a sentire una voce che gli parlava. La voce era vicina, come se uno si fosse seduto al suo tavolo, o come se uscisse dal juke-box. Cosa impossibile, lo so, e qua ho paura che sembri solo una stramba fantasia. Ma tutto ciò va pensato a distanza, dopo anni a chiedersi se quel diner sia mai esistito, e se si è mai ascoltata una voce del genere. In breve, solo dopo molto tempo Giovanni ha capito che la voce che gli parlava quella sera era la voce dei momenti vuoti, quando tutto ha poco senso, l'eternità ondeggia in apnea sopra la tua testa. Cioè, mi spiego meglio, l'eternità ti sorvola la testa, portando una brezzolina come le ali d'un angelo, proprio perché in quel momento non hai niente da fare, non hai nessuna esperienza da raccontare ai tuoi connazionali.

Poniamo che la voce sentita da Giovanni si chiamasse Jack. Ebbene, Jack gli stava parlando proprio di questo, e del fatto che i momenti vuoti, senza nessuna esperienza interessante, sono cose eterne che non si può neanche sapere se siano mai esistite. Infatti non le scrivono mai nei racconti, e anche i canti del gallo sono rari. Jack aveva idee chiare in materia, là a parlargli nel diner, mentre il cameriere con faccia da morto si era addormentato con la testa su un tavolino. Potrei dire di più, per dar l'idea della situazione: ad esempio che Jack aveva una camicia a quadri, un cappotto nero, gli occhiali, e parlava con accento strascicato che Giovanni stentava a capire.

Nel ricordo ora sta diventando tutto più chiaro. Il diner vuoto, il buio là fuori, il vento autunnale che sollevava la polvere e le foglie sparse sulla strada, le chiacchiere tra due estranei che non sanno cosa fare, seduti di fronte in quello stretto tavolino, col nostro narratore che forse pensava se scrivere tutto questo nella sua lettera. Poi Jack gli stava raccontando la sua vita: diceva che aveva una vita pacifica in quel paesotto, dove s'era sposato con una certa Jill, e al sabato pomeriggio andava con lei al country club. Al country club erano tutti gentili, lo trattavano con rispetto, gli chiedevano sempre se stava bene. Lui doveva solo stare attento a non farsi sorprendere con pensieri diversi da quelli del country club, altrimenti diventavano subito diffidenti.

Quel Jack con la camicia a quadri doveva essere un tipo rassegnato. No, non è la parola giusta, fa lo stesso. Comunque quando era nel country club doveva avere solo i pensieri del country club. Invece, a casa, ogni tanto guardava sua moglie con la voglia di strozzarla, perché lo aveva costretto a star lì in quel paesotto precluso tra i boschi, per guadagnarsi da vivere, comprarsi una casa di legno, fare figli, eccetera. Ma erano solo momenti passeggeri. Aveva capito che sua moglie era un animale fatto così, sempre pieno di scatenato ottimismo, che non avrebbe neanche afferrato bene perché lui voleva strozzarla, dato che le sembrava tutto in regola nella sua vita.

In generale andavano d'accordo, purché Jack non si facesse sorprendere con pensieri troppo diversi dal solito. Ma ecco la soluzione che aveva trovato, dopo anni di vita con la moglie, per non strozzarla. Bastava che tutto nella loro vita

19

fosse come un lungo momento vuoto, in regola, senza senso, senza attese, senza nessuna seccante storia da raccontare. Bastava riuscire a ficcare tutto, casa, moglie, lavoro, paesotto, country club, e anche se stessi, nel sacco dei momenti vuoti che nessuno ricorda mai. Diceva proprio così, Jack: "Lo ficchi nel sacco dei momenti vuoti che nessuno si ricorda, perché sono cose poco interessanti, sempre uguali, su cui non c'è niente da dire, ed è questa l'eternità".

Giovanni lo ascoltava molto incuriosito, essendo pensieri nuovissimi per lui. Ma doveva aver ancora in mente la donna che era andato a trovare, la quale mi sembra si chiamasse signora Jones, o un nome simile. Poco importa, tanto di lei il narratore di questa storia non sapeva cosa farsene. Anche lei era da ficcare nel sacco che diceva Jack, e non se ne parli più. Andare ad abitare nella sua stanzetta senz'aria? Presentarsi l'indomani con la valigia? Rischiare garbugli prevedibili, con una così? Qua bisognava adottare la tattica di Jack.

Il problema è sempre come riuscire a cancellare qualcuno dall'esistenza, senza ammazzarlo, s'intende. Cioè cancellarlo da qualsiasi racconto sulle tue interessanti esperienze di vita. Basta poco. Ad esempio basta tacere che si è andati in un certo posto, e dire che si è presa invece un'altra strada, finché ci si convince che è stato proprio così. Infatti poi l'eroe e narratore di questa storia non si è mai più ricordato della desolata signora Jones, se non come un pensiero inutile da cacciar via subito. E il canto del gallo che lo aveva guidato a casa sua, dopo gli è parso che l'avesse guidato a incontrare Jack, la voce dei momenti vuoti, che però andava cancellato anche lui dall'esistenza, essendo un tipo un po' troppo strano. Sono cose che non si possono spiegare ai propri connazionali, ma tante volte succede così.

Finalmente viene il lunedì mattina. Appena sveglio, il nostro Giovanni corre fuori di casa, come uno che scappi da un brutto sogno. Strade ancora deserte, perché al lunedì aprivano i negozi più tardi. Comunque aveva già adocchiato l'università dove doveva andare, proprio oltre il cucuzzolo del colle. Il grande campus celeberrimo, prato quadrangolare pieno di scoiattoli e scoiattolini detti chipmonks. Poi là davanti l'edificio di stampo classico delle Arti e Lettere, la sua meta.

Trova il dipartimento dove lo avevano assunto, al primo piano, su per una scalinata di marmo, poi a destra per un corridoio. Bussa a una porta a vetri. Segretaria alta e magra lo accoglie parlando in francese: "Bonjour, Monsieur, entrez...". A un certo punto ha avuto l'idea di aver sbagliato continente, e mi spiego. Quello era il dipartimento di lingue romanze, ma un dipartimento così raffinato che lì si parlava solo francese, e anzi, neanche il francese corrente. No, lì si doveva parlare soltanto il francese del Settecento, il migliore, la lingua di Voltaire, Diderot, Rousseau.

Questa regola l'aveva stabilita il direttore del dipartimento, signor Grossvogel, di origine tedesca. Il quale, uscito dal suo ufficio, ha dato il benvenuto a Giovanni in vecchio francese, ma molto in fretta perché aveva altro da fare. Comunque il nostro eroe ha fatto in tempo a capire come andavano le cose, e che doveva correre a leggersi Voltaire, Diderot, Rousseau, anche Montesquieu, prima di avere un'altra conversazione nel dipartimento, altrimenti lo consideravano uno da poco.

Naturalmente anche questa è un'invenzione per la lettera da scrivere, ma basata sull'impressione che gli è venuta entrando nel dipartimento. E siccome vengono impressioni del genere, perché non sfruttarle? Appena arrivati in un posto, le prime impressioni sono quelle che contano, si sa. Anche la segretaria alta e magra, di nome signora Garcia, di origine spagnola, parlava in quel francese del Settecento. Giovanni, fremente di scrivere la lettera, le ha chiesto: "Posso avere un po' di carta e una penna?". Lei gli ha corretto qualche parola francese troppo corrente, troppo popolare, ma gli ha dato quel che occorreva per scrivere.

Lui aveva addosso il tremore di quando si è a digiuno da un pezzo, con l'acquolina in bocca, la voglia di precipitarsi sul cibo. Però ora non c'erano più confusioni, la meta delle sue esperienze era solo la carta da scrivere. Così si precipita in una stanzetta con una risma di carta in mano, per scrivere almeno dieci lettere, per spiegare ai suoi connazionali tutto quello che gli era successo, che aveva visto, provato, sofferto, saltando naturalmente la desolata signora Jones. Insomma, la sua esperienza, pura e semplice, che si sapesse in giro. Si mette a sedere nello stanzino vuoto, pensa un po' come cominciare. Ha deciso di saltare il viaggio, di cominciare subito in piena azione, mentre parla col barista nero e trucido, perché così fa più effetto. Si stava per addormentare nei sogni dello scrivere, coi pezzi di frase che vengono giù sulla carta, gli amici lontani e irraggiungibili, il delirio di contatto con qualcuno che non sai neanche se ti leggerà. Non ricorda come cominciava la lettera, ma era già lanciato in quel furore, non un momento da perdere.

Cioè, non ricorda se l'ha mai cominciata quella lettera. Il fatto è che quasi subito è entrato nello stanzino un uomo a parlargli. Lui cercava di non ascoltarlo, che non spuntassero altre novità del giorno. Saluto svelto e basta, capo chino sul foglio, perché si capisca che ha altro da pensare. Non può lasciarsi distrarre proprio adesso, dopo tre giorni che aspetta quel momento. Però poi ha sentito che quello continuava a parlargli dall'altro capo della stanza, e gli parlava in italiano, per cui ha drizzato le orecchie e anche la testa.

Un giovannotone molto lungo, tutto calvo, sorriso bonario, gesti molto gentili, di nome Biasin, professore italiano. Si è presentato, dice che lo aspettava. Era l'unico del dipartimento che non parlasse in francese del Settecento, non so se per ignoranza o per poca volontà. Dice che era venuto apposta quel giorno per dargli il benvenuto nella loro università, in quanto Giovanni doveva lavorare con lui nell'insegnamento della cosiddetta lingua italiana.

Proprio una persona gentile. E appena gli ha chiesto come era andato il viaggio, Giovanni non si è più tenuto. In circa un'ora gli ha spiattellato tutto, episodio per episodio, tutto quello che aveva visto, vissuto, sofferto, a parte la signora Jones che aveva cancellato dall'esistenza. Tutto quello che doveva andare nella lettera gliel'ha raccontato a lui, in recita svelta avventurosa, poi ripetuto con commenti e divagazioni varie sull'America e sull'Europa, quando il Biasin l'ha portato a pranzo nel ristorante dei professori universitari. Qui si è seduto alla loro tavola un professore vecchio e sordo, e in omaggio a quel tizio sordo Giovanni ha infiorato ulteriormente la sua pericolosa avventura con il nero trucido, una cosa da film.

Nel pomeriggio, quando il Biasin lo ha portato a casa sua, continuava ancora a fargli dei racconti, poi ripetuti a cena per sua moglie, con altre nuove invenzioni eccezionali. Avrà parlato per circa dodici ore, senza fermarsi, ascoltato sempre gentilmente, finché è tornato alla sua casa di legno, ed era ubriaco di parole, perché aveva vissuto in un vero romanzo. E dopo si era dimenticato che doveva scrivere la lettera, l'idea non gli sfiorava più neanche il cervello. La sua testa si era svuotata di tutto. Tutti i suoi resti e avanzi li aveva sputati fuori, tutte le incertezze erano sparite, più niente da scrivere a nessuno. L'indomani ha mandato un telegramma ai suoi genitori: "Sono arrivato".

Bugli era infermiere in un ospedale, e assieme a tre altri infermieri passava la vita tra una baldoria e l'altra. Ai quattro infermieri piaceva mangiare bene, bere buoni vini e stare in compagnia. Ogni settimana organizzavano pranzi in qualche ristorante che fosse rinomato per le sue specialità, e godevano a passare la sera in battute spiritose attizzate dal vino. Ma soprattutto ai quattro infermieri piaceva andare con le donne, e ogni settimana organizzavano un'orgia con donne a mucchio in mezzo alla stanza, a cui saltavano addosso tutti assieme. Questa attività li divertiva moltissimo, anche perché non di rado si svolgeva con mogli di persone importanti dell'ospedale, sicché diventava ancora più eccitante quando si trattava di raccontarla ad altri.

La loro cittadina era un posto dove tutti facevano gli stessi discorsi, tutti conoscevano tutti, e tutti sparlavano degli altri come se fosse l'unico gusto della vita. Poi cosa c'era? Sì, le vacanze, la politica, le nuove automobili, il tale che restaurava una casa antica, il talaltro che apriva un negozio, qualcuno che si trasferiva nella vicina metropoli. I matrimoni, le separazioni, i litigi, le carriere di amici e conoscenti, come occasioni di chiacchiere. Ma se uno andava a guardare il passeggio sul corso, di sera alle ore sette, o nei giorni festivi, vedeva un grigio pezzo d'asfalto riempito da tanti capi di vestiario che i cittadini portavano a spasso, non sapendo cos'altro fare.

I quattro infermieri, con Bugli in testa, si davano da fare

al massimo per non annoiarsi. Tipi robusti e atletici, s'erano inventati un'arte della seduzione svelta che dava molti frutti. Con certe donne, soprattutto mogli di personaggi importanti e dunque ancora più noiosi degli altri, sapevano di poter giocare sul loro fondo di battute spiritose. Una battuta qui, una battuta là, per poi se abboccavano invitarle a un'orgia. Soprattutto bisognava far capire che il tedio della vita familiare e sociale è poco sopportabile, e che le orge erano più che altro un modo per mantenersi giovani.

Ma il miglior cacciatore di donne era senz'altro Bugli, detto il grande Bugli, più spavaldo degli altri, buon parlatore che aveva letto diversi libri e sapeva far bella figura con poche parole ben dette. Era lui che abbordava le mogli di dottori dell'ospedale, quando gli capitavano a tiro, fiutando subito se la cosa era fattibile al primo colpo d'occhio. Diceva che ci vuole il colpo d'occhio, e che dal modo di vestire e di guardare lui capiva subito se una donna ci stava. Però ci voleva un po' di garbo, che gli altri tre infermieri non avevano. L'invito doveva sembrare un invito mondano, buttato lì in modo casuale, ma più stuzzicante degli altri, si capisce.

I quattro infermieri avevano affittato una casetta vicino al fiume, dove avevano messo un grande impianto stereofonico con una massa di dischi per tutti i gusti, e un reparto con cibi e bevande afrodisiaci, o qualcosa del genere. Circolava nella città qualche voce sui raduni in quella casetta, ma in realtà nessun marito ne sapeva niente. I mariti importanti avevano altro da pensare. Varie mogli di dottori e professori noiosi, o di noiosissimi amministratori, restavano piuttosto soddisfatte, mi dicono, e ci tornavano volentieri.

Una volta il grande Bugli ha passato la notte in una di queste orge, con la moglie del primario del suo reparto ospedaliero, donna carnosa e voluttuosa. Ma uscendo nell'alba ha udito i propri passi risuonare nel vuoto. Allora gli sono venuti strani pensieri, che ha comunicato all'altro infermiere di nome Brizzi, con queste parole: "Io non capisco una cosa, Brizzi. Ogni volta che una donna ci sta, io mi sento un tipo speciale. Dopo poi vedo in lei solo un pezzo di carne cruda, ma intanto io mi sento un tipo speciale solo perché lei ci sta. Cosa vuol dire?". L'infermiere Brizzi, che credeva di averlo capito, ha risposto con queste parole: "Be', c'è gusto, no? Dove c'è gusto non c'è perdenza".

Quello era il motto dei quattro infermieri, che serviva a chiudere ogni discussione. Ma camminando nelle strade vuote, Bugli continuava ad avere gli strani pensieri, e ha detto così: "A pensarci bene io non sono mica un tipo speciale. Allora cosa importa se la moglie del primario ci sta o non ci sta? Non cambia mica niente. Anzi, io credo che quello che faccio lo faccio solo per credermi un tizio speciale, un maschio coi fiocchi. Lo faccio per credermi davvero il grande Bugli, e non una nullità come tutti". L'infermiere Brizzi, che credeva di averlo capito, gli ha dato ragione: "Be', anch'io vado con le donne per sentirmi un po' più in gamba, altrimenti cosa faccio?".

A questo punto è intervenuto un terzo infermiere, che seguiva i loro discorsi, e ha detto così: "Ma cosa state a menarvi il cervello con queste stupidate? Una donna ci sta, tu godi, poi vai a raccontarlo agli altri e gli altri ti prendono per un tipo speciale. Così sei soddisfatto, no? Cosa volete di più?". Secondo lui, negli ultimi tempi Bugli aveva letto troppi libri, e questi gli avevano dato al cervello. Può anche darsi che avesse ragione.

Camminando, gli infermieri erano arrivati vicino al ponte sul fiume che attraversa la loro città, e si sono fermati a fumare prima di salutarsi. Il fiume scorreva grigio di argille in sospensione, e Bugli non riusciva a levarsi dalla testa quei pensieri. Anzi gliene venivano degli altri ancora più insoliti, e ha detto: "Va bene, io mi sento un maschio coi fiocchi perché la moglie del primario ci stava. Ma guarda laggiù nell'acqua, vedi il ponte riflesso? Mettiamo che domani è nuvolo e tu non vedi più il ponte riflesso. Quel ponte lì è una cosa diversa da quando non c'è nessun ponte riflesso nell'acqua?".

Qui Brizzi ha capito di non aver capito niente, e chiedeva: "Cosa c'entra il ponte riflesso?". Allora Bugli ha spiegato il suo pensiero: "Te lo dico subito cosa c'entra. Perché se parliamo di riflesso, parliamo di una cosa che non c'è, anche se sembra che ci sia. Lo stesso noi quando ci sentiamo dei tizi speciali perché andiamo con le donne, anche se siamo solo degli scalzacani di infermieri. Capito? Cioè dopo che la moglie del primario c'è stata, io mi sento un tizio speciale, ma in realtà sono come quel riflesso nell'acqua, un niente".

"Ma no, tu sei il grande Bugli," risponde Brizzi. "E cosa vuol dire Bugli?" ha detto Bugli, "Bugli è un'illusione, non è un bel niente, te lo dico io!" Questa volta Brizzi è rimasto così perplesso che non ha più aperto bocca per il resto della nottata. Invece il terzo infermiere ha voluto esprimere la sua opinione: "Lo sai cosa ti dico, Bugli? Che io non sono un riflesso nell'acqua, e questi discorsi mi danno sui nervi. Perché noi quelle donne ce le siamo godute sul serio, altroché riflesso nell'acqua! Ma campiamo e facciamo le nostre cose senza tante rotture di coglioni, dico io! Dove c'è gusto non c'è perdenza". E così ha chiuso l'argomento.

Quell'anno i quattro infermieri hanno continuato la loro solita vita di baldorie, senza fare più cenno a discorsi del genere. Pareva che anche Bugli se ne fosse completamente dimenticato dopo le stranezze di quella notte. Le orge e i pranzi settimanali erano sempre allegri, ma i quattro pensavano anche a nuove distrazioni, e avevano l'idea di mettersi a fare dei viaggi all'estero. A parte Bugli, che era un po' più riservato del solito, gli infermieri dicevano che le donne in fondo non sono mica tutto. Anzi li avevano stancati, perché pensano solo a quella cosa, e alla fine con loro si fa sempre la stessa cosa. Ma il mondo è grande, dicevano, bisogna cercare altre avventure.

Nell'inverno hanno comperato una grande autoambulanza in svendita, arredandola con posti letto per poter fare viaggi in libertà. Hanno preso le loro ferie annuali in primavera e sono partiti in ambulanza verso la Tunisia, per visitare quel paese e attraversare il deserto. Qui salto gran parte del loro viaggio, visite ai mercati, mangiate nei ristoranti, e altre avventure del genere. Li ritrovo mentre stanno andando sull'ambulanza per zone desertiche, su piste incerte tra gli allagamenti della stagione primaverile.

Durante la sosta in un accampamento beduino, mangiano e bevono e sono in lieta conversazione. C'è solo da dire, a questo punto, che Bugli ha mangiato o bevuto qualcosa che l'ha fatto ammalare, dandogli una dissenteria continua e stroncandogli le forze. Così quando gli infermieri si inoltrano nel deserto di dune sabbiose, e cominciano a vedere i miraggi che baluginano sulla linea della terra, Bugli non può vedere niente perché è come in catalessi. Disteso nella cuccetta, sembra addormentato o svenuto. Intanto gli altri vedono miraggi d'acque e d'oasi all'orizzonte, e ogni volta rimangono sorpresi accorgendosi che non corrispondono a niente. In particolare l'infermiere Brizzi rivolge un pensiero all'amico Bugli: "Meno male che dorme. Se fosse sveglio, magari gli sembrerebbe che tutto è un'illusione e comincerebbe a dire che anche noi siamo dei riflessi e tutto il resto". Gli altri infermieri hanno riso, rievocando le strane idee che erano spuntate nella testa del collega Bugli, dopo un'orgia con donne di prima qualità.

I tre si erano risolti a pensare che, se lui voleva considerarsi una nullità, non era mica il caso di contraddirlo. Però Bugli non aveva più tirato fuori discorsi del genere, e i suoi amici non sapevano se ci pensava ancora. Quanto a loro, erano contenti di andare in viaggio, parlando rumorosamente e ridendo di tutto, in una gara di battute spiritose. Perché il loro motto restava sempre quello: "Dove c'è gusto non c'è perdenza", che chiudeva ogni argomento, come la clausola finale d'un sillogismo.

Vagavano un mattino gli infermieri nel deserto sulla loro ambulanza, tra quei miraggi e visioni lontane che li eccitavano molto. A volte non erano soltanto acque e oasi che spuntavano all'orizzonte, ma anche delle città bianchissime che parevano riflettersi nell'acqua, o un lago che vedevano in lontananza riflesso sulla linea della terra. Cose che li mettevano di buon umore, pensando ai racconti che avrebbero fatto, al ritorno in patria. Insomma erano allegri, nonostante la calura, quando è spuntato il miraggio d'un grande albergo americano perso nel mezzo del deserto. Volevano svegliare Bugli perché adocchiasse anche lui quella strana visione, ma il collega non si svegliava nonostante le scosse.

I tre vogliono avvicinarsi alla visione, su una pista tra dune di sabbia, aspettandosi che il grande albergo sparisca come gli altri miraggi. Invece non sparisce, e quando ci arrivano vicino vedono uscire dall'albergo ad accoglierli dei nanetti vestiti all'antica. Dopo aver scambiato poche frasi hanno capito. Era un albergo per petrolieri che venivano a comprare il petrolio nelle zone vicine, e i nanetti erano discendenti dei nani buffoni del bey di Tunisi, ora impiegati d'una ditta americana.

A questo punto gli infermieri si sono detti che bisognava assolutamente svegliare Bugli, perché si rendesse conto del posto incredibile dov'erano capitati. "Non si sa mai che dopo lui dica che è tutto un miraggio," ragionava Brizzi. Vanno a scuoterlo e chiamarlo, chiamarlo e scuoterlo, ma non si sveglia. Viene il capo dei nanetti con una caraffa d'acqua ghiacciata, poi solleva il braccio dell'uomo in catalessi, ma lo lascia subito ricadere con un'esclamazione: "Oh, il est paralysé!". La battuta è sembrata molto spiritosa agli altri infermieri, che si sono dati a sghignazzare allegramente. E da allora hanno affibbiato a Bugli quell'epiteto che è diventato la sua nomea perpetua, cioè chiamandolo "il paralitico del deserto", e non più "il grande Bugli", o "il mitico Bugli", come prima.

Nel grande albergo non c'erano ospiti e tanto meno dottori. Bugli aveva il polso che batteva debolmente, perché con la dissenteria gli si era abbassata molto la pressione del sangue, anche in conseguenza d'un forte sonnifero che aveva preso nell'ultima sosta. I nanetti si mostravano preoccupati per le sue condizioni, e hanno consigliato di riportarlo indietro fino alla prima città. Gli infermieri dicevano che non era grave, era soltanto un calo di pressione che passava con una buona bistecca. Ma poi ridendo e scherzando su Bugli come paralitico del deserto, sono risaliti sull'ambulanza e lo hanno portato indietro fino a una cittadina di confine, nei pressi di un'oasi sperduta nel grande deserto sabbioso.

Quella cittadina nel deserto è un ammasso di casette che si distende intorno a una via centrale. Fuori dal centro asfaltato le strade sono sentieri sabbiosi che portano ad altri gruppi di casette, e qui si incontrano più che altro capre o pecore o cani vaganti. Nei campi intorno si vedono soltanto donne al lavoro, perché gli uomini passano le giornate seduti davanti al bar del centro a far chiacchiere. Più lontano, sullo sfondo vuoto del deserto, sorge una vasta oasi che rimane nascosta dietro le dune, ma che si riconosce in distanza perché dei liberi cammelli vanno in cerca di qualcosa da brucare da quelle parti.

I tre infermieri scaricano Bugli in un alberghetto sulla via centrale, proprio davanti al bar con tavolini all'aperto, dove gli avventori scrutano le mosse d'ogni forestiero di passaggio. Trovato un dottore, l'affidano alle sue cure sperando che lo rimetta in piedi sbrigativamente. Ma siccome dopo un giorno Bugli non s'è ancora ripreso, decidono di pagare qualcuno che gli badi, e partono in ambulanza per fare la traversata del deserto. Sempre allegri, gli lasciano sul comodino un biglietto che dice: "Ciao, paralitico, ti mandiamo una cartolina", e vanno verso le loro avventure che qui non mi interessano.

Nel giro di due giorni Bugli si è rimesso in piedi, ha ripreso le forze, e ha fatto amicizia con molti bambini del luogo. Al centro della cittadina c'è una vecchia piscina romana, dove Bugli andava a nuotare attorniato da bambini del luogo, che ammiravano il suo stile e la sua forza di atletico nuotatore. Così si è creato un codazzo permanente che lo seguiva dappertutto. I bambini lo portavano a vedere i dintorni della città, e spesso affittavano per lui una vecchia automobile in modo da fargli vedere i miraggi del deserto. Gli avventori del bar di fronte scrutavano con sospetto il forestiero, e nel bar circolavano molte chiacchiere losche, dice il racconto di Bugli.

Un giorno i bambini portano il forestiero a vedere l'oasi

appena fuori dalla cittadina, luogo pieno d'alberi e di orti ben coltivati, attraversato da canaletti che vagano tra gli orti e rendono l'aria sempre fresca e profumata. Un posto bellissimo, calmo, verde, ombreggiato, come un grande giardino con tanti frutti e alberi di datteri, dove si poteva stare in pace lontano dal mondo. Io quell'oasi l'ho vista e posso assicurare che ispirava subito l'idea di starsene lontano dal mondo, seduti in pace con i propri pensieri, magari senza più aprire bocca.

Infatti non appena Bugli la vede, decide di installarsi lì. Gli sembra il posto adatto per rimuginare su quei pensieri che gli erano spuntati dopo l'orgia con la moglie del primario. Vuole levarsi dalla testa quelle illusioni che lo spingevano a darsi delle arie, a fare sempre il galletto, per potersi credere un individuo di qualche importanza. Vuole proprio convincersi d'essere un niente, ossia una cosa non molto diversa da un sorcio o da un cane, da un sasso o da un albero. Vuole... Ma cosa volesse di preciso per ora non si capisce bene, e andiamo avanti.

L'oasi è proprietà di alcune famiglie cittadine, e ognuna ha i suoi alberi e il suo orto. Ma ogni capofamiglia è responsabile di eventuali furti dagli alberi o dagli orti di tutti gli altri, e dunque se c'è un furto nessun membro delle famiglie può lavarsene le mani. Per questo i capifamiglia non vedono di buon occhio che Bugli si installi nell'oasi. Ma anche quando si convincono che non ruba, lo guardano con sospetto, siccome lo vedono sempre seduto sotto un albero di datteri, intento a pensare ai fatti suoi, o a cibarsi con le cose che i bambini gli andavano a comperare.

È rimasto lì seduto per qualche mese, in meditazione sui suoi peccati di vanità, e sulla strana illusione di credersi un tipo speciale pur essendo una nullità dell'universo. Quando poi i soldi sono finiti, e ha cominciato a mangiare solo quello che i bambini raccoglievano come elemosina, i vecchi capifamiglia si sono messi a brontolare. Non pregava, non voleva parlare a nessuno, cosa ci stava a fare in quel posto? In più viveva alle loro spalle, mangiando quel che i bambini gli

31

portavano. Se prima gli sibilavano maledizioni tra i denti, ora lo chiamavano apertamente cane e figlio d'un cane e nato da un utero maledetto ("nandin z'boromok"), quando gli passavano vicino.

Bugli accoglieva di buon animo quegli insulti, che i bambini gli traducevano perché li afferrasse meglio. Credeva che grazie a un simile trattamento avrebbe smesso presto di considerarsi un individuo di qualche importanza. Né si affliggeva se qualche giovanotto insolente veniva di notte a tirargli addosso dei rifiuti, per fargli capire che lui era come un cane che mangia gli avanzi schifati dagli uomini. Se poi qualche visitatore più curioso s'avvicinava a chiedergli: "Ass'ssmek?" (che vuol dire: "Come ti chiami?"), lui sotto l'albero di datteri rispondeva con umili parole: "Je suis le paralytique du désert".

Ma il fatto è che, pur umiliandosi in questo modo, Bugli non riusciva a smettere di prendersi per qualcuno. Non ci riusciva a sentirsi come un riflesso che svanisce, come una formichina che passa, come una nullità senza la minima importanza per l'universo. Anzi, quell'umiliarsi e mangiare rifiuti e prendersi insulti, aumentava la vanità invece di smorzarla. Certe mattine si guardava nello specchio da barba, facendosi molte domande, e si vedeva sul serio come il grande Bugli, un tizio speciale che affrontava quelle esperienze grazie alla sua forte personalità. La moglie del primario magari adesso non l'avrebbe più preso per uno scalzacane di infermiere, buono solo per una cosa...

Viene l'estate e nella cittadina del deserto tornano a casa molti immigrati che lavorano in Europa. Uno di questi è un magnaccia di nome Habib, che si vantava di poter sodomizzare qualsiasi turista maschio di passaggio. Costui andava a sedersi nel bar della via centrale, e di lì lanciava frizzi e motti scherzosi sui forestieri in transito. Tutti ridevano alle sue grasse battute, accompagnate da inviti a bere e fumare il narghilè. Lui era il grande Habib che viveva in Europa, aveva più soldi degli altri, aveva fatto innumerevoli conquiste. E non appena ha saputo del forestiero installato nell'oasi, ha scommesso che sarebbe riuscito a far qualcosa anche con lui, per giunta davanti agli avventori del bar come testimoni. Così dice la leggenda di Bugli, che circola ancora oggi nella città del nostro infermiere.

Cominciano le visite all'oasi, con il magnaccia gentilissimo, mentre l'europeo stava un po' sulle sue. Habib gli portava ogni sera cibo e regali, ma per tutto un mese Bugli s'è rifiutato di accettare altri inviti. Conversavano sotto l'albero di datteri, e Habib parlava molto, mentre l'europeo parlava poco, tirandosi indietro quando l'altro diventava troppo amichevole, volendo dargli una manata da qualche parte. Perché bisogna anche sapere che il grande Bugli, pur accettando di umiliarsi davanti ai capifamiglia nell'oasi e pur aspirando a sentirsi una nullità dell'universo, su certe cose era piuttosto irremovibile.

Comunque, dopo tante pressioni del magnaccia, ha accettato di andare a far delle passeggiate serali con lui, un po' come due fidanzati, si direbbe. Ma questo non avveniva senza testimoni. Intanto i bambini alla sera tenevano sempre d'occhio il loro amico Bugli, temendo che cedesse al conquistatore Habib e poi diventasse lo zimbello della città. Seguivano passo a passo le passeggiate dei due, benché il magnaccia si fermasse spesso a scacciarli, vociferando nell'aria i peggiori insulti del suo dialetto.

Quanto a Bugli, non riusciva a declinare quegli inviti serali, data la formidabile insistenza dell'altro. Si avviavano lungo un sentiero tra dune di sabbia, fino a un piccolo cantiere di case in costruzione, a circa un chilometro dall'oasi. Qui un lampione solitario spandeva una luce molto fioca ai limiti del deserto, e i due sedevano sui gradini d'una casa ancora in costruzione, conversando. Poi il grande Habib dava avvio alla sua opera di gentilezze speciali, offrendo sigarette e dolciumi, mentre il grande Bugli cercava di tenersi alla larga da lui, più lontano che poteva sul gradino. E questo era il cerimoniale d'ogni sera.

Ma c'è un altro fatto che lo metteva ancor di più in imbarazzo. Siccome in quel punto avevano il lampione proprio in faccia, Bugli non vedeva niente al di là del suo alone luminoso. Solo a poco a poco ogni sera cominciava a intuire che c'era qualcuno dietro una catasta di mattoni a un centinaio di metri da lui. Infatti lì si radunavano gli avventori del bar, per assistere alle imprese notturne del grande Habib e vedere se vinceva la scommessa. Ma la cosa non sembrava un segreto per nessuno, e c'era sempre un certo viavai dietro la catasta di mattoni, a parte i bambini appostati a spiare da un'altra parte. E quelli che in arrivo chiedevano a quelli in partenza se era successo qualcosa, spesso con belle risate che facevano eco nella notte.

Quando il grande Habib chiedeva all'europeo se desiderava bere qualcosa, e quello diceva di sì, il magnaccia schioccava le dita come se fosse al bar. Allora uno dei nascosti si faceva avanti a ricevere l'ordinazione, e di solito era uno in bicicletta che partiva a tutta velocità e tornava quasi subito con le bevande richieste, per poi ritrarsi nell'ombra a spiare lo spettacolo sotto il lampione. In queste circostanze il nostro eroe si vergognava moltissimo, e ogni sera avrebbe voluto scappare via o seppellirsi per terra, terrorizzato all'idea che i suoi amici e concittadini venissero a sapere qualcosa di quei raduni. Ma poi restava lì a sopportare le gentilezze e sopportare gli sguardi dei nascosti, proprio allo scopo di umiliarsi.

Aveva l'idea che quella fosse l'umiliazione massima della vita, essere pubblicamente visto con un uomo che cercava di palparlo. Secondo lui era l'umiliazione risolutiva, dopo di che non avrebbe mai più potuto prendersi per un maschio coi fiocchi, e sarebbe cominciata una nuova vita. Dunque si diceva: "Ecco, Bugli, ora sei nella posizione di quelle donne a mucchio su cui saltavi nelle orge. Questo schifoso Habib è com'eri tu, uno che vuole imporsi per sentirsi un grand'uomo, come tu quando andavi con la moglie del primario". Bugli nel deserto pensava alla moglie del primario, è chiaro. Perché delle volte uno sente l'imperativo di non essere stato quello che è stato, solo per non essere più quello che è agli occhi di qualcun altro.

Ma poi, siamo sicuri che Habib volesse sodomizzarlo? Poteva essere semplicemente un uomo gentile che cercava di entrare in amicizia con lui, e invitava gli altri suoi amici perché anche loro facessero amicizia col forestiero. Io non so risolvere la questione, dunque debbo seguire la leggenda di Bugli. E la leggenda dice che lui continuava a sottrarsi alle gentilezze troppo ravvicinate, non sopportando che l'altro gli posasse una mano sulla spalla né tanto meno sui calzoni. E i suoi reiterati rifiuti, con anche qualche gesto minaccioso, sono diventati un motivo di disonore per il magnaccia. Né Habib poteva reagire, perché l'infermiere era molto più robusto di lui, e una volta gli ha mollato un potente schiaffo, facendogli sanguinare la bocca, da cui si è capito che il grande Habib aveva perso la scommessa.

Ora è la guerra, le cose si complicano, perché il magnaccia ha giurato di vendicarsi. Innanzi tutto impediva ai bambini di portargli del cibo, mettendoli in fuga di sera con un bastone, oppure pagando uno scherano perché lo facesse durante il giorno. Di sera andava con la brigata di amici nell'oasi, avvicinandosi fino a potergli tirare addosso topi e iguane e scorpioni e spazzatura. I suoi amici ridevano contenti, mentre il feroce Habib gli gridava nel buio: "Tu es une ordure. Enculé de ta race, tu es plus dégoûtant qu'une femme!". Al che l'altro replicava con calma e modestia, sotto l'albero di datteri: "Je suis le paralytique du désert". Poi si copriva il capo con uno straccio, in segno di penitenza per tutte le sue passate vanità.

Inoltre, vista la sua resistenza eroica al prepotente Habib, ora i bambini veneravano Bugli quasi come un santo, e portavano i turisti di passaggio a visitarlo nell'oasi. E anche i turisti guardavano Bugli come un santo, e gli facevano molte fotografie. Perfino i capifamiglia della cittadina, avendo saputo della sua resistenza al bestiale magnaccia, non lo insultavano più e gli offrivano del cibo, considerandolo una specie di santo europeo. Con tutto questo naturalmente il nostro eroe non poteva fare a meno di sentirsi qualcuno, cioè il grande Bugli, cioè una cosa più importante d'una pietra o d'un sorcio. A volte gli passava per la testa d'essere davvero diventato un santo, e di poter curare le malattie come fanno i marabut.

Sembra anche che abbia scritto delle cartoline postali, per annunciare al mondo che stava per entrare in uno stato di santità, dopo aver sofferto inenarrabili pene e umiliazioni tra quei mammalucchi del deserto. Questa però non è una notizia sicura, poiché sono stati i tre infermieri a diffonderla, senza mai esibire la prova delle cartoline. A parte ciò, tutti i suoi tentativi per umiliarsi e sentirsi un vero niente dell'universo andavano verso il fallimento.

Alla fine dell'estate sono passati da quelle parti alcuni turisti della sua città, che avevano sentito la storia di Bugli per via di racconti diffusi dai tre infermieri. Hanno trovato sotto l'albero di datteri un uomo con la barba lunga, magrissimo e vestito di stracci, che mangiava l'erba secca ai bordi d'un sentiero e scavava con le unghie la terra in cerca di vermi o insetti da deglutire. Hanno creduto di vedere un individuo veramente speciale, e sono andati a parlargli con rispetto: "Sei l'infermiere Bugli?". Risposta: "No, sono un niente dell'universo". Domanda: "Hai bisogno di qualcosa?". Risposta: "Sì, ho bisogno di dimenticare me stesso". Detto questo, l'uomo magrissimo s'era coperto il capo con uno straccio, in segno di penitenza e non aveva più parlato.

I visitatori s'allontanavano con gesti di reverenza, colpiti da quelle risposte mistiche. E subito Bugli si sentiva allegrissimo, perché così era sicuro che la voce della sua santità si sarebbe sparsa, di bocca in bocca, arrivando magari all'orecchio della voluttuosa moglie del primario. Cominciava a convincersi che lei non l'avrebbe più considerato uno scalzacane di infermiere, buono solo come pezzo di carne cruda. Ora avrebbe avuto il desiderio di conoscerlo meglio, forse al suo ritorno si sarebbe precipitata a cercarlo, attratta dalla forte personalità. Ne ho conosciuti altri che volevano rivoluzionarsi tutti con un viaggio all'estero, per piacere a una donna. Non è così, Bugli? Dimmi se mi sono sbagliato in qualcosa.

Così finisce la storia dell'infermiere nel deserto. In riassunto, più si umiliava e più desiderava che la sua umiliazione venisse pubblicamente acclamata. Avrebbe voluto potersi vantare con tutti d'essere una particella insignificante del cosmo, o un santo di fama mondiale che ha scontato tutti i peccati di vanità. Gli sembrava che i giorni e le stagioni venissero solo per lui, e che quegli arabi o beduini fossero una massa di poveri mentecatti, e che tutto il mondo fosse popolato di persone che non hanno più importanza d'un sorcio o d'un cane o d'un sasso. Tutti delle nullità, inutili vite disperse nell'universo. Tutti tranne lui, che senza dubbio era un tipo speciale, come dimostravano le sue esperienze nell'oasi.

In autunno è tornato a casa da sua moglie, che lo ha accolto senza fargli nessun rimprovero per la lunga assenza, e anzi senza parlargli del tutto. Ha potuto anche riprendere il lavoro all'ospedale, e ha ripreso le orge e i bagordi con gli altri tre infermieri. Durante i pranzi settimanali, non smetteva mai di raccontare le sue avventure, bevendo molto vino e dando pugni sul tavolo. Si vantava di aver resistito al pederasta Habib e agli altri deficienti che venivano a spiarlo dietro una catasta di mattoni. Alzava la voce gridando che là in mezzo a quei mammalucchi, il mitico Bugli da solo aveva resistito a tutto.

Ha anche cominciato a dire che voleva scrivere un libro sulle sue avventure, e che con quel libro sarebbe diventato un personaggio famoso come il famoso Lawrence d'Arabia. Parlava delle sue esperienze in ogni momento, non appena trovava qualcuno disposto ad ascoltarlo, nell'ospedale, al bar, al cinema, o persino fermando la gente per la strada. Voleva far capire a tutti che durante i mesi sotto l'albero di datteri lui aveva fatto profonde meditazioni, e s'era chiesto cos'è il tempo, cos'è la morte, cos'è l'universo, cos'è Dio. Ma era giunto alla conclusione che a tutte queste cose è meglio non pensarci.

Molti lo trovavano seccante, con quelle vanterie e discorsi da presuntuoso. Qualcuno ha cominciato a non salutarlo più, considerandolo uno sballato da tenere alla larga. Una volta ha incontrato per strada la moglie del primario e ha cercato di abbordarla, ma lei si è seccata e scappava via mandandolo al diavolo. I suoi tre amici infermieri lo invitavano ai loro pranzi, ma solo per prenderlo in giro e sghignazzare alle sue spalle. Gli tiravano molliche di pane, gli facevano molti scherzi, ad esempio facendogli cadere addosso dei sacchi di nylon pieni d'acqua quando entrava da una porta. Ma Bugli accettava gli scherzi senza prendersela, mostrando la sua forza di carattere, e allora i tre infermieri dicevano: "Dài, Bugli, adesso facci ridere con le tue coglionerie da paralitico del deserto!".

Salterò un po' in avanti nei mesi, perché si è già capito come andavano le cose. Arriviamo a una sera d'autunno, quando Bugli ubriaco torna a casa e non trova più sua moglie, che era andata via senza dirgli niente. Monta in macchina e corre a cercarla nella loro casetta di campagna, isolata su un poggio, in mezzo a campi e alberi che si distendono verso le colline. Prima però è passato da un bar, che era anche negozio di alimentari, nel paese vicino, dove tutti lo conoscevano bene. E lì la cosa che l'ha stupito moltissimo è che nessuno sembrava riconoscerlo, cioè lo trattavano come uno sconosciuto di poco conto. Avrebbe voluto gridare: "Caspita! Io sono Bugli, non vi ricordate? Sono quello che è andato nel deserto!". Ma la frase non gli usciva di bocca. Allora è andato a dormire nella casa di campagna, ed è crollato subito sul letto.

Non metteva piede da tempo in quella casa, che sembrava abbandonata da secoli. Al mattino ha visto ragnatele dovunque e polvere sui mobili, contrariamente alle abitudini di massima pulizia che aveva sua moglie. Una parte del tetto sembrava sul punto di crollare, mentre tutt'intorno alla casa crescevano alte erbe, con intrecci di vilucchio e rampicanti vari, grosse radici infestanti che spuntavano da terra. "Ma cos'è successo, qua, mentre ero via?" si chiedeva Bugli in mezzo alla grande cucina.

E qui (se lo ricorderà per sempre) vede spuntare uno di quei piccoli sorci di campagna, di quelli che stanno nascosti nei campi, ad esempio tra gli stoppioni di granoturco. Lui s'è fissato a guardarlo, fin quando il sorcio si ferma a metà cucina. Cioè il sorcio s'è fermato a guardarlo e s'è messo a parlare: "Ciao, paralitico del deserto, sei tornato?". Poi ha ripreso la sua corsa, ma prima di sparire in un buco, si dice che gli abbia lanciato queste frasi: "È meglio che sbassi la cresta, sai, infermiere? Piantala con quei discorsi sul deserto, che la tua storia ormai puzza di marcio". Il nostro infermiere sostiene che il sorcio gli parlava in dialetto, con accento di campagna. Naturalmente ha raccontato il fatto solo a pochi intimi, perché un sorcio che parla non è credibile, e la gente poteva dargli del matto.

Ma si sa che le chiacchiere volano, e la storia si è presto diffusa nella città, insieme a tutta la leggenda dell'infermiere nel deserto. Un mio amico dice che da allora Bugli s'è dato una regolata, e ha smesso di andare in giro a seccare la gente con le sue vanterie. Forse è stata la moglie a rimetterlo in carreggiata, tornando a casa e dicendogliene di tutti i colori, finché lui s'è vergognato e ha chiesto scusa in ginocchio? Può darsi. A me sarebbe molto piaciuto che Bugli fosse diventato un vero santo, perché racconti sui santi non se ne scrivono più, e questo avrebbe potuto essere uno. Purtroppo non è andata così, e nella sua città circolano tutt'altre voci.

Qualcuno dice che quella faccenda di diventare un niente dell'universo era solo una invenzione per sfottere la gente. Altri sostengono che lui è prima di tutto un donnaiolo, e ha montato quel racconto per intortare qualche donna, ma poi gli è andata male ed è diventato scemo. Altri ancora dicono che Bugli è andato nel deserto perché voleva diventare un santo eremita, e adesso si considera un santo ma in segreto, per non dar nell'occhio. Al mio amico sono rimaste impresse certe strane frasi che ha sentito borbottare da Bugli, un giorno che sono andati a pesca assieme sul fiume Trebbia. Ma qui è inutile ripeterle, perché il racconto è finito, e tra l'altro è anche poco credibile per via del sorcio parlante.

Aspetto che si calmino i suoni della notte per risentire i nastri registrati da un mio amico, un amico ora morto, mentre io sono rimasto qui ad ascoltare i suoi nastri. C'è un po' di musica, vecchie canzoni che non ho più voglia di sentire, e poi gli altri con sopra scritto "Alida". Tutti quelli che ricordo di quei tempi sono spariti come si sparisce a un certo punto dalla circolazione, senza lasciare tracce, e così è sparita anche la donna che parla in quei nastri. Allora era una bella ragazza e abitava al piano di sotto dell'appartamento dove stava il mio amico, e tra una cosa e l'altra è successo che lei aveva preso l'abitudine di salire dal mio amico a fare delle chiacchiere, e gli raccontava sempre la sua vita. Lui la ascoltava volentieri, e la invitava a tornare, così comincia il racconto.

Alida si presentava alla porta, sempre con l'aria seria come se le fosse successa una disgrazia, e la solita frase: "Posso entrare? Ho bisogno di parlare un po'". Poi gli parlava sempre del suo fidanzato, e diceva che il suo fidanzato guidava gli scioperi nelle fabbriche, e che adesso era impegnato nella politica ma appena finiti gli scioperi loro si sarebbero sposati. Parlava per ore e il mio amico si stancava, gli veniva anche sonno, ma faceva degli sforzi per ascoltarla. Preparava un caffè e riprendeva l'ascolto, anche perché era molto attratto da lei. Cioè la corteggiava e la guardava volentieri, perché era una bella ragazza che gli uomini guardavano volentieri.

Il personaggio che lei chiamava il suo fidanzato era un tipo di quelli bruschi che facevano i picchetti davanti alle fabbriche, negli ultimi anni di grandi scioperi senza nessun risultato. Questo brusco aveva in particolare due passioni, e una erano le partite della sua squadra di calcio, l'altra le manifestazioni politiche dove poteva menare le mani. Era un picchiatore politico, chiamato Romeo, che alla domenica la portava a spasso in motocicletta.

Lei dice che già a quei tempi il suo cosiddetto fidanzato era sempre in vena di abbordare ogni femmina che lo guardava con un po' di interesse, e con la scusa della politica razzolava facilmente tra le cosiddette compagne politiche. Perché sentiva troppo il bollore del sangue, non riusciva a resistere alle tentazioni della carne, per cui era costretto ad andare in caccia e trovarsi molte femmine. Glielo confessava lui stesso certe volte, quando era di umore allegro: "Libero amore in libero stato!". Però a lei raccontava sempre delle frottole da eroe politico, e lei lo aspettava fino a tarda notte nel cucinotto con la paura che l'avessero arrestato.

Nell'inverno che il mio amico corteggiava Alida, lei saliva a parlargli quasi ogni giorno e si dilungava per ore sulle imprese politiche del suo fidanzato. Le brillavano gli occhi a raccontarle, e ripeteva che appena finiti gli scioperi lei e il suo Romeo si sarebbero sposati. Ma quando iniziava a parlare non riusciva più a smettere, e dopo un pomeriggio di discorsi e di racconti doveva chiedere al mio amico un supplemento d'attenzione. Glielo chiedeva con quell'aria seria: "Ho bisogno di parlare ancora, potresti ascoltarmi un altro po'?". Lui diceva sempre di sì, perché era affascinato da questa ragazza con lo sguardo così serio. E mi raccontava che a un certo punto lei gli telefonava ogni mattina appena sveglia, poi veniva ogni sera a parlargli per ore, finché hanno preso l'abitudine di dormire assieme perché lei voleva continuare a parlargli, anche se il mio amico era molto insonnolito o addormentato del tutto.

In certi quartieri della metropoli si riunivano allora dei gruppi che predicavano un cambiamento politico generale, e si eccitavano in lunghe discussioni finché nessuno capiva più niente. Poi nelle manifestazioni si lanciavano per le strade al grido: "Avanti fino alla vittoria!", con i caporioni in prima fila, protetti da una fascia di picchiatori, tra cui c'era il detto Romeo. Dice Alida che ogni tanto lei ha nostalgia di quei tempi confusi, ormai lontani dall'epoca del nastro registrato, quei tempi in cui il suo Romeo tornava dalle partite di calcio lamentandosi perché la sua squadra non aveva vinto, o tornava dalle manifestazioni contento se era riuscito a menare le mani.

Ma dopo è cambiato tutto. Non ci sono state più riunioni dei gruppi nei quartieri, non ci sono state più manifestazioni per menare le mani, e il suo fidanzato come picchiatore politico si è ritrovato disoccupato e perso. Allora non sapeva più cosa fare, non sapeva più come eccitarsi. Sempre nervoso intrattabile vagava in motocicletta, e non voleva neanche vedere i suoi compagni politici perché diceva che erano diventati tutti dei deficienti. Ha cominciato a comperarsi delle riviste porno, che stava a guardare di sera mentre erano a letto, sfogliando le pagine con sospiri da uomo sconsolato. Finita l'epoca degli scioperi e picchetti davanti alle fabbriche, lui non bestemmiava più contro i padroni, e anche le partite della sua squadra di calcio gli interessavano poco, perché diceva che era diventata una squadra di deficienti. "Avanti fino alla vittoria!" non sapeva più dove andarlo a gridare, dunque si comprava le riviste porno per eccitarsi un po' alla sera, poi lasciandole seminate per la casa o ammucchiate in gabinetto. Alida si vergognava molto a vederne spuntare da ogni angolo, e le nascondeva in fretta, per paura che qualcuno venisse a trovarla e scoprisse il vizio di suo marito.

Sì, adesso il cosiddetto Romeo era suo marito, s'erano sposati. Il mio amico non abitava più nella metropoli, ma quando tornava aveva ancora la sua vecchia stanza, e ogni volta lei arrivava subito per raccontargli la sua vita. Usciva di notte mentre il marito ronfava, e correva per le strade con la fretta di parlargli. Poi nel letto il mio amico la ascoltava finché poteva, crollando dal sonno, sperando che si addormentasse anche lei. Ma lei ricominciava sempre a raccontargli le stesse storie, oppure lo svegliava per dirgli che non riusciva a smettere: "Non riesco a smettere di parlare, ti prego, ascoltami". Si abbracciavano stretti, e così lui tenendola stretta riusciva a calmarla, finché stanco piombava nel sonno. Questa storia è durata per anni, io la riassumo. Alida dice che lei è sempre cascata male con mariti o fidanzati vari, ma un intrattabile come Romeo non le è mai capitato. Certi giorni non poteva nemmeno chiedergli: "Come va?", che lui rispondeva rabbioso: "Vuoi sapere i fatti miei?". Era sempre in caccia di altre femmine, compresa l'inquilina del piano di sotto che faceva la tabaccaia. Abitavano in un palazzo condominiale di periferia, e lui s'era messo a fare il piazzista di maglierie che gira in macchina per paesini e campagne. Alto e robusto, portava occhiali scuri per spiare indisturbato le femmine, e poi farle cascare in trappola prendendole nei suoi forti abbracci. Molte padrone o commesse delle mercerie cascavano nelle sue reti, così gli facevano molte ordinazioni di maglierie, e il suo commercio filava benissimo. Però lui si stancava molto a dover correre di qua e di là dietro a tante femmine, sempre per sfogare il bollore del sangue, ma anche per smerciare le maglie della sua ditta, s'intende.

Se Alida lo interrogava su quei traffici, non dava risposte e guardava da un'altra parte. Se gli domandava la stessa cosa due volte, si faceva venire il nervoso e andava via sbattendo la porta. Bisogna capire, dice Alida, che Romeo godeva soltanto con amori clandestini, e appena incontrava clandestinamente una donna aveva subito bisogno di passare a un'altra. Nel momento stesso in cui la portava in un letto gli passavano le tentazioni della carne, e allora doveva fare tutto in fretta, liberarsi di quella donna, cercarsene un'altra al più presto. Era un tipo fatto così, che quando tornava a casa stremato per i suoi traffici amorosi non le badava nemmeno, sbadigliava soltanto e poi ronfava tutta la notte accanto a lei.

È cominciata l'epoca di quei sogni dove lei si trovava nuda per strada e gli sguardi degli uomini la facevano vergognare molto. Cioè sognava che gli uomini guardavano le femmine come vacche al mercato, e lei si trovava al mercato nuda tra uomini che la valutavano per vedere se aveva ancora buona carne addosso. Questo è normale, dice Alida, ma una si illude che nel matrimonio le cose cambino, mentre non cambia mai niente, e gli uomini ti guardano sempre come una vacca finché non gli interessi più. Ma la vergogna patita nei sogni le restava addosso anche di giorno, perché credeva che ogni persona incontrata sapesse che suo marito correva dietro ad altre femmine e non badava più a sua moglie. Infatti il suo Romeo non la guardava mai, persino glielo diceva di non sentire più attrazione. Glielo diceva senza tanti complimenti, e se lei chiedeva: "Allora cosa devo fare, secondo te?", ecco la risposta del marito: "Sposati con un altro e per me diventi subito interessante". Detto questo sbadigliava, non voleva più sentire discussioni. Allora lei usciva a passeggiare di notte, ma l'altro animale non se ne accorgeva neanche, perché s'era già voltato sul fianco e ronfava della grossa.

Intanto Alida con le sue amiche aveva aperto una palestra di ginnastica aerobica, dove venivano le signore che volevano avere una linea snella e la salute nel corpo. Erano tutte signore con la pelliccia, molto contente di sudare e di fare delle belle respirazioni, perché avevano paura della cellulite e paura del fumo e paura di sembrare vecchie anche da giovani, oppure di non sembrare giovani anche da vecchie. E mentre insegnava gli esercizi aerobici a queste signore, Alida dice che stava a rimuginare sempre sul suo cosiddetto uomo, senza parlarne a nessuno. Come fare con un marito così?

A quei tempi lei trovava spesso dei corteggiatori, perché era una ragazza che gli uomini guardavano volentieri. Un giorno ne ha preso su uno a caso, un tizio piccolo e timido, con la cartella sotto il braccio, che aveva incontrato al supermercato. Dice che non sapeva più come fare, perché a forza di patir gelosie le era venuto il dubbio di essere ormai vecchia e poco attraente. Allora di sera usciva con quel tizio piccolo e timido, beveva molto vino e rideva molto. Ma appena tornata a casa tutto ridiventava confuso e avvolto dalla nebbia, per cui anche quello che succedeva di giorno aveva l'aria di un sogno di notte. Come quando ha spiegato al marito la questione dell'altro uomo, e lui non le ha neanche risposto, anzi si è alzato e stava per infilare la porta in silenzio. Lei gli ha gridato dietro: "Hai capito che vado a stare con un altro?". E il suo Romeo a quanto pare le ha risposto come se fosse lontano in un tunnel: "Vai, vai! Fai benissimo! Cosa credi, che ti corro dietro?".

Il mio amico tornava ogni tanto nella metropoli, e subito lei correva a trovarlo, poi gli parlava tutta la notte mentre lui cadeva nel sonno. È strano, diceva il mio amico, ma quando lui insonnolito la abbracciava per calmarla, a volte anche lei cadeva nel sonno, ma dopo continuava a parlargli nel sonno di queste storie col suo Romeo, come una sonnambula o come se sognasse. Lui se n'è accorto più d'una volta, svegliandosi di notte proprio perché lei continuava a parlargli, bisbigliando da addormentata, ma ogni tanto con dei sussulti e piccoli squittii. Ancora a lui non era venuto in mente di registrare nei nastri tutti quei racconti notturni, no, questo viene dopo.

Un giorno Alida ha deciso di trasferirsi a casa di quel tizio piccolo e timido pescato al supermercato, portando con sé una valigia e poche cose personali. Era una casa dove il soffitto basso le faceva pensare a una tomba e nel corridoio stretto era come entrare in una prigione. Appena dentro si sentivano i rumori e le voci dagli altri appartamenti, mentre le scale sembravano congelate nel grigiolino del falso marmo. Ci era andata per ripicca contro il marito, ma ha capito subito che l'altro era un intrampano universitario, un tipetto fanatico che faceva grandi discorsi noiosi e riempiva l'appartamento di fotocopie piene di polvere. Però le cose vanno avanti da sole, dice Alida, si fanno progetti, cominciano degli orari e delle abitudini, e dopo non è mica facile dire all'altro: "Scusa, sai, mi sono sbagliata".

Di sera lei e il suo nuovo uomo, di nome Nucci, stavano a guardare la televisione nel salottino senza avere niente da dirsi. Alla televisione c'erano spettacoli così stupidi che a lei veniva una noia insopportabile, mentre il cosiddetto Nucci non smetteva mai di cambiare canale da vero fanatico. Lei diceva: "Ma non vedi che tutto è stupido? Non vedi che ci prendono per dei deficienti?". E lui: "No, no, c'è una cosa che mi interessa". Faceva discorsi noiosissimi per convincerla a guardare certi programmi alla televisione, e lei dice che le venivano in bocca frasi del suo Romeo quando faceva il picchiatore politico, ma l'altro non le capiva nemmeno. Allora ascoltava il suono della televisione in altri appartamenti del condominio, sentiva l'eco di una musichetta o la voce d'uno di quei personaggi che fanno gli imbecilli sullo schermo, secondo le sue precise parole, e pensava a quanta gente era lì come loro ad ammazzare il tempo senza aver niente da dirsi, come dei mezzi morti in una tomba dove sono seppelliti prima del tempo.

La penombra grigia, la luce grigia del televisore, le loro facce grigie nella penombra, Nucci che cambiava sempre canale, tutto questo le metteva addosso una sfinitezza che continuava anche nei sogni di notte. Ed erano sogni dove si perdeva per corridoi pieni di nebbia, ma dove la nebbia veniva giù come una polvere biancastra che bloccava tutte le uscite. Allora lei si svegliava con lo sfinimento di non riuscire più a respirare, e aveva il naso chiuso. Poi si accorgeva che era la polvere delle fotocopie di Nucci che si spandeva in tutta la casa e le seccava le mucose del naso.

Le fotocopie, adesso devo parlare di questo, un argomento molto ricorrente nei nastri. Lei dice che il detto Nucci era anche spilorcio, perché a farle regali non ci pensava mai, e pensava solo ai suoi libri per far carriera da intrampano universitario. Con i suoi pacchi di fotocopie aveva riempito la casa di polvere, e ne portava a casa ogni giorno perché voleva fare carriera. Aveva quell'idea fissa, si vedeva già come uno arrivato che tutti chiamano a fare conferenze e gli chiedono di scrivere articoli sui giornali: "Articoli da esperto di problemi sociali", diceva lui. Lei non capiva mai di cosa parlasse, non capiva una parola di quei discorsi noiosi da fanatico, e sbadigliava per tutta la sera, dice, aspettando solo l'ora di andare a letto e dormire.

In realtà Nucci era un povero ricercatore universitario che non era mai riuscito a fare carriera, anche se ci teneva moltissimo. Però aveva sviluppato una tal parlantina, a forza di sfogliare le opere d'un famoso sociologo americano, che indubbiamente avrebbe potuto superare qualsiasi concorso basato sulle più ardue domande in materia. S'era poi anche fatto l'idea di capire quelle opere più degli altri, e anzi che gli esperti ci capissero poco, e non fossero ancora riusciti ad afferrare la questione fondamentale come l'aveva afferrata lui. Voleva scrivere un libro per dimostrare che lui aveva capito più di tutti, cioè aveva capito la questione fondamentale nelle società economicamente più avanzate. E raccoglieva le fotocopie di qualsiasi scritto di quel famoso sociologo, con anche le fotocopie di qualsiasi opera citata negli scritti del famoso sociologo, con anche le fotocopie di qualsiasi opera citata nelle opere citate negli scritti del famoso sociologo, fino a raggiungere un quarto o quinto grado di citazioni, credo, che si allargavano a macchia d'olio in una colossale massa di carta fetida e polverosa.

La nostra Alida si trovava a vivere in una casa assediata dalle fotocopie, che si stendevano a pile per tutto il corridoio e invadevano lo studio di Nucci, ma tracimando anche dentro il gabinetto. Qui non si poteva fare i propri bisogni senza avere tra i piedi una caterva di studi sul trattamento del personale d'azienda, che davano molto fastidio quando ci si sedeva sul cosiddetto water, perché non si poteva neanche allargare le gambe, dice Alida. Senza parlare della polvere che si sollevava dalle fotocopie quando si inciampava in una pila, con folate che si distendevano su ogni cosa e si impregnavano anche nella pelle. Polvere grigia come quella che esce dai muri e scende dai soffitti, polvere che si spande sui mobili e dappertutto nella casa, poi polvere mista ai gas di scarico nelle nebbie dei giorni d'inverno, e polvere nei suoi sogni che sembrava farina o borotalco, come ho già detto. Perché sognava spesso di perdersi in un grande magazzino dove veniva giù dai soffitti quella polvere bianca come borotalco, e altre cose del genere.

La domenica è il giorno peggiore, dice Alida, perché tutti fingono che sia festa. La galera generale si addobba di suoni ancora più falsi, e Nucci portava a casa un sacco di giornali ancora più fetidi delle sue fotocopie. Meglio i giorni di lavoro, dice Alida, meglio il lavoro nella palestra di ginnastica aerobica con le signore che ci tengono alla linea. Quando per tutto il giorno aspetti solo che venga l'ora di dormire, dice, può darti sollievo il lavoro che fai senza pensare a niente, perché l'ora di dormire viene più in fretta. Ma era per lei un sollievo anche ricevere in palestra telefonate del suo Romeo, adesso in vena di farle confessioni piene di sospiri. Lui brontolava di non riuscire più a eccitarsi con nessuna femmina, perché le femmine erano tutte uguali, diceva, e andare con loro era come timbrare un cartellino in un ufficio. La sua voce non era molto diversa, ma lui sembrava cambiato, meno prepotente del solito, dice Alida.

Dormire era la cosa che ormai la attirava di più. Aveva sempre una gran stanchezza addosso, anche quando andava a lavorare nella palestra di ginnastica aerobica. Ma la stanchezza non le dava fastidio, anzi le faceva pregustare il sonno come una delizia. Tanto che spesso non andava neanche in palestra, trovava scuse, si dava malata per poter dormire tre giorni di fila. Le sue amiche della palestra protestavano, perché andava a lavorare sempre meno, e perché non la riconoscevano più: "Cosa ti succede? Ti ricordi quando ci insegnavi a non lasciarci mai prendere dalla fiacca? Ti ricordi quando sgobbavamo tutto il giorno, poi tu ci trascinavi a ballare di notte?".

Lei non ricordava più perché ci fosse bisogno di difendersi dalla fiacca. Uscendo di casa al mattino vedeva i marciapiedi, i negozi, la gente, le automobili, il traffico nebbioso tra i gas di scarico, e aveva subito voglia di tornare indietro e rimettersi a letto. Capiva le cose solo sognando, cioè dormendo. Si svegliava a mezzogiorno, quando un aereo passava sul suo quartiere, poi mangiava quel che trovava nel frigorifero, sfogliando un giornale. Tornava a dormire, e si svegliava per un altro aereo che passava sul quartiere verso le tre di notte. Non aveva mai voglia di guardarsi in uno specchio, si lasciava andare, non si lavava neanche, e mangiava molto di notte, svuotando il frigo del cosiddetto Nucci. "Guarda come ti sei ridotta," dicevano le sue amiche, perché cominciava a essere sfatta.

Quando il mio amico ha smesso di tornare nella metropoli, lei ha preso l'abitudine di telefonargli con lunghe chiamate interurbane di notte, verso le tre, dopo il passaggio dell'aereo. Questo succedeva almeno una volta alla settimana. Lui sentiva la sua voce arrivare di lontano, e ogni volta restava un po' seccato, perché adesso faceva un lavoro faticoso e anche lui voleva dormire molto. Ma Alida diceva che doveva telefonargli per forza, perché ormai non sapeva più con chi parlare: "Sì, sì, parla pure". Il mio amico ficcava il ricevitore sotto un cuscino, appoggiandoci vicino il microfono del registratore, e dopo si voltava dall'altra parte, spesso ronfando della grossa. Intanto lei continuava a parlare nella notte con quella strana fiducia nella voce, quella strana serietà che conosco bene, perché li ho ascoltati e riascoltati quei nastri.

Stava con Nucci da un anno, circa, quando il suo Romeo ha incominciato a cercarla con insistenza. Le telefonava per dirle che non sapeva più cosa fare per passare il tempo, che a stare da solo in quella casa di periferia gli sembrava d'essere in un cimitero, e le chiedeva di passarlo a trovare. "Cosa devo venirci a fare?" chiedeva lei. "Così, tanto per parlare," diceva lui. Lei non voleva andarci, lui non insisteva. Era diventato anche meno villano, dice Alida. Ma a un certo punto pare che il suo Romeo abbia cominciato a supplicarla di venire perché aveva il bollore del sangue, e le telefonava anche di sera a casa mentre lei guardava la televisione nel salottino con Nucci. Le diceva che non riusciva a smettere di pensare alle sue cosce e al suo seno, gli era venuta quella fissazione. Si lamentava con guaiti perché ogni donna che vedeva lo faceva pensare a lei, e i manifesti pubblicitari con donne mezze nude lo facevano pensare a lei, e anche le riviste porno lo facevano pensare alle sue cosce e al suo seno. La supplicava, dicendo che lei doveva assolutamente aiutarlo:

"Allora vuoi che torniamo assieme?". Al che il Romeo si calmava subito: "Ah, no, no! È meglio di no", e interrompeva la conversazione.

Bisogna capirlo, dice lei, voleva incontrarla clandestinamente perché godeva soltanto con gli amori clandestini. Era un tipo fatto così, che se gli venivano i bollori doveva assolutamente sfogarli, ma in segreto e alle spalle di qualcun altro, come un ladro o un delinquente. Credo però che lei sia rimasta contenta di quelle telefonate, perché almeno volevano dire che aveva ancora certe attrattive di ragazza. Poi era rimasta colpita sentendo il suo Romeo un po' mesto e confuso, con una voce malinconica che gli andava via, dice. E considerando che lui parlava sempre ad alta voce, gridando come un ossesso appena qualcosa non andava secondo i suoi gusti, bisogna riconoscere che era un bel cambiamento.

Una volta si è impietosita dei suoi lamenti, ed è andata a casa per soddisfargli le voglie. Ha trovato un Romeo cambiatissimo, dice, che non smetteva più di complimentarla, e s'informava sulla sua palestra di ginnastica, e le chiedeva se andava d'accordo con l'altro uomo. Domande che non avrebbe mai fatto prima, perché Romeo di regola disprezzava cordialmente tutto quello che lei faceva. Adesso invece sembrava persino timido, però tenendo gli occhiali scuri come al suo solito. Se li è levati solo quando sono andati a letto, facendole gentilezze mai viste prima, tante carezze affettuose, e alla fine portandole perfino un caffè a letto. L'incontro ha così stupito Alida, che dopo sarebbe stata propensa ad andarlo a trovare altre volte, ma lui non le ha più telefonato.

Il mio amico ha sentito molte volte questi racconti, ascoltando i nastri registrati, ma non capiva perché lei tornasse a farglieli tanto spesso, ripetendo sempre le stesse storie. Comunque a un certo punto ha dovuto pregarla di non telefonargli più, perché si era sposato e lei portava un gran subbuglio nella sua vita coniugale. Sua moglie era gelosa, non sopportava quelle telefonate notturne, e faceva delle scenate al marito. Era così nervosa quando di notte il telefono la svegliava, che correva a rispondere urlando: "La smetta di cercare mio marito, ha capito? la smetta di disturbarci altrimenti la denuncio!". Ma l'altra continuava a chiamare come se niente fosse, con la sua solita calma e serietà: "C'è Walter?". Finché il mio amico si è fatto mettere un numero telefonico segreto, per essere irreperibile e non sentire le scenate di sua moglie.

Ma con sua moglie c'è rimasto poco, non andavano d'accordo in ogni caso. Allora un giorno è andato via portandosi dietro solo una valigia di vestiti, pochi libri, e i nastri registrati. Si è sistemato in una stanza dove c'era solo il posto per il letto e per un tavolo, e quasi subito Alida ha ricominciato a telefonargli, sempre di notte, verso le tre, per ripetergli le stesse storie che qui sto raccontando. Nei primi tempi lui si sentiva solo, un po' oppresso in quel bugigattolo, e non aveva neanche più il microfono per registrare quelle telefonate notturne. Così stava per un po' ad ascoltarla, e le faceva delle domande per capire di cosa stesse parlando, o solo per mostrare che le badava, ma lei rispondeva: "No, no, non farmi domande, ascolta". Così dopo un po' lui si addormentava, stanco di ascoltarla in silenzio. Tra l'altro non si sa come facesse, diceva il mio amico, ma ogni volta che lui tornava a casa dopo un viaggio faticoso, Alida lo beccava immediatamente mentre stava per addormentarsi. Spesso le ha chiesto: "Come fai a sapere che sono tornato?". E lei: "Non fare domande, ascoltami". Adesso era come se loro due fossero legati da queste telefonate. Ma il mio amico pensava che un giorno l'avrebbe mandata al diavolo con qualche urlo, perché la smettesse di svegliarlo proprio quando aveva più voglia di dormire. Di notte lasciava il telefono per terra e la sentiva bisbigliare, o fare piccoli squittii che gli ricordavano i versi d'un topo. A volte nel dormiveglia la sentiva chiedere: "Mi capisci?", e dal letto le rispondeva: "No, ma vai avanti lo stesso".

Comincia un altro periodo, quando lei sognava che sotto i marciapiedi ci fosse un'erosione e tutto stesse per sprofondare in una polvere bianca, che forse non era neanche farina, ma una polvere come quella dei soffioni boraciferi. Ma tale polvere bianca per qualche motivo le sembrava simile alla polvere delle fotocopie, sicché nei suoi sogni aveva l'idea che tutto stesse per essere sepolto sotto la polvere delle fotocopie. Certe notti, nei nastri registrati, ho ascoltato i racconti di Alida su un mondo tutto bianco, sui soffioni boraciferi che tra poco cominceranno a venir fuori da sottoterra, coprendo il grigio e gli altri colori. Mi addormentavo con quelle visioni in mente, poi mi svegliavo a pensarci. Anche al mio amico succedeva così e gli è spuntata la malattia di non saper dormire tranquillamente, come a me. A volte lui cercava di parlare ad Alida della sua insonnia, del bisogno che aveva di dormire, ma lei lo ascoltava poco perché aveva bisogno di parlare, come se lui fosse solo un canale, un tramite, un filo elettrico.

Lei dice che a un certo punto aveva la smania di rivedere il suo Romeo per soddisfare le sue voglie, perché sapeva che lui non riusciva più a eccitarsi con altre femmine, ma con lei era una cosa diversa. E volentieri l'avrebbe fatto entrare in casa clandestinamente, alla sera, mentre il noioso Nucci guardava la televisione nel salottino grigio. Le sarebbe piaciuto moltissimo un colpo così, perché cominciava a capire il gusto degli amori clandestini, il gusto di far le cose in segreto come i ladri e gli assassini. Oppure come nei sogni, dove gli altri non possono mai sapere cosa ti è successo. Così racconta Alida nei nastri. Fatto sta che cercava spesso il cosiddetto Romeo al telefono, ma non lo trovava mai. Lui non era mai a casa, forse sempre in caccia di donne. E lei dice che certe volte alla sera, stando a guardare la televisione insieme al cosiddetto Nucci, si sentiva di dare pienamente ragione al suo Romeo. Perché lui correva sempre in giro cercando qualcosa di nuovo, e non avrebbe mai accettato di passare una serata in quel modo, come morti ingrigiti nella penombra televisiva.

Tutto in quella casa aveva una patina da brutti sogni, una patina grigiastra come il falso marmo delle scale. Allora le veniva voglia di uscire, respirare un'aria senza polvere di fotocopie, andare per strade di notte da sola, ascoltare altri suoni, vedere nel cielo colori diversi dalla grigia penombra nel salottino tombale. Il suo cosiddetto uomo chiedeva: "Ma dove vuoi andare di notte?". E lei sbuffava perché lo trovava veramente poco simpatico, oltre che spilorcio e fanatico delle fotocopie. Si chiedeva cosa ci stava a fare con un intrampano del genere, senza trovare una risposta. Dove andare? A chi telefonare? Anche tutte le sue amiche erano sposate con un intrampano di uomo che di sera voleva stare in casa a guardar la televisione, come Nucci, sicché quando le invitava a uscire trovavano sempre delle scuse.

Adesso Alida era scontenta di tutto, contenta solo quando dormiva. Ma scontenta di dormire con Nucci, rabbiosa se lui tirava fuori le sue frasi insulse per calmarla. Tornava a casa ogni sera col pensiero di tornare fuori immediatamente e camminare tutta la notte. Mangiava in fretta, metteva in ordine la cucina, e usciva sbattendo la porta, senza badare a quell'altro animale estraneo, seduto davanti al televisore. L'inverno era mite, e lei era presa dalla voglia di camminare da sola per le strade, come faceva da ragazza quando abitava in famiglia e non resisteva a stare in casa mentre suo padre ascoltava la radio. Sotto l'asfalto ormai la terra doveva essersi tutta sgretolata in polvere bianca, ma forse ci voleva un terremoto per farla uscire in soffioni boraciferi a coprire tutto di bianco, secondo lei.

Correva fuori dal condominio pieno di suoni grigi da depressione, e andava a vagare per viuzze nascoste, dietro una chiesa uguale a quella che frequentava da bambina. Camminare, camminare e basta, non pensare più agli uomini, non pensare più alla polvere. Muovere i piedi per smaltire il groppo che si ha in gola, per dimenticarsi la penombra grigia che ti è venuta anche dentro. Soprattutto dare aria alla pelle impregnata dall'odore di cose scritte, tutte cose insulse come la televisione. Così racconta Alida, e così ha camminato per tutto l'inverno, e poi ha camminato per tutta la primavera, secondo i nastri registrati. Intanto il mio amico s'era comprato un altro registratore e aveva ripreso a ficcare il telefono sotto un cuscino, lasciandola parlare da sola finché voleva.

Adesso arriviamo all'estate dei suoi sogni più strani, quando il mio amico era emigrato in un altro continente, contento di non sentirla più. Ogni tanto pensava ai suoi racconti, e si chiedeva cosa stava combinando la nostra Alida. Ma ormai era fuori tiro dalle sue telefonate insistenti, che gli avevano fatto venire l'insonnia. La città dove adesso stava gli piaceva molto, per i suoi grattacieli che si affacciavano sul mare, per i bar dove ascoltava spesso buona musica, e per la gente meno brusca che in altre metropoli. Si sentiva in libertà, ma aveva sempre l'insonnia che gli era rimasta addosso. Passava tutta la notte a leggere o scrivere, cadendo esausto prima del primo albore, in quella che è l'ora più buia del giorno, come dice una vecchia canzone dei suoi nastri.

Finché una notte squilla il telefono nella casa vuota. Il mio amico corre a rispondere e risente la voce di Alida attraverso l'Atlantico: "Mi puoi ascoltare?". Non si sa come avesse fatto a rintracciarlo. Lui diceva d'essere rimasto paralizzato dall'idea che non sarebbe mai riuscito a togliersela dai piedi, per quanto lontano andasse nel mondo. Comunque lei aveva voglia di parlare e ha parlato, come al solito, e lui l'ascoltava pensando di essere condannato all'insonnia per tutta la vita a causa delle sue persecuzioni. Anche perché quando lei lo svegliava di notte, gli sembrava sempre di dover fare un atto di penitenza, ascoltandola o facendo finta di ascoltarla. Così mi ha raccontato a quei tempi, prima che questa storia finisse, con gli ultimi nastri di Alida che sto raccontando.

Torniamo all'estate dei suoi sogni più strani. Era un periodo in cui si svolgevano non so quali campionati internazionali di calcio. A quanto pare, tutta la nostra popolazione nazionale stava chiusa nelle case a seguire le partite di calcio davanti al televisore, e a ogni goal o a ogni tiro in porta faceva urli così spaventosi che si sentivano dappertutto nella metropoli. Alida dice che di sera cercava le stradine più nascoste, le stradine abbandonate, quelle vecchie viuzze con vecchie case dove sembra che non ci viva più nessuno. Invece anche lì arrivava al suo orecchio il boato degli urli spaventosi per la partita di calcio trasmessa alla televisione. Perfino quando scappava fino alla diga sul canale, fuori dalle strade cittadine, continuava a sentire gli urli per un cosiddetto goal, con ronzii e vibrazioni che le arrivavano addosso, dice, come quelli d'una stazione meteorologica. Ed era stanchissima di dover registrare tutte quelle vibrazioni che le venivano nella schiena con gli urli della metropoli, dove poi non c'era in giro un'anima viva.

Poi una sera dice che ha smesso di scappare, e s'è seduta sui gradini d'una chiesa, in una bella piazza ovale, con i portici davanti e tutte vecchie case all'intorno. È rimasta lì a fumare per due ore, sempre ascoltando i boati che arrivavano al suo orecchio. Immaginava tutta la gente chiusa in una penombra grigia e tombale, come tanti automi caricati con la molla per fargli fare un urlo ogni dieci minuti. Le era venuta una tale depressione che non smetteva più di fumare, una sigaretta via l'altra. Tutto un pacchetto fumato in due ore nella piazza deserta, dice, nella metropoli deserta degli automi davanti al cosiddetto televisore, secondo le sue precise parole.

Deve essersi addormentata, seduta contro un muro. Cioè io immagino che sia andata così, anche perché dopo lei dice che ha cominciato a vedere della polvere nell'aria, e ha visto che dappertutto sulle vecchie case c'era polvere. C'era tanta polvere per terra, c'era tanta polvere nel giardinetto davanti alla chiesa, e c'era polvere anche sui suoi vestiti. S'è alzata ed è tornata nelle viuzze dietro la chiesa, constatando che le vecchie case stavano andando in polvere, sbriciolandosi nell'intonaco e nei mattoni, disfacendosi lentamente. Niente che la polvere non coprisse, perché tutto doveva andare a finire in polvere, secondo lei. Tutto nella città stava marcendo e diventando polvere davanti ai suoi occhi, a quanto pare, secondo il racconto che il mio amico ha registrato e ascoltato attraverso l'Atlantico.

Ecco là una finestra illuminata. Dietro i vetri qualcuno guardava un televisore nella penombra grigia, ma la polvere stava già per coprire lui e il suo cosiddetto televisore. Bastava poco, perché in quella metropoli non c'era mai molto vento, e l'aria stagnava senza vie d'uscita, e la polvere si accumulava in fretta dappertutto. Il disfacimento era già cominciato da un pezzo, secondo lei, e presto tutto sarebbe stato sepolto dalla polvere, dalla polvere che sta ferma o è mossa dal vento, ma senza più tutte quelle vibrazioni in giro da sopportare. Poi tornando verso casa, altri pensieri che le sono venuti, pensieri che io ho dovuto ascoltare molte volte nei nastri per capirli, ormai esausto da tutte le sue fantasie sulla polvere.

Mentre camminava verso casa, ecco le nuove vetrine con grandi scritte all'americana, i nuovi bar con nomi in inglese, i negozi di lusso con manichini in vetrina, un centro vendita di automobili che attirava l'attenzione con luminarie colossali. Tutta quella roba per far bella figura era già morta, secondo lei, e avevano un bel pulire le vetrine, e illuminarle con grandi scritte al neon per dire: "Comprate! Comprate!". Tutto quello che vedeva era già morto e sepolto nella polvere, secondo lei. Allora correva nella notte per le strade deserte con l'idea di prendersi un sonnifero e andare a letto difilato. Aveva voglia di dormire per tutto l'autunno e l'inverno, fino alla primavera, dimenticarsi il grigio e i pensieri noiosi per la testa, per poi svegliarsi in una metropoli bianca, coperta di ceneri bianche o di farina bianca, dove tutto era diventato sepolto e silenzioso come sotto la neve.

Ma appena entrata nell'appartamento di Nucci, altra grande sorpresa. Intanto il condominio risuonava di grida calcistiche esaltate, che facevano eco su per le scale come in un loculo del cimitero che sia stato sigillato da anni. Lei ha aperto la porta, è entrata nell'appartamento, e ha visto il suo uomo, chiamiamolo così, seduto davanti al televisore. Allora è stato il massimo desolante di quella serata. Nella penombra mortuaria, davanti al grigio lumicino televisivo, come un cieco che vede solo ombre e non capisce cosa siano, Nucci diceva: "Hanno fatto due goal!". Lei: "Chi?". Lui: "I nostri!". Lei: "Quali nostri?". E intanto s'era accorta che lui era coperto di polvere. Era cadaverico, dice precisamente

Alida, e tutto ricoperto da uno strato grigio di polvere delle fotocopie.

In queste sue visioni lei andava lontano con la testa, e il mio amico un po' la ascoltava e un po' si distraeva, accendendo il registratore e andando a farsi un caffè. Così ha ascoltato certi suoi racconti impossibili, che duravano molte notti, cioè molte albe fino al mattino chiaro, e poi lo lasciavano istupidito a pensare alle sue fissazioni. Ma le telefonate all'alba attraverso l'Atlantico gli davano meno fastidio del solito, mi diceva. Anche se spesso si preoccupava pensando alla bolletta telefonica, e gli venivano forti paure che l'addebitassero a lui: "Dimmi, Alida, ma chi paga queste telefonate?". E lei: "Non preoccuparti, ascoltami, ti prego". A parte questo, se non era troppo nervoso per l'insonnia, si addormentava nel chiaro mattino senza più ascoltarla, e poi svegliandosi a mezzogiorno ascoltava i nastri registrati nella notte.

Adesso Alida non era più guardata dagli uomini come una volta. Ogni settimana incontrava al bar le sue amiche, che le parlavano senza dirle niente, la guardavano senza vederla. Del resto quasi sempre la gente ti guarda senza vederti e ti ascolta senza sentirti, dice lei, è stato sempre così. Questa è un'epoca in cui nei suoi sogni si vedeva piena di muffe sulla pelle, muffe che rispuntavano appena le grattava via, muffe bianche sulle sue parti più carnose di donna ormai sfatta e invecchiata. Ma mi sono scordato di dire che con la visione nella notte delle partite di calcio Alida s'era finalmente decisa a mollare il noioso Nucci, tornando fuori di casa all'istante per non rimetterci mai più piede in quel loculo mortuario. E per continuare il racconto devo tornare al cosiddetto Romeo, che rispunta dopo non so quale viaggio, forse dal paese dei dispersi dove spesso si resta sbranati dalle furie.

Quella stessa notte delle partite di calcio, a quanto pare, il suo Romeo aveva invitato a casa sua non una ma tre femmine, e voleva prendersi il gusto di montarle tutte e tre assieme. Si vede che gli era venuta una fantasia così. Si era scelto tre grosse e anziane, di quelle prostitute con aria da massaie che vanno in giro sui viali con la sporta per la spesa. Le aveva sistemate da qualche parte, poi era sceso in cerca di liquori, forse nell'idea di fare un'orgia. Dunque stava uscendo dal portone, e proprio in quel momento arriva un'altra femmina grassa che corre a buttargli le braccia al collo. Ma il cosiddetto Romeo era anche lui coperto di polvere, come se fosse tutto infarinato, secondo il racconto di Alida. Infarinato anche sugli occhiali scuri, per cui non riconosceva sua moglie, o la sua cosiddetta ex moglie, per giunta sfatta com'era diventata negli ultimi tempi. Forse l'aveva presa per un'altra vacca che voleva andare a letto con lui, dice Alida, e la guardava sorpreso del caloroso abbraccio.

È così che si sono ritrovati e si sono rimessi assieme, lei e il suo uomo, stando al racconto. Credo che adesso vivano ancora assieme, se non sono già morti. Io immagino che il Romeo sia sempre coperto di polvere, con forse anche piccole muffe bianche che gli spuntano sulla pelle. Forse ogni tanto lei cerca di pulirlo, e lo mette nella vasca da bagno e lo sfrega bene per togliergli quelle muffe. All'epoca del racconto, secondo le mie ricostruzioni, il suo Romeo era diventato un uomo piuttosto ricco, perché commerciava in vacche che allevava in grandi pascoli lontani, in Russia, Romania, Ucraina, e vendeva la loro carne in tutto il mondo. Poi si è comprato una villa fuori dalla metropoli, dove Alida si trovava molto bene e si è messa a leggere molti libri. Forse proprio perché adesso era un commerciante di vacche, dice lei, la trattava con rispetto e non le faceva più i suoi urli da picchiatore politico.

Ormai non era più il maschio giovane che correva dietro a tutte le sottane, anche se portava sempre i suoi occhiali scuri, e si comprava qualche rivista porno da sfogliare a letto di sera. Ma si ha l'impressione che non fosse più lui, che fosse diventato un'altra persona, perché Alida dice che era sempre gentile, e quando lei gli parlava stava ad ascoltarla tranquillo. Strano per un tipo come lui. Poi, evidentemente, quando lei parlava al mio amico, in quelle costosissime telefonate attraverso l'Atlantico, era il suo Romeo che pagava la bolletta telefonica. E secondo me il Romeo doveva essere accanto a lei nel letto, forse anche lui addormentato, anche lui con la voglia di mandarla al diavolo, ma ormai abituato a risponderle nel sonno.

Anche il mio amico nelle ultime telefonate aveva imparato a risponderle mentre stava dormendo. Del resto anche lei spesso si addormentava al telefono mentre gli stava parlando. Allora in un certo senso loro dormivano assieme, e forse sognavano assieme, ma ognuno in assenza dell'altro, e questa mi sembra una fortuna.

Ad ogni modo io sono convinto che quando si è un po' addormentati ci si capisca meglio: non c'è più la furia dell'intelligenza per mettersi al di sopra degli altri, e allora certe volte si riesce a incrociare i pensieri, senza essere più estranei come al solito. Alida aveva fatto il sogno di una metropoli tutta coperta di polvere bianca, che rendeva le case e gli individui poco distinguibili, per cui ogni tanto qualcuno sbagliava porta, e dopo abitava un po' con una donna che non era sua moglie, o con un uomo che non era suo marito, poi sbagliava di nuovo porta e via di seguito, tutti sempre un po' addormentati sotto la coltre di polvere bianca. Le parole fuggono via nella nebbia e nel sonno, sfuggono ai giorni e agli anni, non si sa dove, ma è lì che poi ci si incontra, come dice un'altra canzone nei nastri.

POEMA PASTORALE

Il detenuto Da Ponte era in prigione da otto anni per aver spaccato la testa a un carabiniere, quando gli era venuta l'idea di scrivere il poema pastorale della sua infanzia. Perché lui era cresciuto in campagna e quello che era pastorale lo conosceva benissimo. E quando sentiva venir giù la pioggia là fuori, si ricordava di quando la pioggia gocciolava giù dalla grondaia rotta di casa sua, e lui da ragazzo era in mezzo ai dispiaceri di famiglia, nell'immenso universo dove si vede che aveva il destino di finire così. Di sera nella sua cella stava a pensarci fino a quando si stancava e dormiva, senza aver più la smania di andare fuori a vedere com'è il mondo. E si diceva che anche in prigione uno continua sempre la sua solita corsa, e se non ha l'ansia di correre via anche quello è un posto dove ci si abitua. Così gli bastava pensare al poema pastorale della sua infanzia e per il resto gli andava bene quasi tutto.

Tanti anni prima Da Ponte vedeva sua madre andare in bicicletta con la sottana che svolava per aria, nella campagna sotto casa sua, e in fondo c'era un bosco di castagni dove lui andava a spasso, e nel borgo c'era un mulino dove sua madre andava a comperare la farina, che poi pagava alla fine del mese quando arrivavano i soldi del marito. Il quale marito allora si diceva che era andato emigrante, ma si potrebbe dire scappato di casa, perché doveva aver messo su una famiglia da un'altra parte e però tornava a casa ogni tanto per fare una vacanza. E quando tornava, tra il padre e la madre c'erano quelle guerre tra marito e moglie che litigano per qualsiasi cosa, ma poi dormono insieme nel letto matrimoniale dove nascono i figli per tregua delle loro guerre. E il ragazzo Da Ponte aveva capito che anche lui era nato così, perché forse quasi tutti nascono così, dunque è inutile parlarne.

Dal poggio del bosco di castagni dove andava a spasso, da ragazzo vedeva le pecore che pascolavano nei prati, e le nuvole che passavano nell'aria, e sua madre in bicicletta con la sottana svolante, che però quando tornava con la farina dal mulino doveva spingere la bicicletta a mano su per la salita in cima al borgo, perché era una salitina abbastanza dura. Poi spesso la vedeva attraverso una finestra mentre faceva i suoi lavori di casa, e gli sembrava una donna robusta e svelta che fa tutte le cose volentieri. Da ragazzo lo incuriosiva vederla attraverso una finestra da lontano, e rimaneva fermo a guardarla quando la vedeva di lassù, per studiare come era svelta a fare le cose con pochi gesti.

Pensando a quando andava sul poggio del bosco di castagni, aveva anche l'altro ricordo di cosa faceva suo fratello a quei tempi. Suo fratello andava a scuola in città per fare gli studi superiori, dunque si considerava un tipo superiore a lui più piccolo che era sempre rimasto in campagna, e gli dava delle scoppole in testa per dimostrarglielo. Ma andando a scuola in città ed essendo un bel giovanottino, gli erano venuti anche altri grilli, per esempio quello di mettersi un foulard al collo per lasciarlo svolazzare mentre andava in bicicletta e così darsi un'aria di importanza. Poi dal poggio dei castagni Da Ponte lo vedeva tornare da scuola in bicicletta col foulard svolazzante, e subito correre a corteggiare sua madre al piano di sopra. La casa era a due piani, e le finestre al piano di sopra erano quattro, ma le tre a sinistra sempre chiuse. Attraverso la finestra di destra, lui vedeva il fratello entrare nella stanza a far certe mosse a sua madre da dietro, e lei sembrava che ridesse alle mosse galanti del bel giovanottino, ma poi lo mandava via perché aveva i suoi lavori da fare.

Un'altra cosa però lo faceva pensare ancora di più, ed è

che quando vedeva sua madre da lontano attraverso una finestra gli veniva l'idea che tutto il resto delle cose girasse intorno a lei, in orbita come i pianeti. La casa restava in una valletta, per cui venendo dal borgo si vedeva solo la punta del suo tetto con sullo sfondo il bosco di castagni, e quello era lo spazio dove tutto girava intorno alla madre, cominciando da lui e suo fratello, ma compreso il padre quando tornava in famiglia. E giravano nella sua orbita le galline e il cane e il maiale quando c'era, e il resto della valletta con tutto quel che c'era in casa o sull'aia, perché lei sapeva sempre dove era ogni cosa, mentre il fratello e il padre non si ricordavano mai dov'era la sega o un cavicchio o la scala per andare nel solaio.

Nei periodi che il padre tornava a casa, il ragazzo Da Ponte preferiva stare fuori più che poteva. E il motivo era che suo padre aveva un modo di girare intorno alla madre che gli dava fastidio, e lo vedeva sempre starle alle costole per convincerla di qualcosa, cercare di prenderla per un braccio o prenderla per la vita, mentre lei gli faceva dei gesti bruschi per mandarlo via. Poi quando tornava in casa, suo padre voleva comandare da padrone, allora tutti gli stavano alla larga, e la madre era sempre immusonita, e se il fratello si azzardava a farle le sue mosse da cascamorto lei gli mollava subito uno schiaffo.

Col padre in casa c'era un'arietta pesante tutti i momenti, ma soprattutto di sera quando erano a tavola e il padre voleva dare ordini. Allora il fratello soffiava e il padre gli chiedeva: "Cos'hai da soffiare?", e il fratello soffiava ancora fin quando il padre scoppiava a urlare, poi litigava con la madre che non voleva sentire i suoi urli. Tutto questo dipendeva dal diverso giramento delle cose, che giravano sempre intorno a sua madre, secondo Da Ponte, ma suo padre voleva essere anche lui al centro e dopo si sentiva l'aria di guerra in famiglia. Lo stesso però quando il padre voleva fare la pace con la moglie e allora le andava dietro a prenderla anche lui per i fianchi, come faceva il fratello, con quelle mosse per tirarsela vicina mentre lei voleva stargli alla larga.

L'altra cosa di quei tempi che Da Ponte aveva in mente era che suo padre lo chiamava bastardino, perché s'era fatto l'idea che fosse un figlio illegittimo, avuto dalla madre mentre lui era a lavorare come emigrante per mantenere la famiglia. E ricordava che a sua madre si drizzavano i capelli sulla testa quando sentiva dire così, perché le venivano le furie. Poi quando nei litigi il padre le gridava delle parole come: "Puttana!", certe volte lei correva fuori nell'aia a prendere la scure della legna per massacrare il marito. Allora il marito gridava che voleva denunciarla ai carabinieri, ma poi c'era una lotta tra loro, e lui gliene dava tante che ridiventava buono. Invece se il padre riusciva a prendere la moglie con maniere più galanti, per cui di notte nel letto matrimoniale loro facevano la pace, dopo non diceva più che lui era un figlio illegittimo.

Pensando a quei fatti, il detenuto Da Ponte si chiedeva se non fosse meglio passare ad altri ricordi più lieti. Però i ricordi lieti non gli tornavano in mente. Forse non ne aveva. Ma poi non gli importava di avere ricordi lieti e gli bastava star lì a pensare di sera, per capire cosa succede nell'universo infinito e nei posti campagnoli come quello dove gli era capitato di nascere. E quando un giorno il detenuto Piticchio gli ha detto che nell'antichità esistevano dei poemi pastorali che parlavano appunto di cose lontane di campagna, lui aveva sentito subito un caldo alla testa assieme alla voglia di mettersi a scrivere anche lui un poema pastorale con la storia della sua infanzia.

Per scrivere un poema però ci volevano i versi, e Da Ponte si è accorto che non gli venivano le rime, e senza rime non gli sembrava che fosse un poema. Questo lo ha bloccato per un pezzo e lo innervosiva, perché aveva sempre quel caldo alla testa che gli metteva la voglia di scrivere i suoi ricordi. Finché un giorno il detenuto Piticchio, che era maestro di scuola e conosceva tutti i libri più famosi, gli aveva detto che il suo poema poteva scriverlo anche senza rime: "Non preoccuparti delle rime, le rime non si usano più, adesso ognuno fa come vuole". Così lui aveva potuto finalmente mettersi a scrivere come gli veniva, alla sera nella sua cella, cominciando da quando vedeva dal bosco di castagni sua madre in bicicletta che tornava dal mulino con la sottana svolante.

Con Piticchio e con i detenuti Marmottini e Sgrò, Da Ponte faceva il servizio di lavanderia nella prigione, e ogni settimana dovevano raccogliere tutta la roba da lavare e metterla dentro a grandi mastelli di acqua bollente, poi rimestarla fin quando diventava pulita e stenderla ad asciugare. Ma in quel periodo era arrivato un nuovo direttore della prigione, e questo aveva la mania di far vedere un film alla domenica, con tutti i detenuti ammassati in un teatrino del pianoterra. Non solo, ma aveva un'altra mania, e cioè quando gli faceva vedere il cinegiornale prima del film (come si usava allora) e nel cinegiornale comparivano personaggi importanti del governo o della nazione, quel direttore voleva che tutti i detenuti applaudissero.

Ora Marmottini e Sgrò erano gente che non applaudiva nessuno, e l'hanno detto subito a Da Ponte che loro piuttosto di applaudire si facevano mettere in cella di rigore. E alla domenica pomeriggio, quando tutti dovevano ammassarsi nel teatrino del pianoterra a vedere il film, Marmottini e Sgrò avevano trovato una scappatoia. Siccome la chiave per andare nella lavanderia ce l'aveva il maestro Piticchio, che era un detenuto modello, loro gliela rubavano e sgattaiolavano nello stanzino dietro la lavanderia a giocare a carte con l'altro detenuto Bai. Avevano anche chiesto a Da Ponte se voleva fare il quarto nelle partite a scopone, però lui non sapeva giocare e andava là solo a guardarli.

Ma è così che dopo, quando ha cominciato a scrivere il suo poema, gli è venuta l'idea di poterlo andare a leggere ai compagni Marmottini e Sgrò, nello stanzino dietro la lavanderia, alla domenica. Perché scriverlo senza poterlo leggere a nessuno gli dava fastidio, e dopo si scoraggiava di sera nella sua cella. Ma è passato del tempo prima che si decidesse a farlo, non sapendo se fosse il caso di divulgare certe storie scabrose della sua famiglia. Anche perché scrivendo non riusciva mai a fare a meno di tornare alle stesse scene, come ad esempio la scena di quando vedeva il fratello prendere la madre per i fianchi, e questi erano fatti che preferiva tenere nascosti per non farsi sparlare dietro.

La storia poi era sempre la stessa, ed era perché tutto girava intorno a sua madre nella valletta. E quando il padre tornava a casa voleva tornare a fare il marito e la moglie gli diceva di no, poi però dormivano nello stesso letto e di notte si sentivano i suoni dalla loro camera. Allora il ragazzo Da Ponte si svegliava ed era costretto ad ascoltare le loro voci, con anche il chiasso d'un toro nel campo vicino che di notte bramiva perché lo tenevano lontano dalle sue vacche. Era un toro molto grosso che faceva muggiti per ore, ma a momenti era disperato di non poter montare le vacche, e faceva un "Meee... meee..." come gli agnelli che cercano la loro mamma. E ascoltandolo Da Ponte non riusciva a addormentarsi, allora spesso andava a guardare la luna sul poggio dei castagni.

Suo fratello dormiva con lui, e se sentiva che lui era sveglio si drizzava nel letto per dargli delle scoppole in testa, dicendo che doveva dormire: "Dormi, cretino, cosa fai?". E sentendolo fare anche un piccolo movimento voleva dargli altre scoppole. Era una tortura dover stare immobile per non disturbare il fratello, che intanto però non riusciva a dormire neanche lui, ascoltando sia i lamenti del toro nel campo vicino sia i suoni del padre e della madre nella loro camera. I lamenti del toro erano un concerto che continuava per ore, ma i rumori che tenevano Da Ponte più sveglio erano quelli nella camera dei genitori perché gli mettevano la curiosità morbosa.

Cioè padre e madre prima litigavano per un pezzo senza far capire cosa dicevano, ma lasciando sentire suoni di stizza o urli che scoppiavano nella notte, con rimproveri della madre che diceva al marito: "Abbassa la voce!". Ma molte notti madre e padre tornavano in amore e questa era la cosa meno chiara di tutte, cioè che i suoni di guerra diventassero bisbigli intimi e rumori del letto, poi sospiri e spasimi a tutto andare. Soprattutto allora il fratello gli dava molte scoppole in testa perché non voleva che lui ascoltasse: "Cretino, perché non dormi?". Poi nel buio però stava anche lui in ascolto e tutti e due si rigiravano nel letto, finché il ragazzo Da Ponte sgattaiolava giù per la scala e correva in cima al poggio dei castagni, dove guardando la luna gli veniva da sospirare.

Quando andava a guardare la luna però, il poggio del bosco di castagni forse non era ancora il suo posto d'osservazione di tutte le cose che giravano in orbita nella valletta, attorno a sua madre. Deve essere stato dopo che lui si è convinto che tutto girava sempre in un'orbita, comprese le nuvole che passano in cielo, senza parlare delle bestie nella campagna e degli uccelli nell'aria e delle api intorno ai fiori e dei moscerini nel porcile e dei galli nel pollaio e delle mosche che venivano in casa d'estate, ma naturalmente tenendo conto del fratello e del padre che giravano intorno a sua madre. E deve essere stato un'estate che si è fatto quell'idea, perché in primavera e d'estate l'orbitamento generale nei posti di campagna si vede meglio. Ed ecco perché aveva preso l'abitudine di appostarsi lassù nel bosco di castagni a guardare cosa succedeva nella valletta.

Dopo tanti anni Da Ponte tornava a quei pensieri, scrivendo il poema della sua infanzia che gli veniva con molta ispirazione. E siccome il detenuto Piticchio aveva sentito cosa stava facendo e forse era diventato un po' invidioso, allora ogni tanto gli chiedeva: "Quand'è che me lo fai leggere?". Però a lui Da Ponte non si sentiva di mostrarlo, perché Piticchio era un maestro di scuola che correggeva tutti, e in secondo luogo era un tipo religioso che andava a messa tutte le domeniche, per cui certi fatti che succedono nell'universo infinito non li avrebbe trovati di suo gusto. Che poi fossero storie belle o brutte, quelli erano i fatti della sua infanzia, la sua ispirazione, e lui non poteva farci niente.

Così aveva finalmente chiesto a Marmottini se poteva leggergli il suo poema nello stanzino dietro la lavanderia. E Marmottini che era un uomo di mondo, che prima di finire in galera faceva l'attore, gli ha detto: "Sì, sì, se vuoi, vieni domenica, mentre noi giochiamo a carte". Dunque Da Ponte si è deciso ad andarlo a leggere alla domenica, con i fogli nascosti nella camicia per non farsi sbianchire dai guardiani in sorveglianza. E ha cominciato la lettura da prima che cominciassero i suoi appostamenti nel bosco di castagni, da quando lui portava a pascolare le pecore lungo il fiume, cioè sul greto del fiume dove le pecore andavano in cerca d'erba e lui stava a riposarsi con un compagno idiota.

Di sera Da Ponte si ripassava in mente com'era allora lungo il fiume, e rivedeva le nuvole che giravano come se girasse il cielo, e il suo compagno idiota tutto sbrindellato nei vestiti che ghignava parlando da balbuziente. Lui non capiva mai cosa gli dicesse con quelle ghignate da povero idiota. Solo dopo lui aveva capito che continuava sempre a parlargli di donne nude che aveva visto, e voleva portarlo anche lui a vedere le donne nude, dalla sua casupola dietro il mulino del borgo dove c'era l'ovile. Dopo l'ovile però c'era soltanto un canale che portava l'acqua al mulino, con granchietti che giravano tra le alghe, e lui non ha mai capito dove il balbuziente vedesse le donne nude.

L'acqua del canale cadeva sulle pale del mulino che spuntavano girando fuori dal muro, e da quel muro cominciava la casa dei Tognato, proprietari del mulino e dell'ovile e delle pecore che l'idiota portava a pascolare sul fiume. L'idiota si tirava dietro Da Ponte nella casa dei Tognato, lo tirava per un braccio ghignando e farfugliando finché arrivavano in uno stanzone abbastanza buio. E lì c'era la moglie del molinaro, tutta vestita di nero e con il gozzo, che gli dava una merenda di pane e marmellata, ma senza dire niente e senza mai guardarli.

Da Ponte ricordava bene la molinara gozzuta, con le mammelle cascanti fino alla pancia, la quale nello stanzone sembrava sempre incantata a fissare qualcosa fuori dalla finestra o sulla cucina a legna. Sempre così mentre gli preparava il pane e marmellata, come se pensasse a cose lontane, con occhi lontani che guardavano l'aria. Il compagno idiota intanto gongolava e ballonzolava come un cane che aspetta l'osso, e appena lei metteva il pane sul tavolo se lo ficcava tutto in bocca senza masticarlo, ingozzandosi e storcendo il collo per mandarlo giù.

Poi l'idiota si tirava dietro il giovane Da Ponte, di corsa tutto allegro sul sentiero, ghignando e balbuziando fino alla sua casupola, che era una baracca con un letto per terra e in giro molta paglia e cacche di galline che venivano dentro a fare l'uovo. E appena dentro si buttava sul letto con aria da matto, e dopo si calava i calzoni per fargli vedere che l'aveva duro, e ghignando faceva segni di toccarglielo perché sentisse com'era duro: "Dài, tocca, senti, senti com'è duro!". Allora lui qualche volta doveva tastarglielo un pochino per farlo contento, poi lo salutava e tornava a casa su per il borgo.

Quando Da Ponte ha letto questo episodio a Sgrò e Marmottini, mentre giocavano a carte con Bai nello stanzino dietro la lavanderia, nessuno gli ha badato. Solo Marmottini a un certo punto ha detto: "Bravo, Da Ponte, vai così!". E Sgrò: "Urca, Da Ponte!", sentendo la storia dell'idiota che voleva farselo toccare. Comunque era la prima volta che andava a leggere il suo poema, e certi fatti della valletta non si sentiva ancora di farli sapere agli altri, cioè le storie di corteggiamenti e orbitamenti intorno a sua madre, che più gli mettevano il caldo alla testa e gli davano l'ispirazione di scrivere.

Ad esempio da ragazzo certi giorni al tramonto, tornando a casa, lui saliva sul poggio dei castagni per esplorare la situazione in famiglia e capiva che il padre era scappato via di nuovo, come faceva spesso d'improvviso, soprattutto quando la madre nelle sue furie correva a prendere la scure per massacrarlo. Allora sembrava che le nuvole del tramonto girassero in cielo più calme del solito, e non si sentissero più suoni bruschi nella valletta, e neanche il vecchio cane mugolava più. E lui sapeva di poter prendere tranquillo il sentiero che portava nell'aia e trovare in cucina la madre senza più il muso che preparava la cena, e il fratello che gironzolava facendo finta di niente.

Appena entrato sua madre diceva qualcosa per sgridarlo: "È ora di tornare? Ma dove vai, si può sapere, fino a quest'ora? Guarda che mani sporche!". E subito il fratello andava a dargli una scoppola per punizione, prima di mettersi a tavola. Poi cenavano in silenzio e lui fiutava l'arietta di liberazione di ogni volta che il padre scompariva di casa, come se un cane da guardia fosse andato via e ricominciasse un diverso giramento di tutte le cose. Aveva un bel ricordo di quei primi momenti di liberazione, dopo giorni e giorni di litigi in famiglia, col padre che voleva spadroneggiare su tutti.

Dopo cena sua madre si alzava a sparecchiare, muovendosi per la cucina da donna svelta e ben piantata, con molto petto nella camicetta. Si sentivano volare le mosche, tutto era tranquillo. Però, se lei andava di sopra a prendere qualcosa, si vedeva il fratello far finta di non pensarci, e a un tratto correre su per le scale anche lui. Allora il ragazzo Da Ponte stava ad ascoltare con le orecchie spalancate per capire cosa poteva succedere lassù, e quando i due scendevano dalle scale guardava sua madre per vedere se era la stessa persona, e anche suo fratello per vedere se aveva la stessa faccia. Gli sembrava strano che dopo la corsa su per le scale il fratello tornasse giù calmo, senza più le sue mosse speciali degli occhi, come se si fosse stancato di girare intorno a sua madre.

Altre volte nei pomeriggi di domenica non riusciva a capire cosa facessero quei due al piano di sopra. Loro andavano su dopo mangiato, come se niente fosse, e lui in cucina ascoltava col fiato sospeso senza sentire rumori, oppure credendo di sentire risatine o bisbigli, perché gli veniva tanta curiosità che si immaginava le cose. Quella era la sua tortura di ragazzo, una matta curiosità che lo faceva tremare e immaginarsi tante cose. Che drizzando le orecchie certe volte gli veniva persino l'idea che i due là sopra stessero accopulandosi come le rane. Ma era sicuro che il fratello avesse dei grilli nella testa, questo sì, perché in certi momenti girava gli occhi in modo speciale, e quelle mosse speciali degli occhi rispuntavano ogni volta che il padre andava via.

A parte questo, anche lui stava molto meglio quando non c'era il padre. E d'estate dopo aver cenato tornava fuori mentre calavano le ombre, e gli piaceva camminare da solo al buio sullo stradone lungo il fiume, senza più pensare a suo fratello, ma guardando le luci oltre il fiume, là lontano dove c'era la città. E ripassandosi di sera i ricordi sulla valletta, adesso lui credeva che l'idea fissa dell'orbitamento, che poi gli era venuta, fosse nata con quelle camminate nel buio. Infatti di quelle serate ricordava l'impressione che tutto girasse intorno nell'aria buia, tranne le stelle che fanno la loro funzione di luci degli altri pianeti che orbitano nell'universo.

Del resto nelle notti d'estate in campagna certe cose si capiscono meglio, e da ragazzo lui le capiva ancora meglio quando sentivano i lamenti disperati del toro che voleva andare a montare le vacche. Allora gli tornava in mente la casa dei Tognato, con un altro orbitamento intorno alla moglie gozzuta del molinaro, sempre incantata nei suoi pensieri. Perché il compagno idiota girava intorno alla gozzuta per avere le merende ma anche per qualcos'altro, in quanto era lei che glielo faceva diventare duro. Glielo aveva detto l'idiota ghignando da matto, anche lui con mosse speciali degli occhi come suo fratello. Dunque si capisce che tutti dovevano avere gli stessi grilli del toro che voleva andare dalle vacche, cioè i grilli del corteggiare, mentre lui da ragazzo aveva più che altro la curiosità di sapere come andavano le cose in famiglia.

Comunque, sembrava d'essere tutti come quei pianeti che si studiavano a scuola, sempre lì a girare intorno a un altro pianeta per via dell'attrazione terrestre, compresa la luna che non si direbbe a guardarla così libera in cielo. E se prima lui aveva paura di scrivere certi fatti familiari per non farsi sparlar dietro, poi s'era detto che il caldo alla testa gli veniva pensando a quelle cose e cioè a tutto il ronzare intorno a sua madre che aveva visto nella valletta, compreso quello d'uno zio timido che veniva ogni tanto a portarle regali. Ma queste sono cose che succedono nell'universo infinito senza volontà di nessuno, pensava Da Ponte, cioè sono fenomeni naturali dell'attrazione terrestre, che se uno non è come Piticchio può anche capirli.

Così una domenica si è ritrovato là che leggeva ai compagni Marmottini e Sgrò anche la storia dei grilli e orbitamenti di suo fratello. Quella volta però loro stavano facendo una partita a poker con Bai e l'altro detenuto Baragozzi, tutti molto concentrati nel gioco, e nessuno l'ha ascoltato. Come al solito Marmottini gentile: "Sì, sì, mettiti lì a leggere". Invece a Baragozzi dava fastidio anche sentire la sua voce: "Ma deve andare avanti molto, che mi fa venir sonno?". Poi l'hanno mandato a far da palo sulla porta per ascoltare quando finiva il film, siccome la domenica prima il direttore aveva pescato il detenuto Totino che non voleva applaudire i personaggi del cinegiornale, e i guardiani gli avevano rotto una costola per punizione. Bai era preoccupato: "Non vorrei che ci sgami anche noi". Mentre Marmottini era tranquillo, sempre un signore.

Ma in seguito è successo un altro fatto di rilievo. Con l'insubordinazione di Totino che non voleva applaudire e l'aveva dichiarato chiaro e tondo, il direttore del carcere si è molto incattivito. E adesso voleva che tutti i detenuti applaudissero non solo i personaggi dei cinegiornali, ma anche alla fine dei film, e i guardiani dovevano stare attenti per individuare chi non applaudiva. Aveva fatto anche un discorso sul palco, per dire che chi credeva di farla franca poteva star sicuro che lo beccavano. Secondo quel direttore, a quanto si è saputo, se qualcuno non applaude un film o un personaggio importante vuol dire che c'è qualcosa di marcio in lui. A sentir così Bai e Baragozzi si sono presi un certo spago, per cui dopo non volevano più infrattarsi nello stanzino a giocare a carte e di domenica andavano ad applaudire come gli altri.

Dunque Marmottini e Sgrò sono rimasti da soli alla domenica, e giocavano tra loro a terziglio, mentre Da Ponte gli leggeva il poema della sua infanzia. Adesso i due lo ascoltavano più del solito, siccome giocavano a carte annoiati. Così appena lui ha toccato la storia di suo fratello che corteggiava la madre, questa volta Sgrò ha drizzato la crapa: "Urca, Da

Ponte, che roba!'". Ma il fatto che Da Ponte voleva spiegare era questo: che lui non aveva mai capito come andassero di preciso i corteggiamenti nella valletta e ricordava solo le torture della curiosità patite da ragazzo. E queste però erano le cose che gli davano più ispirazione, quando alla sera si metteva a scrivere nella sua cella.

Ad esempio gli dava molta ispirazione ricordarsi di suo fratello che tornava alle due dalla città dove andava a scuola per fare gli studi superiori, e rivederlo quando arrivava sull'aia in bicicletta tenendo sempre la testa dritta e il foulard sventolante per darsi un'aria di importanza. E vedendolo arrivare al giovane Da Ponte veniva sempre il sospetto che lui tenesse la testa così dritta per essere guardato, cioè sperando che la madre lo guardasse dalla finestra e restasse in ammirazione, siccome a quei tempi suo fratello era davvero un bel ragazzo che le donne guardavano volentieri.

Che fosse un bel ragazzo glielo diceva anche sua madre, e che le donne lo guardassero volentieri si poteva constatarlo alla domenica quando andavano a messa in un borgo vicino, loro due con la madre in mezzo che teneva suo fratello a braccetto. Ma soprattutto dopo la messa quando la madre si fermava a fare due chiacchiere con qualcuno sul sagrato, si vedevano le ragazze girare gli occhi sul giovanotto al fianco della madre, il quale stava lì a farsi guardare con l'aria da furbo. Tanto che il ragazzo Da Ponte si vergognava di quelle scene, per giunta con sua madre che aveva la mania di tenere suo fratello sempre a braccetto come se fosse il suo fidanzato. Allora lui scappava via e li lasciava tornar a casa da soli, quei due, che facessero quel che volevano.

Dopo, a casa, quando si mettevano a tavola per il pranzo della domenica, gli sembrava che fosse la madre a stuzzicare il fratello con parole di scherzo: "Dove hai la testa, mio bel giovanottino?". O anche appoggiandogli una mano sul braccio per qualche minuto. Allora si vedeva il fratello ringalluzzirsi come un galletto quando drizza la cresta, con le sue mosse speciali degli occhi che girava di qua e di là. Poi mangiando madre e fratello si dicevano frasi per scherzare, e lui rideva anche senza capire di cosa parlassero. Gli piaceva però stare in mezzo ai loro scherzi, prima di tutto perché non c'erano estranei a vedere come se l'intendevano, dunque era meno scandaloso, e poi per il pungolo della curiosità, sperando di capire cosa facevano quando lui non c'era.

Non riusciva a figurarsi cosa poteva succedere nel pomeriggio mentre lui pascolava le pecore lungo il fiume, ma pensava che suo fratello non potesse fare a meno di ronzare intorno alla madre, preso nella potente attrazione della sua orbita. E guardando il suo amico idiota si convinceva sempre più, perché nel pomeriggio il povero idiota era uguale a suo fratello, cioè diventava spavaldo con l'aria da galletto e balbuziava con le stesse mosse d'occhi. Ma non potendo correre subito a girare intorno alla gozzuta, dovendo star sul fiume a pascolare le pecore, faceva sempre quelle ghignate da idiota dove non si capiva niente. Da Ponte però capiva che quelli erano gli sfoghi da innamorato con l'attrazione addosso, come quelli del toro che non poteva correre dalle sue vacche.

Quando tornavano all'ovile e andavano al mulino, si vedeva che l'attrazione gli metteva addosso l'argento vivo, perché l'idiota cominciava a spiccare dei salti, dei salti in alto e in lungo, che spesso lo facevano andar per terra e sbattere la testa. Tra l'altro, anche lui prima di entrare dai Tognato si dava una pettinata ai capelli per fare bella figura, come suo fratello quando tornava a casa e andava a corteggiare sua madre. Ma dopo nello stanzone buio l'idiota stava a guardare la gozzuta paralizzato, senza aprir bocca, finché lei gli dava la merenda e lo mandava via, sempre incantata a guardare da un'altra parte. Ed è così che tornando alla sua casupola l'idiota se lo sentiva duro tra le gambe, per essere stato vicino alla gozzuta incantata, e sul sentiero lo balbuziava al suo amico ghignando da deficiente: "Ce l'ho duro, ce l'ho duro, Giuseppe!".

Però quell'attrazione senza la volontà di nessuno era dovunque, c'è poco da dire, ed è questo che Da Ponte cercava di spiegare nel suo poema. Era anche nei moscerini e nelle mosche che venivano in casa, senza parlare delle api che at tirate dai fiori non potevano staccarsi prima di averli succhiati, poi senza parlare delle falene che di sera se trovavano una luce accesa non riuscivano più a smettere di orbitarci intorno. E tranne per il suo cane così vecchio che non ne aveva più voglia, lui da ragazzo vedeva dovunque per le campagne un orbitamento pastorale infinito, dai galli sull'aia che stavano a girare intorno alle galline e le beccavano in testa per spadroneggiare come suo padre, agli agnelli che belavano e ai vitelli che muggivano perché volevano star nell'orbita delle loro mamme come suo fratello, ai somari che l'avevano duro e avrebbero montato qualsiasi cosa, come il suo compagno idiota con la gozzuta.

Tornando dalle camminate nel buio sullo stradone, saliva al poggio dei castagni per spiare la casa e capire dalle finestre cosa succedeva là dentro. Ma non capiva mai niente, allora entrava in punta di piedi e andava a letto con l'idea di orbitare anche lui come un povero idiota assieme agli altri. Cioè lui orbitava senz'altro assieme all'idiota che girava attorno alla gozzuta incantata, e orbitava assieme a suo fratello che girava attorno a sua madre. Perché doveva essere sempre la stessa attrazione nell'orbita materna che gli dava la smania di spiare la casa di notte, e spiare di giorno dal poggio attraverso la finestra quando suo fratello abbracciava la madre da dietro.

E dopo stava a spiare con occhi fissi sua madre di sera in cucina, per capire come lei accettava i grilli del fratello nel pomeriggio, con tutte le conseguenze galanti che si possono immaginare. Gli sembrava che a volte lei se lo guardasse come un bel giovanottino da tenersi stretto, ad esempio quando lo teneva a braccetto come il suo fidanzato. Altre volte gli teneva il muso e lo picchiava con la scopa, quando le veniva le sue furie, o col mattarello, se lui andava male a scuola. E con tutti i dubbi che aveva da ragazzo, la curiosità galoppava e lo aveva fatto diventare un deficiente come il suo compagno idiota.

Certe volte Marmottini gli diceva: "Leggi più adagio, altrimenti non si capisce niente". Ma è che Da Ponte si lasciava trascinare troppo dalle parole, cioè accelerando molto se qualcosa gli faceva venire il caldo alla testa con le vecchie storie della sua curiosità spasmodica. Come ad esempio un'estate che il padre era tornato a casa e la madre andava a farsi fare i vestiti da una sarta nel borgo di nome Annalisa Maestri. Ma siccome la signorina Maestri di giorno lavorava in città, allora succedeva che la madre andava di sera a farsi le prove dei vestiti, dopo cena, dunque dopo cena lasciava il marito a casa, ma voleva essere accompagnata dal fratello per non tornare da sola nel buio.

Da Ponte si ricordava le smanie tremende che gli erano venute, di stare sul viottolo nascosto per vedere cosa facevano la madre e il fratello tornando a casa nel buio, con l'idea che magari andassero ad accopularsi nei prati. Era diventato uno spione, idiota completo con quelle idee fisse, e sul viottolo li seguiva senza vedere niente ma con la febbre che gli faceva battere i denti. Soprattutto quando gli pareva che al ritorno si fermassero dietro l'olmo sul sentiero della valletta, ma senza poter vedere niente, nascosto dietro i cespugli col batticuore che gli montava l'immaginazione facendogli sentir chissà cosa. E si è ammalato sul serio, con febbre a quaranta gradi e angina di petto così grave che credevano morisse. Non respirava più, vaneggiava, per cui hanno dovuto chiamare sia il dottore che il prete. In conclusione non era riuscito a capire cosa facessero quei due, ed era arrivato solo a farsi crescere ancora di più la curiosità.

Però poi, quando era guarito e quando il padre anche quella volta s'era deciso a scappar via, il fratello aveva preso l'aria d'un galletto gongolante, che gli dava delle scoppole in testa tutti i momenti. La prima sera di liberazione, forse nella contentezza di trovarsi senza più il cane da guardia, il fratello s'era messo a corteggiare la madre in cucina davanti a lui, senza aspettare il momento buono di andare al piano di sopra, ma ronzandole intorno come un calabrone e poi abbracciandola da dietro spudoratamente. E lui, ragazzo in convalescenza, spalancava gli occhi vedendolo caduto nell'attrazione così irresistibile da non potersi tenere. Ma la madre si capisce che era stanca di uomini che cercavano sempre di prenderla, ed essendo una donna molto robusta, quella volta gli ha mollato uno schiaffo in faccia così forte che il fratello ha traballato tutto, poi è scappato fuori senza cenare, nella notte in bicicletta.

Dopo Da Ponte ricordava che c'erano molti litigi tra i due, precisamente come quelli tra madre e padre. Stava in casa a sorvegliarli facendo finta di fare i compiti, in mezzo ai loro scatti di nervi e furie che venivano a sua madre quando il fratello le rispondeva male. Si preoccupava perché gli sembravano come i gatti che si soffiano di rabbia prima che il gatto salti sulla gatta per montarla. Aveva paura che magari nascesse un bambino come tregua nelle loro guerre, e là in cucina facendo finta di studiare gli veniva il tremito di preoccupazione così forte che doveva mettersi a guardare fisso il muro per non vederli.

Mentre leggeva queste storie, un giorno Marmottini gli ha detto: "Sai, Da Ponte, anch'io ho sentito dire d'un ragazzo che puntava sua mamma". E Sgrò giocando una carta: "Ohé, dico, è mica una roba normale, eh?". E Marmottini: "Sì, ma vai poi a sapere cos'è successo". Più che altro era l'immaginazione che montava le cose, secondo lui, perché la gente sparla e immagina, e deve sempre farsi idee campate in aria altrimenti non è contenta. Come quando lui lavorava in teatro: "Tante scene, con quella che piange e l'altro che grida, ma stringi stringi, è solo spettacolo e fumo negli occhi, poi dopo però il cervello ti fa vedere chissà cosa!".

Sgrò non è rimasto molto persuaso di questa spiegazione, mentre Da Ponte qui s'è ricordato un'altra cosa che poi ha scritto nel suo poema. Si è ricordato di quella volta che era andato alla sagra d'un paese vicino dove si ballava, e là sua madre e suo fratello si erano messi anche loro a ballare. Ma si tenevano stretti come due innamorati, sua madre con la sottana svolante che rideva allegra e il fratello naturalmente col foulard dandosi molte arie. La gente li guardava, ma loro nell'allegria non se ne accorgevano, e tenendosi così stretti davano proprio spettacolo. Per cui tutti sparlavano sotto voce intorno alla pista da ballo, e lui aveva dovuto scappar via dalla vergogna.

Il fatto grave però è stato che tra gli altri che li hanno visti in quella posa c'erano due mediatori che dovevano avere dei soldi da sua madre. E quei due il giorno dopo sono venuti nella valletta dicendo che volevano subito i loro soldi, poi gridavano parole così sfacciate che alla madre è venuta una delle sue furie e ha preso il forcone nella stalla e li ha fatti scappare via. Erano due omacci grossi, ma lei li ha messi in fuga giù per il viottolo. Però quella è stata la sua disgrazia, perché i mediatori sono andati a sparlare nel borgo, e prima i Tognato poi gli altri non hanno fatto più credito alla madre, e nessuno la salutava più per le chiacchiere che c'erano in giro. E il ragazzo Da Ponte ha fiutato l'aria marcia e si vergognava tanto che è scappato di casa. Non voleva più stare in famiglia, s'era nascosto nei boschi e veniva a casa soltanto di sera a mangiare, e intanto a sua madre sono venuti i capelli grigi in un mese.

Dopo erano finiti i corteggiamenti nella valletta, e il fratello si è messo ad andare a trovare la sartina Annalisa Maestri, e sembrava che lui e la Maestri fossero fidanzati perché di domenica andavano al cinema in città. La madre aveva sempre il muso e le furie, per la mancanza di soldi che il marito tardava a mandare. Per sfogarsi picchiava il figlio più piccolo con schiaffi e colpi di scopa, gridando: "Io non ne posso più di voi!". E Da Ponte vedeva che quando le si drizzavano i capelli in testa adesso erano tutti grigi come quelli d'una vecchia. Intanto al fratello era venuta una gran superbia, forse perché adesso andava al liceo o forse perché le donne in città lo guardavano volentieri. Allora anche lui non stava mai in casa, e quando tornava per la cena badava poco a sua madre, ma si muoveva in cucina con la testa alta come per farsi guardare, cioè come se si sentisse lui al centro delle cose che giravano nella valletta.

Poi Da Ponte ricordava quando il padre era tornato un'altra volta, e trovando il figlio così superbo voleva sbatterlo fuori di casa con urli speciali. Appena il fratello veniva a mangiare, bastava che dicesse due parole e il padre scoppiava subito in tempesta. Ed è che il padre, già geloso per qualcosa che doveva aver annusato, non sopportava di vederlo in casa con quelle arie di importanza, allora cominciavano gli urli, poi si sentiva la voce della madre che difendeva il fratello, poi la voce del padre che bestemmiava perché non lo voleva più in casa. "No, questa casa è mia e tu qui non comandi," gridava la madre. E il ragazzo Da Ponte scappava sul poggio dei castagni per non avere più nelle orecchie quei suoni d'una guerra perpetua, di quelle che ti fanno stancare di tutti gli amori.

Come ad esempio era stancante il compagno idiota, che alla fine ha voluto tirare la gozzuta incantata nella sua casupola, e anche lì era nata una guerra paurosa. Perché il molinaro deve essersi accorto che l'incantata andava a farsi montare dal deficiente, e le ha dato un sacco di calci e pugni, che la moglie ha dovuto andare all'ospedale con la pleurite. Poi il povero compagno idiota che gongolava tanto, anche lui con l'aria da superbo che aveva messo su il fratello, e salti di contentezza ancora più da idiota da quando poteva sfogare la sua passione, una notte ha preso tante bastonate non si sa da chi. Così l'hanno portato al cimitero con la testa spaccata, ed è stata la sua fine.

Scrivendo quest'episodio, Da Ponte si diceva che quello era l'effetto pastorale della vita, che faceva ronzare tutti dappertutto come le mosche intorno alle briciole di torta, finché si muore. Quando poi ha letto l'episodio a Sgrò e Marmottini, loro non hanno più avuto voglia di giocare a carte e si sono messi a parlare di quello che gli aveva fatto venire in mente il poema di Da Ponte. Pensavano a tutti quei fenomeni di attrazione in un'orbita, che quando uno se li ripassa nella memoria dopo capisce che succedono come per una spinta, ma senza la volontà di nessuno. E cioè, diceva Marmottini: "Volere o volare, bramare o bramire, tutto dipende dalla spinta del destino, che dopo si ruzzola fin quando si arriva in fondo".

Da Ponte diceva che quando gli era nata l'ansia di scrivere il suo poema, era perché con quel caldo nella testa gli era tornata l'impressione dell'orbitamento che sentiva da ragazzo. E quando Piticchio gli aveva detto che nei poemi pastorali dell'antichità c'era scritto che l'amore vince ogni cosa, lui subito si era ricordato i bramiti del toro che non poteva correre dalle sue vacche, e altre attrazioni uguali a quelle del toro, nella valletta o fuori dalla valletta. Ma anche lui quando aveva la furia di scrivere il suo poema era per la stessa cosa, cioè stava ancora orbitando intorno alla valletta che orbitava intorno a sua madre, e scriveva contento perché pensava a sua madre con passione rivedendola com'era bella e svelta a far tutte le cose, e come rideva di gusto certe volte, sull'aia della loro casa in campagna. E pensando e ripensando a quelle scene di allora, anche lui era come un pianeta che non può allontanarsi dal suo giro e gira sempre non per sua volontà.

Infatti nel seguito non è mai riuscito ad andare avanti col suo poema per venire fuori dalla valletta, e ha scritto molto ma tornando sempre lì. Ha scritto quasi duemila fogli a forza di rivangare le stesse cose, dunque si era perduto e non ci pensava più a leggere il suo poema a qualcuno. Del resto Marmottini e Sgrò erano già stati beccati dagli scarafoni nello stanzino dietro la lavanderia, e anche a loro avevano rotto le costole come a Totino e Cioffis e altri detenuti testardi. Mentre Da Ponte aveva di nuovo spaccato la testa, non a un carabiniere questa volta, ma a un guardiano del carcere con una sedia. E dopo non poteva neanche più sognarselo di venir fuori dalla galera, perché lo hanno spedito in un manicomio criminale dove è morto.

Ma i tempi erano diventati strani, secondo quello che Da Ponte ha lasciato scritto nei suoi duemila fogli, e nell'ultimo periodo in quella prigione tutti i detenuti erano diventati degli appassionati dell'applauso. Il direttore aveva fatto venire un cantante d'opera nel teatrino del pianoterra, e non appena quello faceva i suoi acuti di beneficenza i carcerati scoppiavano ad applaudire come dei pazzi. Tutti tranne Da Ponte, che nella circostanza aveva dovuto obbedire alla spinta del suo destino e spaccare la testa a uno scarafone, perché non gli andava di fare degli applausi. Del resto, come diceva Marmottini, "Ce n'è già tanta di gente che applaude! Ce n'è piene le piazze! E allora?".

L'unico rimpianto che aveva Da Ponte era di non aver scritto il suo poema pastorale in versi, perché allora sarebbe stato un vero poema, mentre a scriverlo così come gli veniva era andata a finire che tutte quelle pagine gli sembravano della carta straccia da buttar via. Erano come gli orbitamenti nella valletta, con tutti quegli urli e spasimi di notte e pensieri da pazzi di giorno, che non si capiva a cosa fossero serviti, tranne forse trovando qualcuno che facesse un riassunto per dire che anche quelle erano cose successe nell'universo infinito.

NOVELLA DEI DUE STUDENTI

Finiti gli studi universitari, due studenti avevano avuto due borse di studio per preparare le loro tesi di specializzazione, ed erano partiti verso una città straniera dove abitava un celebre maestro con cui volevano studiare. Studiare con una persona così importante era una fortuna, dicevano molti. I due erano cresciuti assieme, avevano sempre studiato assieme, facevano sempre tutto assieme, e s'erano anche abituati a pensare le stesse cose, come una coppia di vecchi sposi. Nel loro piccolo tran tran di vita erano sempre d'accordo su tutto, mostrando di condividere le stesse idee e gli stessi sentimenti. Per giunta portavano lo stesso nome, e uno era Enrico il bruno, l'altro Enrico il biondo, essendo distinguibili soprattutto dal colore dei capelli. I loro volti non mostravano ancora tratti marcati né tracce di dolore sofferto, nessuna ruga, sempre il naso all'aria. Non tanto alti, gesti composti, quasi sempre vestiti allo stesso modo, potevano sembrare la stessa persona ambulante nel mondo in rappresentanza d'una generazione.

Nei primi tempi li guidava in giro per la città straniera uno studente alto e magro, che aveva studiato all'università con loro. Era la bella stagione, e di sera li portava in certi caffè all'aperto in riva al lago, frequentati da studenti e giovani pascolanti in motocicletta. Stavano lì a bere una birra e passavano le serate a far chiacchiere senza capo né coda. Gli Enrico non erano dei forti conversatori, ma nei primi tempi in una nuova città trovar da chiacchierare è la cosa più importante. Poi in questi incontri si sono accorti che lo studente alto e magro, presentandoli agli altri, citava sempre il celebre maestro con cui loro dovevano studiare. E gli altri drizzavano le orecchie: "Davvero studiate con lui? Allora lo conoscete!". No, non lo conoscevano ancora, ma dovevano andare a trovarlo per mettersi d'accordo sugli studi da fare. Dopo questa risposta avevano l'impressione che li guardassero come persone speciali.

Anche all'università dove i due avevano studiato si parlava molto di quel celebre maestro, tanto che bastava citare il suo nome per far bella figura. È così che gli Enrico avevano imparato ad apprezzare il nome famoso, citandolo senza aver mai letto un suo libro, citandolo per adeguarsi a un'usanza che sembrava rendere contenti i loro professori. Poi avevano avuto le loro borse di studio grazie a un professore triste, anziano, tutto grigio nei capelli e nel vestiario, il quale sognava di entrare in contatto con la celebrità internazionale. Costui aveva preparato un pacco dei suoi scritti da mandare al maestro e aveva detto ai due studenti: "Ecco, adesso voi avete la vostra borsa di studio, andate da lui con questa lettera. E consegnategli i miei scritti, mi raccomando, ditegli che sto scrivendo un articolo sul suo ultimo libro". Loro avevano promesso, senza capire il suo pathos da anziano studioso, ed erano partiti dimenticando quasi subito il pacco dei suoi scritti su un treno.

Ma ora nella nuova città le cose stavano prendendo una piega strana. Lo studente alto e magro gli faceva tanta pubblicità, che nei caffè sul lago sempre più gente voleva parlare con i due Enrico. Di sera tra i tavolini all'aperto c'era sempre qualcuno che veniva ad attaccar discorso con loro per informarsi: "Ma che tipo è il maestro? Avete il suo indirizzo? Potreste mettermi in contatto con lui?". Quelli che li avvicinavano erano dei personaggi insistenti che puntavano sempre a mettersi in contatto con qualcuno, cercando indirizzi e numeri di telefono da scrivere nelle loro agende. E appena gli Enrico si sedevano al tavolino d'un caffè, arrivavano quegli insistenti a disturbarli, a raccontare i loro progetti, spiegare i motivi per cui volevano conoscere la celebrità. Lo studente alto e magro faceva promesse a tutti, con l'aria di esser diventato una figura autorevole: "Sì sì, loro vi metteranno in contatto, non c'è problema".

C'era chi voleva incontrare il maestro per fare un film su di lui, chi voleva fargli un'intervista, chi chiedergli di scrivere qualcosa. C'era una svizzera che voleva fargli leggere un suo manoscritto, c'era un giapponese che voleva fargli delle fotografie artistiche, c'era un'argentina che voleva invitarlo nella sua fattoria in Argentina a riposarsi un po'. Ce n'erano di tutti i generi, che ogni sera arrivavano a spiegare i loro progetti, a scaricare i loro manoscritti, per entrare in contatto con l'uomo famoso. Gli Enrico si sono ben presto stancati della loro fama, e di tutti quelli che gli ronzavano attorno con le solite domande: "Quando andate da lui? Potete darmi il suo indirizzo? Avete il suo numero di telefono? Potete portargli il mio libro?".

Hanno cominciato a evitare lo studente alto e magro, hanno frequentato altri posti e fatto nuove conoscenze, e alla fine hanno incontrato due figure di stampo speciale. Lui era uno studente obeso che sudava molto e mostrava di aver letto tutti i libri, di aver affrontato tutti i grandi problemi, ma soprattutto ci teneva a parlare d'un romanzo che aveva scritto, perché voleva diventare scrittore. Lei era una studentessa francese, alta e snella, che girava su un ciclomotore di marca Solex e stava facendo uno studio sui suicidi in quella città. Gli Enrico li incontravano in un caffè del centro, dove ascoltavano le loro conversazioni. Nella sera tiepida lei dichiarava il proprio orrore per quella città, denunciando il provincialismo dei suoi abitanti, citando statistiche sul numero dei suicidi, mentre l'obeso forniva spiegazioni di tipo storico-sociale che s'accavallavano ai gridi d'orrore della francese.

I nostri studenti non intervenivano quasi mai, anche perché gli altri due li correggevano regolarmente appena esprimevano un'opinione qualsiasi, e c'era sempre di mezzo qualche libro che loro non avevano letto. Poi ogni tanto la convercazione languiva, e allora lo studente obeso si metteva a fremere: "Dunque, quando andate dal maestro? Ditemelo, mi raccomando, che voglio venire anch'io, eh? Devo parlargli". Voleva parlargli del romanzo che aveva scritto, sperando che il maestro esprimesse un giudizio favorevole, anche una sola frase da mettere in copertina. Gli era venuta quell'idea per il lancio del suo libro, e contava sulla collaborazione degli Enrico. Questi dicevano: "Non lo conosciamo, non sappiamo". Ma l'obeso insisteva: "Una sua frase, una frase sola col suo nome, cosa gli costa? In copertina del mio romanzo farebbe colpo". Perciò fremeva e sudava, doveva asciugarsi spesso la fronte col fazzoletto, e ogni mattina telefonava ai due studenti per tenerli sotto controllo.

Diversa era la situazione con la francese. Il racconto dice che gli Enrico si sentivano molto attratti da quella ragazza e avrebbero volentieri amoreggiato con lei. Allora la corteggiavano promettendo di farle incontrare l'uomo famoso, mentre lei li teneva sotto controllo con appuntamenti pomeridiani nel caffè del centro. I due studenti erano abituati a corteggiare le ragazze insieme, nel senso classico da spiaggia o da bar, ma qui avrebbero preferito abboccamenti separati, corteggiare la bella ognuno per conto suo. Alla fine hanno trovato una soluzione, senza neanche mettersi d'accordo, perché uno diceva: "Vacci tu da Catherine, io oggi non ci vengo". E l'altro diceva: "No, no, vacci tu". Un po' di tira e molla, poi ci andava uno dei due a turno, correndo via col cuore che batteva forte. Così dopo lei li teneva sotto controllo incontrando ora il biondo e ora il bruno, a casa sua, secondo turni settimanali. E nel tardo pomeriggio i due si ritrovavano in un altro caffè a parlare della loro vita, ma senza parlare dei loro amori con la francese, né tanto meno delle loro reiterate promesse di farle conoscere il celebre maestro.

Al centro di quella città c'era una vasta spianata di prati, che su un lato si apriva su una piazzetta con una fermata dei tram. Sulla piattaforma d'asfalto dove si fermavano i tram c'erano (e ci sono ancora, io credo) quattro statue di bronzo che stavano lì a rappresentare quattro persone in attesa del tram. Sia per le dimensioni a misura d'uomo, per i dettagli del corpo e del vestiario, ma soprattutto perché erano figure fissate in un momento qualsiasi della loro vita, le quattro statue sembravano anche loro passanti qualsiasi mescolati agli altri in carne e ossa. Gli Enrico si ritrovavano nel caffè di fronte e stavano per ore a osservarle, li incuriosiva la loro aria di persone normali che aspettano il tram, e notavano molti passanti che le guardavano sorpresi e qualcuno che andava a toccarle per sincerarsi che fossero soltanto statue.

A parte questo, i passanti che vedevano in quella città erano tutti chiusi nei loro pensieri, guardinghi, senza una minima occhiata che mostrasse voglia di conoscere gli altri. Quello era lo stile generale del luogo, dappertutto c'era un sentore di chiuso, anche per le strade e sulle coste del lago all'aria aperta. I due studenti avrebbero voluto fare amicizie, ma fin qui le uniche amicizie che avevano fatto erano la studentessa francese e lo studente obeso, che gli stavano alle costole per quel motivo: "Quando si va dal maestro?". Ecco perché, quando si ritrovavano in quel caffè dopo gli amori pomeridiani con la francese, i due stavano a guardare le quattro statue di bronzo per ore. Le trovavano più amichevoli ed espressive degli altri cittadini in circolazione, le trovavano più umane, sì più umane... Più amichevoli e più umane. Intanto speravano sempre di fare nuove conoscenze per andare poi a spasso in buona compagnia.

In cerca di amici, un giorno sono andati a incontrare un giovane professore italiano che insegnava in una città vicina. Nella cafeteria universitaria s'erano messi a osservare altri studenti che vagavano con libri e giornali sottobraccio, anche loro in cerca di qualcuno con cui sentirsi in buona compagnia. Erano seduti a un tavolo col giovane professore italiano che parlava dei più celebri maestri disponibili sul mercato, le stelle nel firmamento intellettuale d'Europa e d'America. Nomi e nomi, titoli di libri, non smetteva più. Gli studenti hanno citato il loro maestro, tanto per far figura, ma il giovane professore li ha bloccati subito: "Chi? Quello? Quello è uno già fuori gioco, completamente scoppiato!".

Tornando indietro nel pullman i due amici riflettevano sulla confidenza raccolta per caso. Avevano scoperto che il loro maestro faceva parte della schiera degli uomini infelici. Secondo il giovane professore era reduce da un amore fallito a Parigi, era recluso nella sua villa e strettamente sorvegliato dalla moglie, ed era un uomo svanito per l'infelicità che nel giro di due anni sarebbe stato quotato pochissimo sul mercato intellettuale: "Una storia con un'allieva. Sua moglie s'è messa di mezzo e ha fatto uno scandalo. Lui ha chiuso con Parigi, adesso non c'è più con la testa". Stupiti, i nostri Enrico, però si dicevano che in fondo c'è sempre rimedio, trovando una buona amicizia per distrarsi e andare a spasso in compagnia. Pensavano a certi begli incontri umani che si vedono nei film d'altri tempi, avevano quella nostalgia. Tornati a casa si sono detti che era ora di incontrare il loro maestro, il quale forse dopo tutto era una persona simpatica e disponibile per un incontro umano.

In un mattino di fine estate stavano camminando su un viale alberato che costeggia il lago, e si sono fermati davanti a un muro coperto di rampicanti. Attraverso una barriera d'alberi si intravedeva lo spigolo del tetto d'una villa, che sono rimasti a guardare senza nessun motivo. Qui Enrico il bruno s'è ricordato l'indirizzo del maestro, ed Enrico il biondo si è accorto che corrispondeva alla villa davanti a cui si erano fermati. Un gran silenzio oltre il muro, il portone d'ingresso chiuso, gli studenti incerti sul da fare. Come presentarsi a un personaggio così, senza aver telefonato? Però non ce l'avevano il suo numero di telefono. E mentre si guardano in faccia il portone si apre da solo lentamente, spunta davanti a loro un viale ghiaioso tra due ali di ippocastani, a destra una grande villa. Sulla scalinata della villa il celebre maestro in persona si sporgeva facendo gesti per invitarli a entrare.

Poi il racconto dice che i due studenti si sono ritrovati seduti in un salone con finestre affacciate sul lago, insieme all'uomo che li aveva accolti. Uomo alto e giovanile, con nero maglione a girocollo, costui s'era messo subito a parlare dei numerosi impegni che lo portavano in giro per il mondo e dei suoi spostamenti aerei da un posto all'altro. Sembrava che avesse soltanto quello per la testa, parlava di Londra, Parigi, New York, Tokyo, citando gli orari dei voli per ogni scalo. Loro venivano da Parigi? Che volo avevano preso? No, non venivano da Parigi, hanno spiegato i due, ma dopo non sapevano più cosa dire. Gli è sorto il dubbio di avere sbagliato villa, e che l'uomo fosse il pilota d'una linea aerea costretto a volare sempre per lavoro. Poi si è capito che li aveva accolti così bene sulla scalinata perché li aveva scambiati per due suoi allievi belgi. Allievi piloti? No, due suoi allievi dell'università, a Parigi, che avevano scritto un libro molto interessante. "Sì, molto interessante," spiegava l'uomo dondolando la testa, e non trovava altro da dire.

Solo durante una passeggiata sul prato davanti alla villa, gli Enrico si son decisi a spiegare chi erano, e il loro programma di ricerca per la tesi di specializzazione sotto la sua guida. L'altro li ascoltava camminando verso una balaustrata con statue in riva al lago, dove poi si è fermato a guardare l'acqua coperta dalle prime foschie azzurrine. Dondolava la testa per mostrare di aver capito, ma non trovava niente da dire e ripeteva: "Sì, molto interessante". Il cielo era coperto, sembrava un mattino d'autunno, quando il mondo comincia a essere un po' stanco e sfibrato. Dopo un lungo silenzio, l'uomo si è avviato verso la villa a passi lunghi e svelti, lasciando intendere che la passeggiata era finita e anche il loro colloquio. I due Enrico gli sono corsi dietro sgambando fino al viale d'ingresso, dove l'altro si è fermato con aria seria e testa china a spiegargli qualcosa. Gli ha spiegato che l'indomani doveva volar in Giappone e che sarebbe tornato soltanto in primavera. Loro non hanno aperto bocca, così li ha congedati.

Lo studente obeso è rimasto un po' scosso, sentendo che l'incontro con la celebrità mondiale era avvenuto senza di lui. E la studentessa francese si è seccata, perché quei due promettevano promettevano, ma poi la deludevano sempre. E gli Enrico? Quante volte sono andati in visita alle statue di bronzo, dopo l'incontro col loro maestro! Il quale doveva volare in Giappone, svernare in Australia, tenere innumerevoli conferenze non si sa dove, mentre le quattro statue erano sempre lì nella piazzetta e loro potevano andarle a trovare a qualsiasi ora, come amici che non si muovono mai di casa. La città cambiava, adesso sembrava più vuota. Giri e giri per tornare sempre alle quattro statue. Non sapevano quasi mai dove andare, a parte i cinema dove si infrattavano per passare i pomeriggi troppo lunghi.

Nella loro pensione sulle alture, c'era una grassa cameriera portoghese che non capiva nessuna lingua, due cameriere bionde e rosee che parlavano soltanto un loro dialetto di montagna. La padrona della pensione, signora molto ingioiellata, parlava un francese pieno di trilli e chiedeva sempre se avevano visto le attrazioni turistiche del luogo. Loro preferivano parlare a gesti con la grassa portoghese, che rideva molto perché non capiva niente. Lei era la più simpatica, e agli Enrico sarebbe piaciuto portarsela a spasso alla domenica, in mancanza d'altre compagnie. Per il resto? Lassù incontravano facce di vecchi benestanti, facce che sorridevano per buona educazione, facce rosee di gente che pareva murata nella propria salute fisica. I due si chiedevano dove trovare altre conoscenze in quel posto straniero.

Hanno deciso di mettersi a studiare seriamente le opere di Jean-Jacques Rousseau, su cui dovevano scrivere le loro tesi di specializzazione. Prendevano appunti, schedavano i temi, i motivi ricorrenti. Stavano in camera a studiare tutto il giorno, al tramonto uscivano a zonzo giù per il Boulevard dei Filosofi, arrivavano al solito caffè e non avevano niente da dirsi. Bevevano molto vino e tornavano alla pensione abbastanza ubriachi, poi dormivano della grossa fino al mezzogiorno dell'indomani. Oppure si alzavano presto, studiavano in camera tutto il giorno, esaltandosi a scoprire le fissazioni del povero Jean-Jacques Rousseau, ma alla sera tornavano in quel caffè, si ubriacavano di vino e si dicevano: "Abbiamo letto tanto, abbiamo gli occhi stanchi, non ne possiamo più di essere intelligenti, vogliamo degli amici!".

Così andavano le cose, ormai in pieno autunno. Su questo periodo però il racconto non dice molto, tranne che lo studente obeso è tornato in Italia per l'uscita del suo romanzo, così adesso non c'erano neanche più gli incontri per cenare con lui, dominati dalla sua parlantina e dai suoi sudori. Prima di partire l'obeso si era fatto tatuare su un polso il suo motto come nuovo romanziere, una piccola scritta rossa che sembrava una ferita: "Tutto è finzione". Gli Enrico aspettavano pazientemente la primavera e spesso si dicevano: "Siamo in ritiro, dobbiamo studiare, la vita qui è comoda, tutto è normale, non bisogna lamentarsi". Ma nei pomeriggi brumosi non riuscivano a stare chiusi in casa, e dovevano scappar fuori per gironzolare nella piazzetta dei tram, intorno alle quattro statue di bronzo, sempre intorno a quelle statue. Erano attirati dalla solita nostalgia di un bell'incontro umano come nei vecchi film.

Viene il periodo natalizio, il ritorno a casa. Anche qui nessun incontro umano come si deve, neanche con amici d'infanzia. Enrico il bruno ha litigato con tutti i familiari, poi ascoltava sua madre singhiozzare: "Non ti capisco più! Ma cosa sei diventato, uno che non crede più a niente?". Enrico il biondo una sera era a casa con sua madre, e gli è venuta voglia di abbracciarla, stringerla, di strusciarsi un po' con lei come faceva da bambino. Ma lei aveva sempre altro da fare e scappava via come la gente piena di doveri da compiere, oppure prendeva il suo tono da insegnante di scuola che sgrida gli alunni: "Ma cosa fai?". In quell'occasione Enrico il biondo ha scritto nel suo diario: "Non capisco se eravamo così anche prima, oppure siamo diventati così perché non si riesce a fare amicizie. Forse la nostra anima è crollata a pezzi, dunque ora è fatta di pezzi che si spostano sempre e vorrebbero strusciarsi con quelli degli altri".

Al rientro nella città straniera, neanche ritrovarsi con lo studente obeso è stato quell'incontro che si aspettavano. Il suo romanzo aveva avuto successo, ma gli Enrico l'avevano trovato noioso, e l'altro si è seccato perché non gli facevano nessun elogio. Nel solito caffè della piazzetta, lui ha spiegato che il suo romanzo era un meccanismo a orologeria, una finzione che non sbagliava un colpo. Era ambientato in una delle ville sul lago, con molti delitti e suicidi, e l'obeso ha detto che in quella città c'erano moltissimi suicidi, c'era un ponte della ferrovia dove ogni giorno qualcuno si buttava giù, ma lui non voleva fare quella fine: "Ah, io no di sicuro! Finita la cultura delle crisi spirituali! Io non mi smonto! Tutto è finzione!". A questo punto però sudava troppo, si asciugava la fronte tutti i momenti, e siccome gli Enrico non dicevano niente per dargli ragione, ha interrotto il colloquio ed è andato via senza pagare. Tutta la città era coperta di nebbia, dal caffè non si riusciva a vedere le quattro statue, si intravedeva l'obeso che andava via come se fosse zoppo, pencolando da un lato. Dopo quella scenata non l'hanno più visto, ed Enrico il biondo ha scritto nel suo diario: "Forse l'anima è fatta di tanti pezzi tenuti insieme da un intonaco, e se l'intonaco crolla tutti i pezzi non stanno più assieme. Allora si vorrebbe che gli altri raccogliessero i nostri pezzi per tenerli come reliquie".

Da un bar all'altro stancamente con libri e giornali sottobraccio, vagavano sperando di incontrare qualcuno con cui sentirsi in buona compagnia. Certi giorni gironzolavano per musei, sale di conferenze, mense universitarie, negozi di dischi, oppure alla stazione ferroviaria, e ogni tanto cercavano di attaccar discorso con qualcuno. Ma dopo le prime frasi gli passava la voglia. Tutti erano guardinghi, chiusi in sé, questa la loro impressione. Nel crepuscolo nebbioso stavano a guardare le statue attraverso i vetri del solito caffè. Quelle statue sembravano i resti di altre epoche, mineralizzati per qualche influsso cosmico, e ogni volta che qualcuno si fermava a guardarle sembrava che si ricordasse di altre epoche. Una sera hanno visto una ragazza che passando ha fatto una carezza a una statua, e subito sono corsi fuori per parlarle, ma lei è scappata a prendere un tram. Era una ragazza con una palandrana scura e un cappello maschile, che sembrava il tipo adatto per un bell'incontro umano. I due Enrico cercavano una persona così, anche lei interessata alle statue, non chiusa e guardinga come gli altri abitanti di quella città straniera.

Alla fine dell'inverno hanno incontrato una persona che sembrava adatta per un incontro umano. Hanno incontrato una donna non più giovane, che abitava in un quartiere periferico e non conosceva quasi per niente la città. Un anno prima questa donna aveva dovuto lasciare la fabbrica dove lavorava ed era stata messa in pensione a causa d'una labirintite cronica, ma appena in pensione e lontana dalla fabbrica non aveva avuto più nessun disturbo alle orecchie, guarita completamente. Soltanto, diceva, adesso non sapeva più cosa fare del suo tempo, le sue giornate sembravano incomprensibilmente lunghe e il suo tempo non passava mai. Per farlo passare a volte prendeva un autobus con l'idea di andare in città a guardare le strade e le vetrine, ma non aveva l'abitudine di andare in giro da sola e si sentiva confusa. Così al primo smarrimento prendeva un autobus per tornare al suo quartiere periferico. Un pomeriggio in quella piazzetta, sulla piattaforma dei tram, all'improvviso il suo tempo si era fermato del tutto, neanche un secondo passava più. In quel momento sono arrivati i due Enrico, che l'hanno vista confusa, le hanno detto una frase, e subito il suo tempo era passato senza che lei se ne accorgesse.

Nel caffè di fronte, dove l'hanno portata, la donna non più giovane si era messa a borbottare senza guardarli, aveva un forte accento regionale che loro capivano poco. Stava spiegando la sua storia, il tempo che non passa mai, e a un tratto si è alzata: "Devo andare!". Però un altro giorno l'hanno vista seduta sotto la pensilina tra le statue di bronzo, con una grossa sporta della spesa. Il racconto dice che si sono parlati, sempre nel solito caffè, e i due studenti si sentivano imbarazzati, la trovavano troppo smarrita. Poi gli è venuta l'idea di portarla un po' a spasso, dato che non conosceva per niente quella città tra le acque, mai andata in giro a vedere com'è. Quella volta o un'altra volta hanno affrontato l'argomento in modo cauto, chiedendo se le sarebbe piaciuto fare una gita in battello sul lago. No, sul lago non voleva andarci, là c'era troppa gente.

Era una donna di mezz'età con un grosso seno, occhi melanconici, grossa di corpo, che portava scarpe con tacchi a spillo. Stava seduta come se fosse sempre sul punto di alzarsi, guardando da un'altra parte, e si capiva che le dispiaceva farsi vedere insieme a quei due giovani. Fumava una sigaretta a scatti, scrutando la gente nel caffè per vedere se qualcuno la osservava. Enrico il biondo ha scritto nel suo diario: "Con lei si sente che c'è sempre troppo tempo da perdere ma che non c'è mai tempo, non ci sarà mai tempo per parlarsi a cuore aperto, senza doversi soltanto lamentare". Però la donna è tornata a incontrarli altre volte, facendosi trovare seduta sotto la pensilina tra le statue, sempre portando con sé una grossa sporta, come se andasse a far la spesa. Stava arrivando la buona stagione, e i due studenti le hanno proposto una gita in battello sul fiume che scende dal lago e s'inoltra tra grandi vallate piene di boschi, boschi pieni di uccelli e animali di tutti i generi, che si possono vedere dal battello. Lei ha detto che non poteva, non aveva tempo. Poi ha detto che suo marito non avrebbe voluto, era molto geloso. Poi ha detto che non sapeva, doveva pensarci.

Nel giorno convenuto l'hanno trovata all'appuntamento all'imbarcadero, con la solita sporta della spesa, e sono partiti senza dire una parola. Anche qui si vedeva bene che non voleva mostrarsi insieme ai due studenti, sul battello stava per conto suo a guardare l'acqua del fiume, in mezzo a calmi turisti che leggevano le loro guide turistiche. Tutto andava bene, era una bella giornata, ma a un tratto lei s'è accorta che il suo tempo s'era fermato, non passava più neanche un secondo, anche l'acqua del fiume era immobile. Nessuno s'era accorto di niente, i turisti erano assorti nella lettura delle guide, ma a un tratto tutto s'era fermato. Gli Enrico l'hanno bloccata sulla ringhiera, mentre si stava sporgendo troppo. "Forse voleva buttarsi in acqua, scomparire nell'ignota natura," ha scritto Enrico il biondo nel suo diario. Dopo la tenevano d'occhio preoccupati, e il viaggio tra i boschi diventava interminabilmente lungo. Non si vedevano uccelli o altri animali da nessuna parte, tutto era immobile intorno, i boschi erano molto scuri. A tratti lei aveva scatti, occhiate cattive, diceva: "Devo tornare a casa". Sono sbarcati a una passerella nei pressi del quartiere periferico dove la donna non più giovane abitava, e attraverso un bosco di querce hanno risalito il sentiero che porta a una muraglia di palazzoni, disposta ad anfiteatro sulla collina. La donna abitava dentro quella muraglia di palazzoni, in un nuovo quartiere lontano da tutto, assieme al marito e due figli ormai grandi. Arrivata lì, è stata presa dal panico che il marito o i figli la vedessero con i due studenti: "Andate via, andate via!". Preferiva che il suo tempo non passasse mai, piuttosto che il marito scoprisse qualcosa. Non voleva più vederli, che la lasciassero in pace: "Ma cosa volete da me, si può sapere?". Strillava così, tenendosi abbracciata alla sua sporta della spesa, poi s'è avviata verso il suo palazzone con finestrelle tutte uguali, infinite, allineate su dieci piani.

Si può immaginare come siano rimasti delusi gli Enrico. Nei giorni seguenti erano tanto costernati che non avevano neanche voglia di parlarne. Stanche mattinate nei bar leggendo i giornali, studio delle opere di Jean-Jacques Rousseau al pomeriggio, silenziose soste serali davanti alle statue. Per fortuna intanto il celebre maestro era tornato dai suoi viaggi in capo al mondo, ed è stata la studentessa francese a darne l'annuncio, telefonando ai due studenti: "Ho sentito che è già tornato da quindici giorni, andateci subito e parlategli di me, devo conoscerlo". Aveva finito il suo studio sociologico sui suicidi di quella città, voleva pubblicarlo. Gli studenti sono corsi subito, hanno preso un autobus, sbarcati su quel viale alberato che costeggia il lago, erano ansanti. Hanno suonato al campanello della villa, il portone si è aperto da solo, loro sono entrati nel salone con finestre affacciate sul lago, e lì il maestro li ha accolti come se non si ricordasse più di loro, vago nelle parole e sfuggente negli sguardi.

Loro avevano in mente di spiegargli che in quella città ci si può sentire confinati e delusi, ma forse tra tanti confinati è possibile trovare amici per stare in buona compagnia. Però non riuscivano ad abbordare l'argomento, siccome il maestro dopo averli accolti si era seduto su una poltrona e stava in silenzio, con il mento chino sul petto. Solo durante una passeggiata verso il lago hanno potuto avviare il discorso, e spiegargli che erano venuti in quella città per conoscerlo e ascoltarlo come si fa con i veri maestri. Hanno accennato al fatto che un buon incontro umano può aiutare chiunque, e fa bene passeggiare discutendo, come facevano ad esempio Socrate e Platone ai bei tempi antichi. Arrivati alla balaustrata con statue in riva al lago, il loro uomo si è fermato a guardare l'acqua, poi li ha fissati con aria frastornata, balbettando frasi poco chiare, in sostanza per chiedere: ma cosa volevano da lui?

Chi ha soccorso gli studenti in quel momento di débâcle è stata la moglie del maestro, apparsa sulla veranda della villa per invitarli a bere una tazza di tè. Donna piccola e minuta, elegante, con gesti decisi, li ha accolti senza metterli troppo in soggezione. Bevendo il tè spiegava ai due quanti impegni aveva suo marito, e quanta gente gli scriveva, lo cercava, lo disturbava, e quanti sforzi doveva far lei per aiutarlo, e quante spese comportasse la manutenzione di quella villa. Gli Enrico si trovavano bene in sua compagnia, era una persona alla mano, anche se un po' autoritaria. Lei li studiava con lunghe occhiate, e faceva domande per sapere dove abitavano, com'era la loro pensione sulle alture. Quando i due si sono alzati per prendere congedo, la piccola donna dai gesti decisi ha detto: "Veniteci a trovare, ci farete piacere, siamo sempre da soli in questa villa".

Adesso il racconto parla d'un periodo incerto, durante il quale i due studenti erano fiacchi e mogi, non sapevano più cosa fare. Hanno cercato di tornar a corteggiare la studentessa francese facendole nuove promesse, ma lei li trattava troppo male. Hanno deciso di comprarsi una vetturetta di seconda mano, per darsi ai viaggi di primavera sulle coste orientali del lago. Poi un bel giorno la moglie del maestro telefona alla loro pensione, dice che ha parlato col marito, ha saputo che loro lo avevano invitato a uscire, lei era d'accordo. Gli avrebbe fatto bene stare con due giovani come loro:

"Ma non deve vedere altra gente, capito?"". Forse temeva
che il marito si prendesse un'altra sbandata per una ragazza,
come gli era successo a Parigi: "Non deve incontrare vostri
amici, conoscenze, nessuno! Ci siamo intesi?" "Sì signora,
d'accordo". Così comincia il periodo primaverile in cui i due
portavano a spasso la celebrità sulla loro piccola vettura di
marca Renault. Ma dove portarlo e di cosa parlare, non è
stato un facile problema da risolvere.

Subito alla prima uscita si è scoperto che al maestro non
piaceva nessun posto nei dintorni, non aveva voglia di vedere niente. Cosa fare? L'hanno portato nel solito caffè da dove si vedevano le quattro statue di bronzo. Ma mentre erano
lì a guardar le statue, di cosa parlare? Innanzi tutto il maestro non parlava, lui di solito balbettava soltanto. In secondo
luogo, appena loro accennavano al programma di ricerca
per le loro tesi di specializzazione, smetteva anche di balbettare e si vedeva che pensava ad altro. A forza di tentativi per
intavolare una mezza conversazione, i due hanno capito che
gli unici argomenti di cui parlava volentieri erano i libri di alto livello intellettuale come i suoi. Difficile sostenere discorsi del genere. Se avessero potuto portarsi dietro lo studente
obeso o la studentessa francese, loro sì che se la sarebbero
cavata bene con la parlantina intellettuale! Ma gli ordini della moglie erano tassativi: "Non deve incontrare altra gente!".
La cosa diventava molto impegnativa per gli Enrico, che per
poter sostenere quei colloqui si sono trovati costretti a comprare un paio di libri del celebre maestro e cercare di legger-
li. Un passo che non avevano mai previsto di dover fare, ma
ora devono farlo, altrimenti non sanno mai cosa dirgli, al loro uomo.

Eccoli dunque in camera, nella modesta ma confortante
pensione sulle alture, dove c'è la cameriera portoghese che
parla solo portoghese e non capisce cosa loro dicono. Con
lei non dovevano intavolare discorsi, potevano intendersi a
gesti, facendo mosse scherzose che divertivano la grassa signora. Ma qui si tratta d'una storia tutta diversa, che è quella della lettura dei libri con alto contenuto intellettuale. Gli

95

Enrico ci mettevano tutta la loro buona volontà per capire la prosa del maestro. Leggevano e rileggevano quattro righe, chiedendosi cosa mai volessero dire. Passavano pomeriggi interi arrancando dietro frasi inverosimilmente pesanti o concetti pesantemente inverosimili, ogni volta rimanendo estenuati dalla lettura impossibile. Quelle frasi avevano l'aria di borbottamenti senza senso, oppure rumori come quelli del traffico, rumori confusi nella testa. Spesso i due erano colti da un tale senso di soffocazione che dovevano aprire tutte le finestre per prendere aria, salvo poi cadere sul letto in uno stato letargico pieno di brutti pensieri. Nella notte un gatto miagola, degli alberi stormiscono, un'ambulanza attraversa le strade nel buio, e i due studenti non dormono pensando agli incontri con il loro maestro.

Al terzo o quarto incontro hanno bevuto tanto vino da restare intontiti, così potevano parlare senza sapere cosa stavano dicendo, con parole pescate nei libri che non avevano capito. Ma il maestro non si lasciava trascinare nelle loro chiacchiere. Sentendoli parlare a vanvera si chiudeva sempre di più nel suo guscio, col mento chino sul petto e gli occhi socchiusi che si aprivano solo per guardare le statue sulla piazzetta. La volta successiva hanno provato a parlargli di certi begli incontri umani che si vedono nei film d'altri tempi, e dei loro tentativi di trovare compagnia in quella città, la storia di quella donna non più giovane, eccetera. E qui a un tratto il maestro ha avuto uno scatto di nervi, dicendo che lui aveva orrore d'ogni sentimento che... non finiva le frasi, balbettava... anzi non voleva neanche parlarne, diceva, perché lui era troppo consapevole che... Poi ha parlato per mezz'ora. Lui era troppo consapevole, ha detto, che gli stati di cose intorno a noi sono innumerevoli, incalcolabili, infinitamente confusi, e che ogni scelta dipende dal caso o da abitudini create per suscitare ovvie reazioni. Personalmente avrebbe desiderato che esistesse una matrice pitagorica del mondo, una matrice che sottrae ogni stato di cose all'effimera confusione dei sensi, e avrebbe desiderato vedere in ogni cosa un modello preciso e inoppugnabile, come le traiettorie dei corpi celesti. Ma nella sua ricerca aveva finito per accorgersi della limitatezza di tutti i modelli che gli venivano in mente, con anche il dubbio che neppure le traiettorie dei corpi celesti avessero la precisione da lui desiderata. Ad ogni modo il suo ideale, detto in breve, erano quelle statue di bronzo, che stavano lì indifferenti nell'intrico di apparenze attorno a loro. Lui avrebbe voluto essere come quelle statue, pure forme senza gli impacci della sensibilità, perché tutte le emozioni gli facevano orrore e la vita era semplicemente un inferno.

Dopo questa tirata, i nostri due non hanno più aperto bocca, erano così imbarazzati che riportandolo a casa hanno inventato scuse per rimandare il prossimo incontro a tempo indeterminato. Non era lo scatto di nervi che li aveva resi perplessi, ma l'impressione prodotta dai rimuginamenti del maestro, l'impressione che il mondo fosse tutto anormale ai suoi occhi e che potesse diventarlo anche per loro. Appena a casa si sono detti: "Non vogliamo più maestri, non vogliamo più gente che pensa solo ai suoi libri. Vogliamo essere normali e trovare qualcuno per stare bene in compagnia, invece di ascoltare discorsi da pazzi". Finiti gli incontri col maestro, non s'è più parlato delle loro tesi di specializzazione, né di studiare le opere di Jean-Jacques Rousseau. Leggevano romanzi, spendevano i soldi delle loro borse di studio comprando dischi e cianfrusaglie da buttar via subito. Nel frattempo Enrico il bruno s'era innamorato pazzamente della studentessa francese, così innamorato che non parlava d'altro. Sulle prime naturalmente aveva sfruttato l'alone d'importanza che gli veniva dal frequentare l'uomo famoso, ma poi ha cominciato a tornare a casa stravolto, poi meno stravolto e più entusiasta, poi ancora più entusiasta quando dormiva con la francese e il loro amore filava benissimo. E ogni volta che tornava alla pensione diceva all'altro Enrico: "Come sono innamorato! Sono così innamorato che non vedo più i muri, non so più chi è mio padre e mia madre! Vedo solo Catherine con la sua figura snella mentre scende dal viale Champel per venirmi incontro! Io ringrazio il Dio del cielo perché me l'ha fatta incontrare!".

L'altro Enrico non sapeva cosa rispondere a tante effusioni, anche perché sentiva dentro di sé una specie di gorgoglio che lo rendeva sempre incerto. Quel gorgoglio interno doveva essere la sua anima incerta e tremolante, come ha scritto nel diario: "Forse l'anima è qualcosa come l'acqua, che arrivata a una strettoia fa dei mulinelli, e poi se trova un buco gorgoglia. Forse i pensieri fanno la stessa cosa quando cadono nel buco dell'anima, cioè precipitano, non si riesce più a trattenerli, e dopo viene su il gorgoglio". Ma parlandone con l'amico, si è accorto che l'altro non lo capiva, perché gli rispondeva così: "No, no, io l'anima la sento come un fischio. La mia anima fischia e allora mi viene in mente la faccia di Catherine, e non sto più fermo, farei qualsiasi cosa per rivederla subito, per abbracciarla. Dunque quello è il fischio dell'anima, che mi porta sempre da Catherine". Non si mettevano d'accordo sull'anima, e adesso il biondo si sentiva solo. Vagava da solo in lunghe passeggiate fino in cima al parco dove c'era il grande giardino zoologico, e lì guardava pavoni che fanno la ruota, cigni che navigano nello stagno, tortore e colombi e rampichini che volano e gridano tutti insieme nelle grandi voliere. Nel suo diario scriveva: "Ma perché uomini e animali pascolano di qua e di là senza sosta, come se fossero mossi dal vento? Perché c'è tutto questo correre d'uno verso l'altro, e questa voglia di stringersi o strusciarsi a qualcuno, e dopo invece c'è sempre da litigare perché non ci si capisce? Ma allora come si fa a sapere dove bisogna andare e cosa bisogna essere? Diventerò mai uno svizzero?".

Ormai era la stagione calda. Nei parchi cittadini si vedeva dappertutto gente distesa sull'erba, i turisti sciamavano dai loro alberghi, i giovani pascolanti tornavano a bivaccare nei caffè all'aperto, i cigni navigavano nel lago con più eleganza, e sulle sponde del fiume che scende dal lago era tutto un brulicare di automobili e uccelli sotto il sole. È arrivata la madre di Enrico il biondo a visitare il figlio all'estero, una visita prevista, ma adesso lui la trovava seccante, perché sua madre era il tipo che non voleva saperne di incertezze dell'anima. Comunque l'ha portata a fare una gita, e i due hanno preso il battello che porta i turisti in visita alle celebri ville sul lago, tra cui quella del maestro che si vedeva di lontano tra gli alberi. La madre di Enrico il biondo era un'insegnante di scuola media che aveva imparato a far filare dritti i suoi allievi, e non mostrava mai debolezze, per cui negli ultimi tempi andava poco d'accordo col figlio che ne mostrava troppe. Ma forse anche lei in quel periodo primaverile aveva voglia di svago, le piaceva andare in giro, e s'è comprata vestiti giovanili che non aveva mai portato, calzoni, magliette attillate. Dopo non sembrava più quella donna sempre piena di doveri da compiere.

Ha deciso di restare qualche giorno in più nella pensione sulle alture, per fare altri giri e visite ai luoghi rinomati. Durante quei giri parlava a lungo col figlio, arrivando perfino ad ascoltare le sue teorie sull'anima tremolante, e i suoi racconti su quella città dove lui non aveva trovato nessuno per andare a spasso in buona compagnia. Dormiva nel letto di Enrico il bruno, che dormiva a casa della francese, e si lasciava anche abbracciare dal figlio prima di addormentarsi, non più rigida come a casa quando lui metteva le mani avanti. Sembrava che i due si intendessero bene. Poi si vede che una sera lui ha detto o fatto qualcosa che non doveva, io non so come sia andata, ma è scoppiata una crisi, e alla mattina la madre ha deciso che doveva portare il figlio da uno psichiatra per farlo curare. Ora con la stagione tiepida, quando tutto fiorisce, compresi i languori più sorprendenti, molti fatti si accavallano nel racconto, e tra gli altri da registrare c'è una telefonata della moglie del maestro. Questa si è fatta viva lamentandosi perché gli Enrico non erano più andati a prendere il marito con la vettura. Cos'era successo? Diceva che il maestro li aveva aspettati tanto, perché l'avevano abbandonato così?

Quando Enrico il bruno è tornato a casa, i due amici hanno discusso a fondo la situazione. Si sono trovati d'accordo che gli stati di cose nel mondo sono infinitamente confusi, come diceva il loro maestro, per cui nell'effimera confusione dei sensi è ben difficile saper cosa bisogna fare. Enrico il bruno era molto favorevole a questa tesi, avendo litigato con la francese, che si era stancata di tutte le sue false promesse di presentarla al maestro, e gli aveva fatto delle scenate, l'aveva cacciato di casa. Quel pomeriggio la madre di Enrico il biondo chiacchierava con la padrona della pensione e intanto meditava di portare il figlio da uno psichiatra. I due studenti in camera, incerti sul da farsi. Cosa dire al maestro? Cosa dire alla francese? Cosa dire alla madre adirata? Ma proprio in quel momento, dice il racconto, arriva nella pensione sulle alture un altro interessante personaggio, appena sbarcato da quelle parti. Era il cognato di Enrico il bruno, venditore specializzato di pentole a pressione, uomo di aspetto ordinario, con un grosso orologio al polso, un grosso anello al dito, scarpe con punte traforate.

Costui organizzava grandi ricevimenti d'estate in luoghi balneari e altrove in altri mesi dell'anno, durante i quali reclamizzava e vendeva le sue pentole attraverso grandiose partite di tombola, dette "pentola bingo". In primavera organizzava gite in torpedone a basso prezzo in quella città straniera, e per tutto il percorso delle gite e durante il giro in battello sul lago, reclamizzava le sue pentole a pressione, così alla fine i gitanti associavano le vedute della città alle pentole, e ne compravano almeno una per ricordo, o due o tre da regalare ad amici. Quando lasciava in libertà la sua mandria di gitanti, il venditore voleva distrarsi, mangiare in compagnia, scovare buoni ristoranti, assaggiare i vini e conversare in pace. Tutte cose che lo rallegravano, perché s'era appena divorziato dalla sorella del bruno Enrico e si sentiva un uomo libero, né aveva problemi di portafoglio. E quando i due studenti gli hanno spiegato la loro situazione, e la vicenda del celebre maestro infelice, la crisi della madre che voleva portare il figlio dallo psichiatra, e la storia della francese che voleva incontrare il maestro a tutti i costi, il venditore di pentole ha considerato la faccenda da un punto di vista molto pratico. Lui voleva svagarsi, vedere gente, e ha risposto così: "Vi porto tutti a pranzo assieme e invito io. Facciamo festa, infelici e non infelici, gente in crisi e gente allegra come me".

Nel ristorante sull'isola tra le due sponde del fiume, si sono ritrovati a pranzo tutti quanti, cioè la studentessa francese rappacificata con Enrico il bruno, la madre di Enrico il biondo non rappacificata col figlio, il celebre maestro lasciato in libertà per quella sera, su licenza della moglie. Sulle prime impacciati, non si conoscono, frasi di convenienza, occhiate molto guardinghe, mangiano gli antipasti con aria meditabonda, salvo il venditore di pentole che fa discorsi spiritosi nel suo francese inverosimile, ottenendo qualche sorriso. Poco a poco, qualche sorriso, sono alle minestre. Arrivati alle carni imbandite su un carrello, la studentessa francese si è data a conversare col celebre maestro, mostrando di conoscere bene i suoi libri, e il venditore di pentole si è dato a parlare con la madre dell'Enrico, mostrando di conoscere bene le asprezze della vita. Arrivati al dessert, la francese si è messa a parlare con la madre di Enrico, citando una rivista di consigli pratici per persone con l'incertezza nell'anima, mentre il venditore di pentole parlava col maestro e gli illustrava la sua pentola a pressione, promettendo di regalargliene una. Il maestro lo ascoltava dondolando il capo, poi ha accettato persino di parlare del campionato di calcio italiano, facendogli domande su una certa squadra. Intanto la madre di Enrico aveva accettato di parlare di sé con la francese, parlava della propria vita di donna sola, delle proprie incertezze. Il cibo era buono, i camerieri premurosi, l'ambiente calmo, lo sciacquio del fiume confortante, e lo champagne che il venditore di pentole aveva ordinato davvero il meglio che ci fosse, per origine e annata.

Gli Enrico sono rimasti tutta la sera a guardare gli altri che conversavano, ed erano contenti a vedere che il loro maestro parlava come una persona normale, e che la madre del biondo non parlava con quel suo modo spicciativo da insegnante di scuola. Contenti anche quando, arrivati ai liquori, si vedeva che il maestro corteggiava la studentessa francese, e il venditore di pentole corteggiava la madre di Enrico, la quale era vedova e non doveva render conto a nessuno. Contenti infine quando i quattro a tarda sera parlavano di rivedersi, cioè la francese col maestro, la madre col venditore di pentole. Scambi di indirizzi, facce rilassate, sembrava che nessuno volesse più andare a casa. Le mosse attorno al tavolo, gli sguardi, i brindisi, tutto pareva sospeso così per sempre, in un momento qualsiasi della vita, mentre si sentiva il confortante sciacquio del fiume. Quella sera Enrico il biondo ha scritto nel suo diario: "Forse l'anima è un buco che bisogna costeggiare per tutta la vita, e di lì vengono i gorgogli e i pensieri pesanti. Forse c'è un vento che viene su da quel buco, e ci spinge a pascolare di qua e di lì, con la voglia di stringersi a qualcuno, per poi ricominciare sempre la stessa storia, stringersi, litigare, pascolare di qua e di là. Forse per colpa di quel vento non ci si può mai sentire davvero a casa propria in nessun posto, dovunque si vada. Ma la parlantina d'un venditore di pentole ogni tanto fa bene per costeggiare il buco dell'anima".

In un pomeriggio di prima estate gli Enrico erano seduti nel solito caffè, e stavano notando strane somiglianze tra le quattro statue di bronzo e i quattro personaggi riuniti nel ristorante quella sera. Le statue devono essere ancora là, in quella piazzetta, me le ricordo bene. Una rappresenta un uomo di cultura (lo si capisce dalla ricercatezza nel vestiario) con le valige a terra in attesa d'un taxi, forse in procinto di volare in un paese lontano, come il celebre maestro. La seconda rappresenta una studentessa (lo si capisce dai libri sottobraccio) che cammina di buon passo per strada, molto snella e sicura di sé come la studentessa francese. La terza statua rappresenta una donna non più giovane che aspetta il tram vicino alla pensilina, forse un'insegnante come la madre di Enrico il biondo, che sembra un tipo come lei anche dal gesto con cui cerca degli spiccioli nel borsellino. La quarta statua, seduta su una panca sotto la pensilina, rappresenta forse un venditore, che come il venditore di pentole porta un grosso orologio al polso, un grosso anello al dito, grosse scarpe con punte traforate, e anche lui pare stanco per aver lavorato troppo. Ma perché dico rappresentano? Io non so cosa rappresentino. Sono là e basta, dopo un bell'incontro al ristorante, dopo voglie, delusioni, litigi, giri a vuoto come al solito. Dopo vite andate bene o andate male, ora figure qualsiasi mineralizzate nei gesti d'un momento qualsiasi, nel normale flusso di tutti i momenti.

I due studenti stavano bevendo vino bianco da un'ora, per cui erano alticci ed esaltati dai propri discorsi. Comunque nell'esaltazione del momento notavano altre cose. Ad esempio che i passanti giravano attorno alle quattro statue come se ognuno costeggiasse qualcosa di sorprendente, ma fatto a sua immagine e somiglianza. È vero che i più distoglievano lo sguardo per non avere quella sorpresa, mostrandosi sopra pensiero, frettolosi, con doveri da compiere. Ma altri si fermavano a guardarle, colpiti dalla naturalezza delle statue. Sono cose che ho notato anch'io, passando dalla piazzetta, ai tempi di questo racconto. Qualcuno passando le sfiora, qualcuno le saluta, dei ragazzini si fermano a fissarle a testa in su, qualcuno vuol farsi fotografare in posa con un braccio sulla spalla d'una statua. Quella sera gli Enrico hanno visto una ragazza che ha fatto l'occhiolino alla statua dell'uomo di cultura e si è allontanata scuotendo i fianchi, ammiccante. Poi un tizio ubriaco ha messo un braccio attorno alla statua del venditore seduto sulla panca e gli ha parlato del peso che aveva nel cuore. Tutto sommato erano begli incontri umani, come quelli che si vedevano nei vecchi film.

Ma ormai il loro periodo di studi e di osservazioni delle statue era finito, gli Enrico avevano rinunciato a chiedere il rinnovo delle borse di studio ed era venuto il momento di tornare in patria. La notte prima della partenza hanno camminato per ore sulle strade in salita e discesa della città vecchia, parlando del celebre maestro. Hanno convenuto che i suoi libri erano senz'altro noiosi, però il loro maestro tutto sommato era simpatico, e probabilmente tra lui e la francese sarebbe successo qualcosa, amori, litigi, soliti fatti, ognuno spostato dal solito vento. A tardissima notte i due studenti si sono avviati giù per il Boulevard dei Filosofi, e adesso parlavano del gorgoglio interno che sentivano nel lasciare quella città straniera. Enrico il biondo diceva che quando si lascia una città il gorgoglio diventa forte, tutto è incerto e non si capisce bene cos'è successo, però si capisce che tutto quanto si è visto e sentito in quel posto era come un prestito che ci è stato fatto per costeggiare il buco dell'anima. E mentre spuntava l'alba sul fiume, i due hanno convenuto che si tratta sempre di costeggiare il buco dell'anima.

Al mattino si sono ritrovati davanti a una chiusa, e lì il rumore dell'acqua sovrastava quello del traffico sulle due sponde dell'insenatura in cui culmina il lago. Alle loro spalle c'era la statua di Jean-Jacques Rousseau, seduto su una sedia in mezzo alle acque, il povero Jean-Jacques, quello era il suo monumento. Sono arrivati alla punta dell'isola, vicino al ristorante in cui quella sera s'erano riuniti per il pranzo offerto dal venditore di pentole. Poi tornando indietro sono arrivati davanti a un solenne edificio, con statue di antiche divinità delle acque sopra il portone in legno scolpito. Era la centrale attraverso cui passa l'acqua della chiusa, e in basso hanno visto l'acqua che usciva dalle budelle della centrale, con molta schiuma, ma subito così limpida da formare una zona perfettamente trasparente. Allora hanno scavalcato un cancello, si sono messi a camminare senza più direzione. Sulla sponda opposta del fiume si innalzava una muraglia di palazzoni moderni, come ammonticchiati uno sopra l'altro fino a chiudere l'orizzonte. Sul lungofiume là davanti, una superficie specchiante presentava l'immensa insegna d'una banca svizzera.

NON C'È PIÙ PARADISO

La settimana prima di Natale era venuta una grande nevicata nella notte, imbiancando tutta la cittadina di economia avanzata, come la chiamavano sui giornali. Al mattino il traffico nella circonvallazione era bloccato, gli alberi così carichi di neve che i loro rami non si vedevano più, e dovunque si udiva il rumore degli spazzaneve che facevano il loro dovere per le strade. Le macchine suonavano i claxon, i semafori avevano smesso di funzionare, i pedoni facevano gesti agli automobilisti per non essere investiti, e i bambini che andavano a scuola non avevano neanche voglia di tirarsi una palla di neve per via di tutta quella confusione.

Nella cittadina di economia avanzata, un vecchio mendicante chiamato Tugnin dormiva per strada su pezzi di cartone, appoggiato alla grata d'un palazzo sulla circonvallazione ovest, la parte più benestante della città. Dallo scantinato saliva il tepore delle caldaie adibite al riscaldamento del palazzo, e il vecchio mendicante aveva preso l'abitudine di dormire su quel marciapiede, facendosi un letto con cartoni da imballaggio. Si metteva dei cartoni anche sopra il corpo, formando una piccola tenda che lo proteggeva abbastanza bene dalla pioggia e dal vento, e deve averlo protetto anche nella notte della grande nevicata. Al mattino però gli spazzaneve avevano sospinto la neve a cumuli sui marciapiedi, e ricoperto il mendicante sotto i suoi cartoni, con una montagnola di neve diventata subito ghiaccio per il gran freddo che faceva. E Tugnin era rimasto là sotto per due giorni, forse al caldo con una parte del corpo, siccome dallo scantinato saliva aria tiepida che faceva un buco nella montagnola di ghiaccio. Ma, come hanno convenuto tutti, stare due giorni sotto la neve ghiacciata non fa bene a nessuno.

Sono stati gli studenti d'un liceo vicino a ritrovare dopo due giorni un piede del vecchio mendicante. Poi frugando nella neve ritrovavano anche un braccio, e così hanno avvertito la polizia stradale che venisse a prenderlo fuori dal mucchio, credendo che fosse un cadavere. Estratto dalla neve non era un cadavere, però in stato di incoscienza e mezzo morto dal freddo, per cui veniva subito ricoverato da un'ambulanza nell'ospedale maggiore della cittadina. E questo succedeva una settimana prima di Natale, come ho gà detto.

Adesso occorre sapere che nella cittadina di economia avanzata il Natale è davvero una cosa in grande stile. Là i ricchi sono così ricchi che non riescono a trattenersi dal comprare gli articoli più costosi d'ogni genere sul mercato. Là tutti vogliono possedere case al mare e ai monti, e yacht per fare le crociere, e vestiti speciali che si vedono solo da queste parti, e orologi di lusso che costano un patrimonio, e macchine fuoristrada che servono per fare i safari o andare sui monti. Allora se voi capitate da quelle parti, vedrete negozi favolosi nelle vie centrali, e montagne di merci sopraffine, e vetrine sfavillanti con scritte al neon in parole americane, e masse di compratori che si arrabbiano se gli oggetti più costosi sono andati venduti prima del loro arrivo. Se poi capitate da quelle parti nel periodo natalizio, vedrete che ressa nei negozi, e quante pellicce e gioielli, e che mogli eleganti hanno i cittadini di questa cittadina di economia avanzata! Una cosa assolutamente moderna, come si vede solo in televisione.

Gli amministratori comunali sono molto contenti di come si svolge il Natale, perché ciò dimostra che la loro è una cittadina di gente soddisfatta, amante della vita e delle belle cose, e inoltre molto civile. Dunque ogni anno la televisione locale mostra vari aspetti delle festività natalizie, con grandi alberi pieni di luminarie per le strade, negozi sfavillanti con scritte al neon, e anche molte interviste a commercianti soddisfatti delle loro vendite. Ma quell'anno in particolare si è voluto anche mostrare una certa solidarietà tra gli uomini, come esige il Natale. Così è stato deciso di mandare una troupe televisiva nell'ospedale maggiore della città, per intervistare i malati che soffrono e sperano di guarire presto.

C'era nella cittadina un funzionario della televisione locale, tipo grasso con baffi spioventi, che reputatamente si credeva un gran rubacuori. Costui per Natale ha fatto assumere in servizio temporaneo una ragazza e due ragazzi, che erano ex studenti venuti a chiedergli lavoro in quanto disoccupati. E avendoli fatti assumere come avventizi in prova per una settimana, ha spiegato ai tre cosa dovevano fare, con queste precise parole: "Nella notte di Natale voi andate all'ospedale a intervistarmi qualche malato, di quelli che hanno la faccia più vispa. Mostratevi comprensivi, lasciateli parlare, ma non voglio lagne, mi raccomando. Se trovate qualche caso di malato commovente, però vispo, va bene, ma niente di depressivo, mi raccomando. E soprattutto evitiamo le pecorate!".

Si arriva così alla notte di Natale, quando tutte le famiglie sono riunite nelle case, e ognuno ripensa con soddisfazione alle vendite e agli acquisti che è riuscito a fare. Nella cittadina questa è una serata in cui tutti vorrebbero starsene a casa, nella pace e nel benessere dei soldi guadagnati in abbondanza. E proprio quella sera i tre avventizi della televisione, i tre ex studenti disoccupati, sono dovuti andare all'ospedale per il loro servizio. Credevano che avrebbero trovato soltanto silenzio e mestizia, e temevano che presentandosi con la telecamera avrebbero disturbato i malati nelle corsie. Invece appena dentro hanno trovato dovunque gente in piedi che discuteva animatamente, e non solo malati in pigiama ma anche dottori e infermieri. Sono venuti a sapere che un vecchio mendicante, ricoverato moribondo una settimana prima, nel pomeriggio s'era svegliato delirando e dicendo che aveva parlato con Dio. Ma i discorsi che faceva erano così sorprendenti, che anche i medici di guardia erano venuti ad ascoltarlo, restando lì senza più voglia di andare a casa.

I tre avventizi della televisione sono rimasti imbarazzati, perché non sapevano cosa fare. Il funzionario grasso aveva ordinato di intervistare gente che si esprime correttamente in italiano, mentre il vecchio mendicante soprannominato Tugnin delirava confusamente in dialetto. D'altra parte nell'ospedale non si faceva che parlare di lui, e sembrava che nessuno si ricordasse più la mestizia della notte di Natale in un reparto ospedaliero. Chi intervistare? Un infermiere alto e robusto, che aveva passato le ultime ore ascoltando i discorsi del ricoverato Tugnin, ha accettato di dire qualcosa davanti alla telecamera. E ha detto che il soprannominato Tugnin raccontava di un suo viaggio nell'aria che sarebbe durato qualche giorno, ossia tutto il tempo che lui era rimasto sepolto nella neve ghiacciata, là sul viale della circonvallazione ovest.

A quanto pare, Tugnin diceva che erano venuti degli angeli a sollevarlo in aria tenendolo per le ascelle, e portandolo così in alto che lui aveva potuto vedere la terra molto meglio che da un satellite. Perché lassù aveva visto la terra da lontano, ma al tempo stesso molto vicino, come se andasse con un telescopio dentro alle case della cittadina di economia avanzata. Questo non si capiva come fosse successo, perché il suo racconto era tutto un pasticcio di parole confuse. Ma a forza di guardare dall'alto dei cieli, pare che Tugnin avesse capito una cosa. Aveva capito che quaggiù tutto cade e crolla, tutto sta sempre crollando a pezzi, tutto viene giù come la pioggia, e anche le cose solide come un sasso o un muro stanno sempre disfacendosi in polvere, senza che ce ne accorgiamo. Questa era la parte della visione di Tugnin che aveva più impressionato i degenti, oltre ai medici e infermieri rimasti ad ascoltarlo. Perché il mendicante Tugnin nel letto ripeteva che tutto cade e crolla senza sosta fino agli ultimi confini del mondo, e che lui l'aveva visto benissimo dall'alto dei cieli, e non c'era da sbagliarsi perché tutto crolla sempre e dappertutto. Diceva che niente resterà in piedi, e tutti quei ricchi che si credono chissà cosa per i soldi che hanno guadagnato, ci resteranno con un palmo di naso.

Forse il suo discorso non avrebbe fatto tanta impressione, se non fossero venuti ad ascoltarlo i degenti del vicino reparto oncologico. Chi fasciato alla gola, chi col cranio rapato, chi rinsecchito dalle applicazioni al cobalto, questi malati avevano approvato entusiasticamente le parole del soprannominato Tugnin, anche con gesti di giubilo e occhi da pazzi. Sembrava che le capissero più degli altri le parole del povero Tugnin, e che lui dicesse cose giustissime e indubitabili per loro, anche se poco comprensibili agli altri. Allora si era sviluppata attorno al suo letto e nelle corsie una discussione sul fatto che tutto crolla sempre, e anche noi crolliamo pezzetto per pezzetto, tutta la vita, e i dottori non possono farci un bel niente, i dottori fanno solo finta di curarci per prendere lo stipendio. Così dicevano i degenti del reparto oncologico, e anche molti degenti del reparto di cardiologia, spiegando la faccenda ai più increduli.

Poi c'era l'altra parte della visione, in cui Tugnin si incontra con Dio. Secondo il discorso di Tugnin, Dio era uno di poche parole. E in sostanza avrebbe detto che lui se ne frega, perché non può mica correre dietro agli uomini per convincerli che loro si credono dei furbi e invece sono solo dei poveri coglioni. Facciano pure quello che gli pare, avrebbe detto Dio, con le loro banche e le loro macchine e i giornali e la televisione, lui non voleva saperne più niente, perché gli uomini sono diventati troppo seccanti, e ormai non se ne poteva più di loro. Ora, se l'altra parte della visione aveva reso i degenti pensosi, queste parole di Dio li avevano resi allegri per il gusto di ascoltarle e di ripeterle ad alta voce. E si vedevano perfino certi degenti del reparto di geriatria, di solito imbacchiliti come le mummie, che ridevano ripetendo le parole di Dio con gran soddisfazione. In breve, si era creata nell'ospedale un'animazione insolita, come se si stesse festeggiando non la notte di Natale, ma un nuovo e più eccitante annuncio del cielo a tutti gli uomini, per via del colloquio di Tugnin con Dio.

Intanto i tre avventizi con la telecamera, dopo l'intervista all'infermiere alto e robusto, non sapevano più cosa fare.

Non erano ancora riusciti a capire se quello di Tugnin fosse un caso commovente, come voleva il funzionario della televisione. E siccome non sapevano cosa fare, uno di loro, cioè la ragazza dai capelli ricci, ha avuto l'idea di telefonare al funzionario grasso con baffi spioventi, il quale le aveva dato i suoi numeri di telefono, con preghiera di telefonargli in qualsiasi momento avesse bisogno di lui. Così nella notte di Natale la ragazza dai capelli ricci telefona al funzionario con baffi spioventi che reputatamente si considerava un gran rubacuori. E lui, pur disturbato in seno alla famiglia, si dimostra assai benevolo e condiscendente, proponendole un appuntamento per andare a cena dopo le feste natalizie. Ma poi, udendo il caso del vecchio mendicante che aveva parlato con Dio, d'improvviso va fuori dai gangheri, e urla al telefono queste precise parole: "Vi avevo detto che non voglio pecorate! Chi se ne frega dei deliri d'un vecchio scemo? Intervistatemi qualche malato che spera di guarire presto, e che sia commovente ma vispo. Ditegli di sorridere un po' e facciamola finita!".

Mentre il funzionario della televisione urlava al telefono con la ragazza dai capelli ricci, l'ospedale era attraversato da una ventata di eccitazione che si spandeva in tutti i reparti. Medici e infermieri e degenti parlavano animatamente del fatto che il mendicante Tugnin era uscito dal suo delirio, aveva smesso di biascicare confusamente delle stranezze a occhi chiusi, ed era sceso dal letto. Poi, appena sceso dal letto, aveva incominciato una predica religiosa su Dio e sul mondo, mescolata però a forti bestemmie. Le sue bestemmie erano molto eccitanti e facevano ridere gli altri ricoverati, però sembravano poco adatte sulla bocca di uno che aveva parlato con Dio. Ma siccome in quel momento passava nel corridoio una dottoressa cardiologa dell'ospedale, il povero Tugnin aveva colto l'occasione per spiegare a lei più precisamente la conversazione avuta con Dio e il motivo delle bestemmie.

Dio gli aveva confessato che non gli importava più niente degli uomini, perché in genere erano diventati così coglioni, stupidi, mafiosi, ignoranti, senza fede e poco di buono, gente che non capisce niente ma si dà l'aria di sapere tutto, che lui, Dio, s'era proprio stufato di aver a che fare con bestie così false e presuntuose. Dunque la bestemmia era legittima e anzi era giusto bestemmiare per sfogarsi il nervoso, visto come stava andando il mondo, caduto in mano alla feccia dell'umanità. Questo lo diceva nel corridoio, appoggiandosi al braccio della dottoressa cardiologa, che tra l'altro era una donna giovane e piacente, ammirata da tutti e corteggiata da molti. E lei lo ascoltava con faccia assai benevola, mentre tutti i malati mettevano la testa fuori dalle camerate per sentire anche loro quelle parole, con gran curiosità.

In sostanza, secondo Tugnin, adesso Dio non proibiva più la bestemmia. Perché si era accorto che quelli che si mostrano più buoni e più educati, quelli che non bestemmiano per come va il mondo, quelli sono di solito i più mafiosi, ignoranti, senza fede e poco di buono. Anzi, diceva Tugnin, Dio ai buoni non ci crede più, e non ci crede più a quelli che mostrano le intenzioni di fare del bene al mondo. Perché questi sono quasi sempre gente che vuole darla da bere agli altri, e vuole solo fare carriera sia in questo che in quell'altro mondo. Qui Tugnin s'è fermato, traballando un po' sulle gambe, ma sorretto dalla dottoressa con aria comprensiva e benevola, e guardandola fissamente negli occhi le ha spiegato la cosa più importante di tutte.

Ha detto che Dio aveva abolito tutti i premi e le ricompense per i buoni, perché era stanco di questa gente che vuol fare bella figura e fare carriera anche nell'aldilà. Dunque aveva abolito il paradiso, e adesso uno doveva pensare con la sua testa senza aspettarsi più niente, e senza fare tante finte di bontà. Al posto del paradiso, diceva, come consolazione c'è la bestemmia, che però indubbiamente non è la stessa cosa. Ma almeno la bestemmia non mostra la falsità del cuore di tutti quei disonesti mafiosi senza fede, che fingono di voler fare del bene e fanno solo i loro interessi, come gli amministratori nella cittadina di economia avanzata, o quei ma-

111

scalzoni mandati in parlamento a governare l'infame nazione italiana.

Ora bisogna avvertire il lettore che questo racconto è vero al cento per cento, anche se non è possibile riportare con precisione tutte le parole del povero Tugnin, che smozzicava le frasi biascicandole un po' in dialetto e un po' in italiano, ed era tra l'altro completamente senza denti. Ma la verità dei fatti può essere confermata dalla dottoressa cardiologa, la quale non solo aveva ascoltato Tugnin con grande interesse, ma aveva anche trovato che dicesse cose sacrosante. Soprattutto al riguardo di quei mascalzoni mafiosi senza fede, eletti consiglieri comunali o mandati in parlamento a governare l'infame nazione italiana. Perché, va aggiunto, ascoltando il povero Tugnin, quella volta la dottoressa cardiologa aveva sentito improvvisamente una grande nostalgia per quando da giovane faceva la ribelle politica, e aveva ripensato a quando andava alle manifestazioni di massa, con la speranza di far venire una seria rivoluzione che spazzasse via tutti gli sfruttatori parassiti di questo mondo di vergogne. Infatti, dopo aver ascoltato Tugnin, quella notte le era tornato un tale impulso di ribellione, che quando si è trovata davanti i tre avventizi con la telecamera, ha afferrato il microfono e si è messa a fare un vero comizio ospedaliero di circa mezz'ora.

Ha fatto un comizio sulla politica del governo, con molte cifre e statistiche lette sui giornali. E ha parlato con tanto fervore, che i degenti usciti dalle camerate si stringevano attorno a lei per ascoltarla, riempiendo il corridoio e alla fine applaudendola freneticamente tutti insieme. A parte alcuni degenti del reparto oncologico, che hanno voluto anche darle la mano, per congratularsi del suo bel discorso sulle miserie del mondo. Allora, tutta rossa ed eccitata per quegli applausi, la dottoressa cardiologa non aveva più voglia di tornare a casa. Non se la sentiva più di passare la notte di Natale nella sua famiglia benestante, che considerava noiosissima, a cominciare dalla madre vedova per finire alle sorelle sposate con due tipi ricchi e balordi della cittadina di economia avanzata. Aveva invece voglia di parlare con qualche suo vecchio compagno di lotte politiche, uno di quelli che venivano con lei alle manifestazioni di massa contro il governo, e che certamente doveva ancora condividere le sue antiche idee di ribellione.

Cosa ha fatto, dunque? Ha telefonato immediatamente al sopraddetto funzionario della televisione, quello grasso con baffi spioventi, che era appunto un suo vecchio compagno di lotte politiche. E il caso vuole che mai una telefonata capitasse più a proposito, cioè fosse più confacente allo stato d'animo di chi la riceve. Perché in quel preciso momento il funzionario della televisione stava bestemmiando fortemente in cuor suo, e non ne poteva più della sua famiglia e della notte di Natale, della moglie noiosa, e della cognata ancora più noiosa, e della suocera rimbambita, per non dire dei due figli cresciuti e liceali, ma veramente poco simpatici. Cercando di essere breve, qui dirò soltanto che in quella famosa notte di Natale è successo che la bella dottoressa cardiologa e il funzionario con baffi spioventi hanno abbandonato le rispettive famiglie, di punto in bianco, partendo con una valigia a mano e sbattendo la porta dopo aver dichiarato le loro idee di ribellione. E sono andati a vivere insieme in un cascinale rimodernato, a una quarantina di chilometri nelle campagne, lontano dalla squallida cittadina di economia avanzata, dove tuttavia avrebbero continuato a lavorare.

In quel cascinale hanno vissuto per circa quattro anni, secondo le informazioni che ho raccolto. Pare che il funzionario grasso fosse innamoratissimo della dottoressa cardiologa, e considerasse la sua inattesa conquista e la vita insieme a lei come il culmine della sua carriera di rubacuori. Tanto più che tutta la cittadina di economia avanzata ne parlava, e la sua fama di rubacuori adesso volava di bocca in bocca. Lei era proprio una donna piacente, alta, slanciata, con molto seno in vista, e con un bel volto disegnato anche nei contorni. Portava capelli a caschetto, come si dice nel parlar comune, con una piccola frangia davanti, e inoltre era una donna elegante e colta, da tutti ammirata e da molti corteggiata, come ho già detto. Parlava con la voce velata, molto seducente quando vibrava sui toni bassi, ma che diventava stridula quando si alzava un po' per il malumore. E questo pare che infastidisse il suo compagno, soprattutto quando lei lo rimproverava per la sua trascuratezza nella casa, per la sua sciatteria nel bagno, dove tra l'altro non tirava mai l'acqua come si dovrebbe.

Lui era infatti molto sciatto e trascurato, lei molto occupata all'ospedale. Dunque la loro casa appariva sempre sporca e poco presentabile agli occhi della dottoressa. Di qui gli urli striduli di lei, di qui i grugniti di lui, di qui i litigi e i rancori che sono diventati quotidiani, continui, ineluttabili. E i due a un certo punto hanno anche cominciato a tirarsi dietro piatti e posate, a parte i pugni e gli schiaffi, dati soprattutto dalla dottoressa al molle e grasso compagno con baffi spioventi, il quale si riteneva pur sempre un grande rubacuori.

Come lui ha confessato in seguito a molte persone, di notte spesso sperava che lei morisse d'un infarto improvviso. Però al mattino trovandola così bella e piacente tornava ad amarla, e voleva possederla appena sveglio, ma lei lo mandava al diavolo perché aveva sempre fretta. Lei non lo amava, e glielo ripeteva sinceramente ogni mattina perché si convincesse e non si facesse tante illusioni. Ma lui non riusciva a crederci, e pensava fosse una strategia femminile per legarlo ancora di più a sé. In realtà quei due non erano fatti per stare assieme, e a un certo punto hanno cominciato a disprezzarsi apertamente, ringhiando e soffiando come cani e gatti appena si vedevano.

La dottoressa cardiologa sosteneva che il funzionario della televisione era un vergognoso carrierista, cioè uno che per far carriera era disposto a inchinarsi davanti a tutti i mascalzoni che ci amministrano e governano. Il funzionario grasso però si considerava più che altro un grande rubacuori, e in effetti alla sua carriera pensava poco. Comunque ci pensava molto meno della bella dottoressa cardiologa, la quale non pensava ad altro e stava facendo molta strada all'ospedale, mi dicono, sfruttando la sua avvenenza di donna a cui ben pochi maschi resistevano.

Lui era un uomo geloso e carnale, lei una donna pratica e volitiva in tutte le sue azioni. Con caratteri tanto diversi, come avrebbero mai potuto continuare la vita assieme? A un certo punto la dottoressa ha vinto non so quali concorsi, ed è diventata addirittura viceprimario nell'ospedale maggiore della cittadina di economia avanzata. Nel giorno del suo successo, tutti le rivolgevano grandi elogi, tutti i dottori dell'ospedale la corteggiavano, tutti ammiravano la sua florida bellezza. Invece il funzionario grasso della televisione si è sentito imbrogliato, perché lei con le sue arie da ribelle aveva fatto più carriera di lui, inchinandosi davanti ai mascalzoni dell'amministrazione sanitaria, e forse anche andando a letto con qualcuno di quelli, secondo lui, geloso com'era.

Il mattino in cui la crisi è scoppiata nella loro casa di campagna, il funzionario con baffi spioventi ha espresso francamente la sua opinione, mentre lei armeggiava davanti ai fornelli. La bella dottoressa cardiologa si è voltata, e per tutta risposta gli ha mollato un pugno sulla bocca, ma così ben diretto che gli ha fatto perdere due denti, e precisamente due incisivi. Il povero funzionario grasso ha sputato i denti nella spazzatura, è andato a fare la valigia senza dire parole, ed è tornato dritto in città. Cioè è tornato ad abitare con la moglie noiosa e la cognata noiosa e la suocera rimbambita, per non dire dei suoi figli liceali sempre più strafottenti e antipatici.

Da allora sono passati due anni, e adesso spiegherò cosa è successo nel frattempo. Tanto per cominciare, il funzionario grasso non ha più fatto carriera, anzi ha abbandonato l'impiego che aveva nella televisione locale, perché non sopportava più di vedere ogni giorno le facce da parassiti mafiosi dei suoi colleghi e dei suoi superiori. Poi è diventato un perditempo, un fannullone, che campava con i soldi della moglie benestante, molto insultato da questa e apertamente disprezzato dalla suocera rimbambita. Però lui in casa ci stava pochissimo, e sperava che la moglie morisse d'un infarto improvvido, e coltivando tale speranza andava a spasso tutto il giorno, con un'aria da accattone. Girovagava per la città, con lunghe soste nei giardini pubblici, a parlare con altri accattoni come lui, oppure nei bar a bere senza ritegno.

Vagando dalla mattina alla sera per le vie cittadine, così malmesso e sdentato com'era, l'ex grasso funzionario voleva raccontare a tutti la sua triste storia con la bella dottoressa cardiologa. Voleva spiegare precisamente come erano andate le cose in quella famosa notte di Natale, e anche in seguito durante la convivenza nella casa di campagna. Ma sempre partendo dalla storia del vecchio mendicante Tugnin, che diceva di aver parlato con Dio, e s'era messo a proclamare che non c'è più paradiso.

Quelli che l'hanno conosciuto dicono che, quando arrivava a questo punto del suo racconto, l'ex funzionario si metteva ad agitare le braccia in modo pietoso, cioè per farsi compatire, poi si dava a gridare come un ossesso: "Non c'è più paradiso, non c'è più paradiso, e ve ne accorgerete tutti quanti! Io ho fatto già esperienza e lo so, ma ci sono tanti che non lo sanno ancora". E quando gli uscivano di bocca delle bestemmie, diceva che bisogna bestemmiare, perché se uno non bestemmia vuol dire che non si accorge di niente, come sua moglie e sua suocera: "Gente che non vede niente, pensa solo alla sua noiosa salute, crede alle false parole dei dottori, e non si accorge che la vita è diventata così infame che c'è solo da sperar di morire presto!".

Ma quest'uomo fallito e disperato non ha mai avuto occasione di raccontare per intero la sua storia, perché nella cittadina aveva fama di chiacchierone insopportabile, quindi appena apriva bocca tutti lo salutavano e scappavano via. Se poi per caso qualcuno rimaneva ad ascoltarlo, lui perdeva subito il filo del discorso, mettendosi a biascicare interminabili sproloqui contro la città in cui aveva la disgrazia di vivere. Proclamava che la loro cittadina di economia avanzata era tutta in mano a questi nuovi ricchi, mafiosi, ignoranti e senza fede, che vivono solo per schiacciare gli altri con la tracotanza del denaro. Ma che d'altra parte anche tutta la nazione era in mano ai nuovi ricchi mafiosi, tracotanti e senza fede, così squallidi come non se n'erano mai visti nel corso della storia patria. E che non c'era modo di cacciarli via, perché ormai tutti seguivano lo stesso stile da mafiosi, tutti imitavano i nuovi ricchi tracotanti e senza fede, tutti parlavano e pensavano come loro.

L'ex funzionario vagava per le strade della città sognando di fare grandi dichiarazioni pubbliche, e sognando che le masse lo ascoltassero e gli dessero ragione, per poter poi raccontare pubblicamente la sua triste storia con la dottoressa cardiologa che gli aveva fatto perdere due denti. Ma trovava ben pochi che lo ascoltassero, e negli ultimi tempi s'era messo a fare comizi nei giardini pubblici, ai poveri immigrati africani che andavano a vendere accendini, collanine, statuette per le strade. A quegli stranieri senza casa lui annunciava che questa nazione era così corrotta nell'animo e tarata nel cervello, che loro qui non potevano aspettarsi niente di buono, e avrebbero trovato solo umiliazioni tra questi nuovi ricchi tracotanti e senza fede che dominano tutto.

Parlava e parlava per ore, ascoltato da quegli stranieri che stavano lì a riposarsi nei giardini pubblici, poco interessati alle sue parole. L'ex funzionario si esaltava, alzandosi in piedi su una panchina, vociando come un oratore politico, ma poi improvvisamente cadeva giù stanco e si metteva a russare sulla panchina stessa. Forse in quei sonni trovava finalmente la pace, dopo essersi dato una sfogata. E io credo che sognasse di proclamare a grandi folle la sua disgrazia, e di sentire in risposta i fragorosi applausi di masse di falliti come lui che gli davano ragione. Ma il suo sogno non ha potuto realizzarsi, sebbene forse l'abbia accompagnato fino alle soglie dell'eternità. Infatti quest'uomo ha retto per poco al peso della vita infame, e dopo aver tanto sperato inutilmente che sua moglie morisse d'un infarto improvviso nella notte, un infarto improvviso è venuto in pieno giorno a liberare lui dalla sua disgrazia, disteso su una panchina dei giardini pubblici.

Ecco come è finito qualcuno che protestava, nella cittadina di economia avanzata. Nessuno l'ha mai disturbato nella sua protesta, lo lasciavano dire quello che voleva. Semplicemente tutti lo evitavano pensando che dicesse cose da matto, discorsi da fallito a cui nessuno crede. Ma il lettore deve sempre tenere presente che questa è una storia autentica al cento per cento, a cominciare dal delirio del mendicante Tugnin nella notte di Natale. E molti possono testimoniare che i fatti si sono svolti così, esattamente come li ho esposti in questo racconto, al quale manca ora soltanto la conclusione che vado a dire.

Come si ricorderà, nella famosa notte natalizia, la dottoressa cardiologa s'era lanciata in un comizio politico e ospedaliero davanti alla telecamera, attorniata dai degenti di molti reparti che la applaudivano. Ma mentre lei si infervorava a parlare, pare che il povero mendicante Tugnin le abbia detto a bassa voce: "Mi scusi, io devo andare perché è tardi". Poi dicono che è partito quasi di corsa, benché traballante, in pigiama e ciabatte, scomparendo dalla porta a vetri che dà sullo scalone d'ingresso all'ospedale. Solo dopo dieci minuti erano accorsi due infermieri a inseguirlo fuori dal reparto, arrivando a fermarlo quando già aveva raggiunto la portineria e stava per uscire in strada. Ma lui qui ha cominciato a smaniare e bestemmiare fortissimo, dicendo di lasciarlo andare perché gli angeli lo aspettavano in strada, e maledicendo tutta l'infame nazione italiana che gli faceva perdere l'appuntamento con gli angeli.

Riportato nella corsia e rimesso a letto per forza, dava inizio a una lunga rimostranza in dialetto, che riassunta e tradotta dice più o meno così: "Che vi venga un accidente a tutti quanti, voi dell'infame nazione italiana, che avete fatto vivere male il povero Tugnin, e adesso gli fate perdere l'appuntamento con gli angeli. Io vi maledico tutti, e maledico le vostre macchine da schifo, e quelle puttane delle vostre mogli, e i vostri soldi che fanno ribrezzo, e tutto quello che mangiate che possa andarvi di traverso nel gozzo. E maledico tutti quelli che fanno dei palazzi da schifo solo per guadagnare soldi, e i dottori che fanno finta di guarire i malati so-

118

lo per guadagnare soldi, e tutta questa città di mafiosi e coglioni attaccati soltanto ai soldi, che adesso vogliono anche far morire il povero Tugnin all'ospedale, e non è giusto, non è giusto!".

I tre avventizi con la telecamera, sentendo il trambusto, si erano precipitati nella corsia, e avevano visto Tugnin tenuto fermo dentro il letto da tre infermieri, che stava pronunciando le sue potenti maledizioni ormai con un filo di voce. Ma subito dopo ha smesso di divincolarsi, ed è crollato con la testa sul cuscino, disperato e affranto. Allora ha cominciato a piangere con molte lacrime, e tutta la corsia era sveglia e lo ascoltava piangere. Tugnin piangeva e piangeva nel letto perché non voleva morire in un ospedale, e ogni tanto si voltava verso i tre della telecamera, implorando di non metterlo in televisione. Perché, diceva, dopo che gli toccava la scalogna di morire in un ospedale, non voleva per giunta fare la figura del coglione come tutti quelli che vanno in tv.

Adesso nella corsia e nel corridoio tutti stavano ad ascoltare il suo lamento, e capivano che lui piangeva perché si sentiva solo, perché aveva freddo, perché fuori pioveva, perché faceva buio, perché doveva morire, ma soprattutto perché aveva perso l'appuntamento con gli angeli. E con quei lamenti ha fatto venire una tale malinconia nei reparti, che per esempio due infermieri non avevano più voglia di tornare a casa, e stavano lì anche loro a pensare come è brutto morire in un ospedale, invece di andare fuori all'aria aperta aspettando gli angeli. E dei ricoverati del reparto di cardiologia volevano andare via subito, perché dicevano che è molto meglio morire per strada d'infarto, piuttosto che sopravvivere in un ospedale come insetti. E alcuni degenti del reparto oncologico facevano anche queste serie considerazioni: "Eh! sarebbe una bella morte! Andar fuori a spasso all'aria aperta, aspettando gli angeli che arrivano e ti dicono: Siamo venuti, non avere paura, se vuoi ti facciamo fare il giro del mondo prima di portarti con noi".

Verso l'alba finalmente Tugnin si è addormentato, e alla mattina è morto nel sonno. I tre avventizi con la telecamera non hanno fatto nessuna ripresa che valesse la pena d'esser mostrata alla televisione locale, e sono tornati a essere disoccupati come prima, nella cittadina di economia avanzata. Ma uno dei tre, e precisamente la ragazza dai capelli ricci, una sera ha voluto fare questo racconto a un gruppo di amici che aveva riunito a casa sua. Ha voluto fare questo racconto, per commemorare la morte del povero Tugnin e la sua grande speranza di incontrare gli angeli, o magari anche Dio, nell'aria fresca della notte.

NOTIZIE AI NAVIGANTI

Questo racconto parla d'un dottore che ogni domenica andava in barca a vela con un amico, e ha avuto l'avventura di essere posseduto dalle voci. Alcuni anni fa, una notte, stava tornando da una gita in barca a vela con l'amico e le rispettive mogli, quando gli è toccato di restare sul ponte per il suo turno al timone, mentre gli altri dormivano nelle cuccette da basso. La luna splendeva, il mare era calmo, c'era il solito vento che spirava da terra, e nel buio il dottore ha sentito delle voci che parlavano distintamente al suo orecchio. Siccome nessuno era con lui, si può immaginare lo stupore che gli è venuto, da lasciarlo trasognato in ascolto, trattenendo il fiato, senza capire cosa stava succedendo.

Erano voci di donne che giungevano a lui molto chiare, come se gli parlassero dietro le spalle. Venivano da terra, da una distanza di almeno dieci chilometri, portate dal vento in un canale d'aria che rendeva possibile quel fenomeno. Dopo i primi attimi di sorpresa, il dottore ha capito che si trattava d'una conversazione tra due donne lontane. Distingueva bene la voce di una donna anziana e quella di una più giovane, forse sua figlia. Probabilmente le due parlavano all'aperto. Nel breve tempo in cui il canale d'aria che portava quei suoni era rimasto aperto, in mezzo alle correnti ventose che si scontravano e mescolavano di lì fino alla costa, lui era riuscito ad afferrare o immaginare moltissime cose. Le parole giunte da lontano gli avevano fatto intendere che le due donne erano senza risorse, e che la figlia doveva subire un'operazione perché soffriva di calcoli renali, e che l'operazione le avrebbe messe in difficoltà perché non avevano alcuna assistenza.

Può sembrare strano che sia riuscito a capire tutto questo, ma il caso vuole che il nostro dottore si occupasse ogni giorno di questioni del genere, essendosi specializzato nella cura delle malattie renali. Da solo sotto la luna, è riuscito a costruirsi un quadro della situazione, e addirittura a formulare una diagnosi per la giovane donna. Scomparse le voci, era rimasto incapace di pensare ad altro, immobile al timone anche quando il suo turno era finito. Dice che si sentiva affascinato dalla voce della giovane donna, una voce di donna molto fiera, che lui aveva voglia d'aiutare. Come? Il caso vuole che fosse appena giunta nel suo ospedale una nuova medicina poco costosa, che si stava sperimentando, con cui i calcoli renali si scioglievano senza bisogno d'una operazione, e che il trattamento fosse gratuito perché si stavano studiando i suoi effetti collaterali.

Lui è un uomo che ha sempre voluto aiutare gli altri, e questo è il suo difetto, dice. Terminato il turno al timone era rimasto lì a riflettere, e gli è venuta l'idea di cercare la giovane donna, anche se non sapeva dove e come. Voleva cercarla, voleva spiegarle la cura, offrirle la soluzione gratuita dei suoi problemi. Le due donne dovevano abitare sulla costa di fronte, e da qualche parte dovevano essere reperibili, secondo lui. Dice che d'un tratto il suo cervello s'era messo a funzionare a gran velocità, aprendosi a idee che altrimenti gli sarebbero parse strane, imbarazzanti. Del resto tutto nella sua vita serviva a evitare che gli spuntassero idee del genere, compreso l'amico e la moglie e la barca a vela. Mondo senz'aria, dice, dove lui soffriva di emicranie e di lievi stati confusionali. Non era il caso di raccontare la storia delle voci all'amico, che pensava solo alla barca a vela, né a sua moglie che si ingelosiva molto facilmente. Non ne ha parlato a nessuno. La gita si conclude nella solita indolenza del rientro, e l'indomani il dottore è tornato al lavoro in ospedale come al solito.

Passa qualche settimana. Un pomeriggio senza pensarci si è messo in macchina ed è arrivato fino a *** in cerca del punto da cui erano venute le voci notturne. Sul litorale già spopolato in quella stagione, vagava senza sapere a chi rivolgersi. Bar semivuoti, blocchi di abitazioni che sembravano in abbandono, insegne commerciali piantate lì per nessuno, e negozietti che esponevano materassini pneumatici e salvagenti a forma di cigno, con venditori dall'aria annoiata per mancanza di clienti. Tutta questa malinconia del mondo l'ha persuaso a cambiare direzione. Del resto le due donne dovevano essere povere, non potevano abitare in zone turistiche come quelle. Dovevano abitare nelle campagne dell'interno, più spopolate e selvatiche. Perciò ha deciso di continuare le ricerche verso l'interno, cominciando dai vecchi casoni che spuntavano lungo le strade di polvere. Casoni vecchi e fatiscenti, sperduti tra campi, fino all'orizzonte che sale verso il profilo collinare. Nell'orizzonte là davanti, vuoto a perdita d'occhio, si vedeva qualche stagno dove fioriscono le ninfee, le giunchiglie, la cannella palustre.

Andava di aia in aia, bussando di porta in porta, per informarsi su una certa Milena che soffriva di calcoli renali. Che la giovane donna si chiamasse Milena gli era venuto in mente d'un tratto, rimuginando sulle voci che aveva udito quella notte. Ma sapeva bene che era un nome molto dubbio, gli pareva di averlo sentito nell'aria, tutto qui. Oppure se l'era sognato nelle visioni notturne che accompagnavano la sua inchiesta di casa in casa. Erano visioni di aie, di casali abbandonati, di cani che abbaiano, di vecchie col bastone in antri oscuri come quelli della Sibilla. Adesso faceva molti sogni di notte, una novità per il nostro dottore. Tutto era sospeso nell'aria, lui non aveva altri indizi oltre al nome, e gli abitanti delle case coloniche non capivano cosa andasse cercando.

"Chi cerca?" – "Una certa Milena." – "Milena cosa?" – "Non so, una che soffre di calcoli renali." – "Qui non c'è nessuno così." – "E in giro, non ne avete sentito parlare?" – "Ma lei cosa cerca, si può sapere?" Andava a finire che quelli si insospettivano. Lo prendevano per uno che esplora i luoghi per andare a rubare nelle case, oppure per un ambulante che alla fine gli avrebbe voluto vendere qualcosa. Gli abitanti dei casoni avevano facce troppo severe per lui, uomo basso, delicato, grassoccio, con anche un principio d'ulcera. Dice che doveva rimontare in macchina di gran fretta, per ansia, imbarazzo. Gli anziani gli sembravano incartapecoriti, e in giro non c'erano giovani. Le donne vestite di nero agitavano in modo strano le braccia per scacciare le mosche, o per scacciare i pensieri, o per mostrare che non avevano tempo di parlare con lui. I cani abbaiavano sulle aie, dappertutto.

Si allontanava con passo barcollante, gli venivano in mente visioni di vita in quei posti. Ad esempio l'idea che lì intorno ci fossero antri oscuri abitati da streghe, come quelli della Sibilla. Oppure si vedeva nelle grandi cucine di quei casoni, là che toccava una di quelle donne vestite di nero. La toccava sotto le sottane, toccava le sue mammelle, la trascinava su un letto per montarla in fretta e poi fuggiva. Ecco le visioni che aveva in mente certi giorni guidando nelle campagne, dice il dottore, e certi giorni si sentiva posseduto, e cominciava a essere stanco della sua pena. Però vagando in macchina di qua e di là appena aveva una mezza giornata libera, gli succedeva di sentirsi sempre più affezionato a quel nome, Milena. Dice che più ci pensava e più gli sembrava il nome giusto, perché suonava bene all'orecchio. Appena lo pronunciava tra sé, udiva la voce fiera della donna che andava cercando. Gli sembrava di ascoltarla da vicino, come quando gli era giunta da un ignoto punto della terra. Bastava che si fermasse su una strada in mezzo alle campagne, seduto in macchina con la testa tra le mani a concentrarsi, e aveva l'impressione di udire nettamente quella voce da terra come se l'ascoltasse alla radio.

Ha cercato l'ignota Milena nelle campagne per tutto l'autunno, girando in macchina per due o tre pomeriggi alla settimana, senza parlarne mai a nessuno. Ma al principio dell'inverno s'era fermato perché la sua ricerca era davvero troppo insensata, dice. S'era anche preso una bronchite con l'aggiunta d'una lombaggine che lo rendeva un po' zoppo. Invece poi, al ritorno della primavera, assieme al raffreddore da fieno gli era risorta quella fantasia, e si sentiva di nuovo posseduto, fantasticava molto sulla voce che aveva udito sulla barca a vela. "Sono posseduto, sono posseduto," diceva tra sé sbagliando strada a tutti gli incroci, starnutendo di continuo. E adesso si dava malato all'ospedale per cercare in giro l'ignota Milena, ricominciando dal litorale turistico.

Era piena primavera, ma vagando lungo il litorale il nostro dottore vedeva tutto grigio intorno a sé, tra sfilate di villette per le vacanze, alberghi per le vacanze, negozi per le vacanze, attrezzature balneari e luoghi di ritrovo popolati soltanto d'estate. Sembrava un pianeta disabitato, con mute insegne commerciali che ti guardano da ogni scorcio, inutili lampioni che si accendono al tramonto. Viali squadrati da facciate spigolose e poveri alberi che soffocano in mezzo a un deserto d'asfalto. Ascoltava i discorsi nei bar e sentiva parlare di vincite alla lotteria, di nuove marche di macchine, di partite di calcio, di personaggi ricchi e famosi. Un mondo senz'aria, dice. Ma adesso anche la sua vita gli appariva disperata, come a uno sorpreso dalla tempesta lontanissimo da qualsiasi riparo. Disperata la convivenza con la moglie a cui non aveva niente da dire, e con i figli poco simpatici che andavano male a scuola, e con l'amico che parlava solo di barche a vela, e col suo primario vanesio che voleva comprarsi un paese in cima a un colle. Sì, un paese tutto per sé, preso nel delirio degli arricchiti che circolava tra tutti i medici del suo reparto.

Il dottore andava in giro raccontandosi la propria vita, come fanno tutti, indubbiamente, di raccontarsi la propria vita per darsi ragione. Ma per darsi ragione fino in fondo doveva assolutamente trovare l'ignota Milena, oppure un'altra donna con quella voce fiera che credeva di udire ancora nell'orecchio. Quella era la voce della donna che doveva cambiargli la vita, secondo la chiromante Egle. Perché un giorno si sarebbe trattato di questo, di cambiare la sua vita e partire per la sua strada, come se tutto fosse già scritto nell'ordine delle cose. La chiromante Egle era senz'altro di quel parere, e lui andava a consultarla una volta alla settimana, al mercoledì pomeriggio, in una stanza polverosa piena di fiori secchi, entrando tra i ruderi d'una palazzina circondata da erbe infestanti, nel quartiere vecchio della sua città.

Anche per le emicranie che lo tormentavano e il principio d'ulcera che non riusciva a curare, non se la sentiva più di andare a vanvera in cerca d'una donna sconosciuta. Adesso la cercava con metodo. La chiromante Egle lo indirizzava verso dei punti pescati sulla mappa grazie al suo pendolino magico. E all'inizio della primavera lui aveva già circoscritto una zona nelle campagne, dove cercare tracce dell'ignota Milena. Ma dovunque fosse, il dottore si fermava e tendeva l'orecchio, sperando di sentire voci come quelle udite sulla barca a vela nella notte. Aveva bisogno di sentire voci da terra. Un'altra chiaroveggente, o piuttosto cartomante, di nome Marilù, gli ha confermato che quelle voci erano il suo destino.

Era un uomo basso, grassoccio, con lo sguardo spaventato, e senz'altro posseduto da qualcosa. Ormai insofferente con i colleghi d'ospedale e nella vita in famiglia, per il cambiamento che il destino sembrava promettergli, diventava spesso brusco e sgarbato. Uscendo dall'ospedale, certe sere andava a fare un giro in macchina sul litorale, soltanto per mettere la testa fuori dal finestrino e gridare al vento: "Voglio voci da terra, voci da terra! Dio mio, per favore, ti prego!". E dopo si sentiva molto insensato, cioè così completamente insensato che gli sembrava anche inutile restare al mondo.

Non sapeva cosa andava cercando, né si faceva domande sull'argomento, e non ne parlava a nessuno, a parte la chiromante Egle che visitava ogni mercoledì pomeriggio. Le ricerche col pendolino sulla carta geografica erano l'unica via per scoprire dove poteva abitare l'ignota Milena, che secondo la cartomante Marilù doveva essere malata e

126

bisognosa d'aiuto. Lo dicevano le carte, dove l'ignota Milena compariva spesso come la papessa, sempre secondo la signora Marilù. "Vede qua?" – "Cosa?" – "La papessa, vede cos'ha vicino?" – "No, cosa?" – "Questa è la carta delle sue disgrazie." – "Di chi?" – "Della donna che lei cerca, vede il due di spade?" – "Sì." – "E questo è lei che la aiuterà a saltarci fuori."

Cerco di immaginare questi dialoghi con la cartomante, signora bionda ossigenata di mezz'età, grassa ed espansiva, con molto rossetto sulle labbra, che gli faceva sempre delle profezie favorevoli. Tanto favorevoli che lui pensava quasi solo a quello, dice, dimenticava tutto il resto, non badava più al contorno delle cose. Dimenticava i luoghi di transito e le ore del giorno, ritrovandosi con sorpresa nell'ospedale mentre visitava i malati, oppure da solo mentre guidava in una campagna vuota, oppure in famiglia a tavola mangiando la minestra in silenzio. Si ritrovava qua e là, facendo tutto meccanicamente, immerso nei suoi pensieri e presentimenti. Ma dice che nessuno se ne accorgeva, perché anzi adesso era più efficiente e preciso che mai nel suo lavoro, e appariva anche più serio e responsabile in famiglia, grazie a quello stato da sonnambulo.

Veniamo a un momento importante del racconto, di nuovo in autunno. Nelle campagne vuote, a qualche chilometro dal litorale, c'è una zona dove da tempo la chiromante Egle aveva indirizzato il nostro dottore per mezzo del pendolino roteante sulla mappa. Prima dell'ascesa che porta verso le colline e le montagne, lungo una strada di campagna, si vede uno spiazzo con l'asfalto a pezzi sottosopra, contornato da una barriera di filo spinato. Oltre la barriera e in fondo allo spiazzo si vedono delle rovine di cemento. È una vecchia fabbrica in cemento, abbandonata da molto tempo. Sulla cima dei muri spuntano i supporti di ferro arrugginiti, come bitorzoli nei frantumi di calcestruzzo. Vecchia rovina senza nome, esposta ai venti e alle piogge. Alte erbe infestanti crescono nelle buche dell'asfalto e sopra i blocchi di cemento. Ma perché il dottore s'era fatto l'idea che le voci udite sulla barca a vela dovessero venire da queste rovine? Non precisamente dalle rovine, dice, ma da dietro le rovine.

In un bar-tabacchi nel paese più vicino, il tabaccaio orbo d'un occhio, sentendo che lui cercava una certa Milena, gli avrebbe risposto: "Milena chi? Milena la gigantessa?" – "Non so, deve essere una che soffre di reni." – "Be' Milena è malata, ma non so di cosa." – "E dove sta?" – "Dove c'era la vecchia fabbrica, ma di dietro, sul canale". Così racconta il nostro dottore, che qui immagino mentre andava in giro con un impermeabile fuori moda, le spalle cadenti, l'aria stanca. In quel periodo gli era spuntata anche un po' d'asma, con frequenti fastidi alla respirazione. Comunque, il posto suggerito dal tabaccaio coincideva con l'area localizzata dalla chiromante Egle tramite il pendolino, e con le idee che lui s'era fatto nella notte sulla barca a vela. Cioè cadeva in un raggio di circa venti chilometri, da dove potevano essere giunte le voci da terra. E per tutto un pomeriggio ha cercato di arrivare dietro alle rovine della fabbrica, seguendo le istruzioni del tabaccaio, ma senza capire dove potesse essere la stradina di manutenzione che doveva infilare, in mezzo al dedalo delle strade di polvere.

Nella sera d'autunno si è ritrovato presso il filo spinato, di fronte alle rovine della fabbrica, mentre stava scendendo il buio, e gli è parso di udire le voci da terra. Oppure ha creduto di sentirle, perché spesso si faceva venire quell'allucinazione a comando. L'aria era tutta ferma, né tiepida né fredda. Stava per piovere, cadeva qualche goccia. Allora si è chinato e ha messo l'orecchio a terra, sull'asfalto. Gli è venuto il sudore in fronte, dice, pensando che la famosa Milena era lì a due passi e che lui stava finalmente per incontrarla. Con una pila è passato sotto il filo spinato, oltre gli arbusti di erbe infestanti, oltre le rovine della fabbrica abbandonata. Dietro le rovine è apparsa una di quelle casette di campagna, col camino esterno a mattoni scrostati. Vecchia casetta bassa, sul canale immerso nelle tenebre, e lì sbucava la stradina di manutenzione che aveva cercato.

Cosa sia successo poi quella sera, non so. Mi sembra che

il dottore abbia avuto un vuoto di memoria, o forse non ha mai voluto parlarne. Non importa, andiamo avanti. È passato qualche mese, e in primavera il nostro dottore si era messo a scrivere il racconto di quello che gli era successo nell'ultimo anno. Raccontava come una notte aveva udito le voci da terra sulla barca a vela, e le sue ricerche per rintracciare l'ignota Milena, e i pensieri che gli erano venuti andando a cercarla per le campagne. Quando era di guardia all'ospedale si chiudeva nel suo studio e passava la notte a scrivere, abbastanza contento, dice. Anche per sfogarsi a parlare di quello che non poteva dire a nessuno, incastrato in una vita che sembrava disperata, con la moglie scontenta per le sue assenze, i figli sempre più inebetiti davanti al televisore, il primario vanesio sempre più nel delirio dell'arricchito.

Ogni sera, dopo il lavoro all'ospedale, faceva molti chilometri per raggiungere la casetta in riva al canale, col camino esterno e i muri scrostati. Arrivando dalla stradina di manutenzione vedeva la madre della detta Milena che occhieggiava dalla finestra. Era una di quelle donne vestite di nero delle campagne, e appena fuori dalla macchina lui la trovava immobile sulla porta, che lo fissava salutandolo con un cenno del capo. Dice che doveva affrettare il passo per l'imbarazzo che gli davano quelle occhiate. La donna restava nella penombra a sostenere il suo sguardo, come se lui fosse una bestia che va tenuta d'occhio perché c'è da aspettarsi qualche sorpresa. Pesante, grossa, vestita di nero, la sottana nera fino al ginocchio, e le calze nere che arrivavano sotto il ginocchio. Non si capiva se fosse a lutto o fosse rimasta vestita a lutto per tutta la vita, dice il dottore.

Quando lui si sedeva a bere un caffè sul tavolo della cucina, la vedeva spostarsi muovendo pesantemente le anche e i fianchi, sempre senza parlargli e volgendo gli occhi da un'altra parte se si accorgeva d'essere guardata. Poi gli passava dei pezzi di carta dove aveva scritto tutti gli acquisti fatti, e le cifre della carne, del pane, dei giornali illustrati, delle medicine e dei biscotti per sua figlia, con il totale giornaliero da pagare. Il dottore metteva i soldi sul tavolo, mentre finiva il caffè e prima di andare a visitare la figlia. La figlia era una gigantessa di oltre due metri, che raramente usciva dalla camera da letto perché molto malata, molto debole, grassa e indolente. Raramente il dottore la vedeva in piedi, e quando la visitava lei lo guardava con le palpebre socchiuse, poi volgendo stancamente gli occhi da un'altra parte. Sembrava che le due donne lo guardassero sempre come un intruso, dice, nonostante i suoi sforzi per aiutarle a curare la figlia e venire incontro ai loro bisogni. Perché lui è uno che ha sempre voluto aiutare gli altri, e questo è il suo difetto, dice, anzi la sua disgrazia.

Il dottore curava la figlia per i postumi di un'operazione alla cistifellea, e ogni giorno la visitava facendole domande a cui lei rispondeva soltanto con borbottamenti. Borbottava con aria stanca, come se lui venisse a disturbarla inutilmente, e non voleva che le toccasse neanche il polso per sentire il suo battito. Se lui soltanto avanzava una mano, aveva reazioni selvatiche, con scarti violenti per non essere toccata. Il dottore doveva ricorrere alla madre per avere indicazioni sui sintomi della figlia, e allora ascoltava le due donne scambiarsi frasi in dialetto, dove non distingueva una sola parola. Si stancava di chiedere e lasciava cadere le domande, dice, si stancava di voler sempre aiutare gli altri.

Dopo l'operazione alla cistifellea la gigantessa non riusciva più a mangiare quasi niente. Campava di biscotti sbriciolati nel tè o nell'acqua calda zuccherata, e stava a letto tutto il giorno vestita con una vecchia tuta blu da ginnastica, sfogliando dei giornali illustrati o guardando il televisore. Il dottore non l'ha mai sentita dire due frasi di seguito, tranne quando parlava in dialetto con sua madre. Dice che gli sembrava indifferente a tutto, sprofondata in un'indolenza da ragazza grassa e ottusa. Non doveva avere trent'anni, ma essendo così gigantesca mostrava un'età indefinita, tranne per il volto che era già sfiorito. Mentre il dottore la visitava, lei stava distesa sul fianco continuando a tenere gli occhi sullo schermo televisivo, borbottandogli in fretta delle risposte o sbuffando come se lui fosse un seccatore. Finché lui se ne andava avvilito, senza ricevere neanche un saluto.

Intorno alla casa di notte si sentivano gridi di uccelli, fruscii di arbusti, qualche volta lo sciacquio nel canale, e spesso prima di risalire in macchina il dottore aveva voglia di fare una passeggiata nel buio, fino alla fabbrica in rovina, fino all'asfalto e al filo spinato. Tornando indietro spiava dall'ombra le due donne nella loro camera, incantato da qualcosa, dice, sempre posseduto e sotto l'influsso degli altri. Nella camera la figlia era distesa sul letto davanti al televisore, immobile, inerte, grande e grossa, con i capelli lunghi e ingrovigliati, una gigantessa con la faccia che cominciava ad avvizzire, benché ancor giovane e rosea. Invece sua madre inginocchiata sul letto faceva strani esercizi con le braccia tese in alto, come se invocasse l'aiuto del cielo, e solo dopo molto tempo il dottore ha capito che quegli esercizi dovevano essere una specie di ginnastica.

Qui vedo il dottore molto titubante, con un impermeabile sformato, la calvizie ormai pronunciata, mentre rimontava in macchina e ricominciava a farsi le stesse domande ogni sera. Si domandava se quella Milena che aveva trovato fosse proprio la donna che aveva cercato tanto. Be', si chiamava Milena, ma questa non soffriva di calcoli renali, bensì di calcoli alla cistifellea. E la sua voce era la stessa udita quella notte? Forse, ma questa borbottava e parlava pochissimo, era difficile fare confronti. Per giunta la cartomante Marilù aveva cambiato la sua interpretazione dei fatti, e secondo lei le carte dicevano che non era quella la donna giusta del destino. Il dottore non riusciva a capire il proprio destino, e chiedeva spiegazioni. "Guardi qui, vede questa carta?" – "Sì, cosa vuol dire?" – "Attento alle donne che le danno da intendere una cosa per l'altra." – "Per esempio chi?" – "Per esempio l'Egle, che l'ha mandato da quelle due." – "Ma perché? mi imbroglia?" – "Fa di tutto per tenerla legato a sé come un succubo, e spillarle quattrini, insieme a quelle due."

Senza dare torto alla signora Marilù che visitava al venerdì sera, lui ci teneva a continuare le consultazioni del mercoledì con la chiromante Egle, perché ormai era l'unica che gli dava ragione. Lo assicurava che quella Milena era proprio la persona cercata, siccome il pendolino tornava sempre su quel punto senza sbagliarsi più. Poi ogni sera, a tarda ora, al ritorno a casa, ricominciavano le liti con la moglie. I figli lo guardavano come uno strano, forse un ubriacone. Ma perché non poteva darci un taglio? Perché era posseduto, dice, sotto l'influsso degli altri da cui non si scappa. E inoltre perché lui è uno che ha sempre voluto aiutare gli altri, anche a suo scapito, dice. Posseduto com'era, un bel giorno ha deciso che la vita può andare come vuole, non gli interessa. Lui d'ora in poi farà solo quello che capita, di giorno in giorno, sotto l'influsso degli altri o trascinato dagli avvenimenti. Se gli altri credono di dominare la vita, meglio per loro, lui non ci crede più. Si lascerà andare, farà tutto quello che vuole il suo destino, anche se non capisce proprio cosa sia questa storia di avere un destino.

Tra l'altro, adesso il dottore non riusciva più a sentire le voci da terra che aveva nell'orecchio quando andava in cerca dell'ignota Milena. Spesso all'ospedale squillava il telefono e gli arrivavano all'orecchio delle voci scoraggianti, voci astratte e irrigidite, come se si mettessero in posa a ogni frase. Allora gli tornava il desiderio di sentire voci da terra, voci da terra! Pregava Dio che gli mandasse ancora delle voci da terra, e non sempre e soltanto voci dall'alto, voci della televisione, voci di padreterni, oppure voci di apatici che citano solo dati sicuri per non essere contraddetti, oppure voci di gente che vuol essere qualcuno e allora imita la voce di qualcun altro.

La gigantessa stava sempre a letto, diafana e obesa, anche imbronciata appena lui entrava nella stanza. Proprio perché si sentiva respinto, dice il dottore, lui aveva sempre più voglia di entrare nella sua vita, magari di sposarla, diventare il suo servitore. Le portava regali, scatole di cioccolatini, anche vestiti perché si cambiasse, e non restasse sempre a letto con la tuta da ginnastica. Entrava nella stanza col regalo, glielo mostrava senza parlare, lei col dito gli indicava di lasciarlo lì sulla sedia, e subito tornava a guardare la televisione sul comò. Nella camera c'era tanfo di chiuso, di sudore, di carne, di lenzuola sporche, di fiori vecchi, ma non gli dava fastidio. Anzi, dice che quel tanfo gli dava l'unica sensazione di intimità con la gigantessa che riuscisse a provare. La madre vestita di nero sorvegliava sempre la scena, come se temesse un assalto alla figlia. Il dottore doveva rivolgersi a lei: "Come sta Milena?". La madre rispondeva appena: "Oggi aveva la nausea, non riesce a mangiare niente". Beninteso i cioccolatini erano fuori luogo, inadatti alla malata. Li mangiava la madre. Il dottore ormai faceva soltanto finta di curare la gigantessa, come fanno spesso i dottori all'ospedale, dice.

È anche strano che, fin dal primo giorno, nessuna delle due donne gli abbia chiesto perché lui si interessava a loro. Non gli avevano chiesto perché si era offerto di portare la gigantessa all'ospedale per farla operare alla cistifellea, e perché veniva ogni giorno a visitarla, perché pagava i loro conti, perché aveva pagato le riparazioni al tetto. Era come se tutto questo fosse normale. Non gli avevano mai chiesto chi era, cosa voleva da loro, né lo avevano ringraziato una sola volta. La madre lo sorvegliava ogni momento, senza voltar la testa, con la coda dell'occhio. Dopo la visita alla malata, due o tre volte il dottore aveva voluto parlare con lei in cucina, per capire se erano loro le donne che aveva udito sulla barca a vela. Conversazioni insostenibili, perché la madre rispondeva a malapena, con sospiri di stanchezza. A momenti lo lasciava parlare da solo, si alzava muovendo le anche pesanti, i fianchi larghi, come per far vedere tutta la carne che portava sotto il vestito. Gli dava quell'impressione, e dice che si eccitava a osservarla. Poi lei tornava a sedersi, guardando da un'altra parte, come se fosse seccata per le sue insistenze. Non capiva cosa lui voleva sapere. "Che voci?" – "Delle voci che ho sentito una notte." – "Dove?" – "Al largo, io ero su una barca." – "Allora?" – "Volevo sapere se erano le vostre voci." – "Quando?" – "Due anni fa." – "Non so."

L'indomani lui tornava dalla chiromante Egle, per avere

nuove conferme. Ma a un certo punto gli è parso che anche la chiromante Egle fosse stanca di lui, stanca di dovergli ripetere sempre le stesse cose. Inoltre si è accorto che non somigliava per niente a una Sibilla, dato che era vestita all'incirca come una baiadera, con braccialetti e veli, profumi e aromi che l'avvolgevano nella stanza devastata, sotto il tetto che faceva acqua. La cartomante Marilù faceva meno messinscena, ma non cambiava la sua interpretazione dei fatti. Gli ripeteva che quella non era la Milena da lui cercata. Il dottore le ha chiesto un giorno: "Ma il mio destino dov'è?" – "Quale destino?" – "Quello che c'era nelle carte." – "Lasci stare le carte, badi a me che lo imbrogliano". Adesso non gli parlava più da maga, ma come una che ci tiene a mostrare la sua onestà professionale e non tradire i clienti. Non si ricordava neanche più che gli aveva promesso un destino, perciò lui ha smesso di andarla a trovare al venerdì sera. Del resto neanche lei somigliava per niente a una Sibilla, o almeno alle Sibille che aveva visto nelle sue visioni notturne, ai tempi in cui batteva le campagne.

Gli avevano detto che sulle montagne c'era davvero una vecchia Sibilla, che abitava in un antro buio, curava la gente, e leggeva il destino nel piombo fuso dentro una bacinella. Stava sulle montagne che si vedevano spuntare dalla casa delle due donne, oltre le colline. Un giorno ha lasciato l'ospedale in tarda mattinata, perché voleva andare a cercare la vecchia Sibilla e avere un responso veritiero. Verso l'una è arrivato davanti alle rovine della fabbrica di cemento, che sembrava sempre più crollante, con le parti in calcestruzzo che avevano l'aria di marcire sotto il sole. Qui ha deciso di fare una sosta e chiedere informazioni alla madre della gigantessa, per non perdersi sulle montagne che non conosceva. Quando è arrivato davanti alla casa, si è accorto che la madre non doveva esserci, perché non vedeva la sua bicicletta. La porta era socchiusa, tutto il resto normale, e nessun rumore attorno.

Entra nella cucina, tutto è in silenzio. Vede la porta della camera da letto socchiusa. Va a spiare dall'uscio, e vede la gigantessa sul letto addormentata. Non l'aveva mai vista dormire, e inoltre non l'aveva mai vista con vestiti diversi dalla tuta da ginnastica. Ora indossava un vestito a fiori che lui le aveva regalato, cioè le aveva regalato la stoffa e la madre lo aveva cucito. Stava rannicchiata sul fianco, con le ginocchia quasi vicino al viso, e le grosse cosce tutte scoperte in quella posizione. Anche l'incavo tra le natiche era scoperto, tra due ammassi di carne flaccida e diafana. Teneva il pollice vicino alla bocca, come se avesse appena smesso di succhiarlo. Spesso, mentre la visitava, il dottore l'aveva vista mettersi in bocca il pollice, tenendolo tra le labbra socchiuse senza succhiarlo. Ora rannicchiata sul fianco, teneva il pollice vicino alle labbra. Ma era tanto rilassata e pacifica nel suo corpo enorme, tanto leggera la sua respirazione nel sonno, che lui non riusciva a smettere di spiarla. È entrato nella stanza, dove c'era quel tanfo di fiori vecchi, lenzuola, odore di panni sporchi, di sudore. Sul letto intorno a lei erano sparsi spilloni, bambole, collane, braccialetti, anelli. La monumentale ragazza dormiente teneva vicino al grembo degli anellini, come se avesse giocato a provarseli fino a poco prima.

È rimasto a contemplarla seduto su una sedia, lei non si è mossa. Tutto quello che c'era intorno, tutto il mondo intorno alla casa e fino al cielo, in quel momento si è calmato o fermato. Dice che tutto era in ordine in quel momento, nonostante la confusione della stanza, con calzini per terra, un cucchiaino sporco, resti di biscotti sbriciolati sul letto, riviste abbandonate sulla sedia. Bisognava soltanto stare fermi e tutto diventava calmo e senza desideri, senza doversi più chiedere se la vita va bene o va male. Dice che aveva voglia di addormentarsi, non pensava più alla Sibilla delle montagne. Anzi pare che avesse la sensazione d'essere già nell'antro della Sibilla che doveva dirgli il suo destino. Sono cose che non si possono spiegare, dice lui, e io qui le do come mi vengono in mente. Il dottore aveva una gran voglia di addormentarsi, guardando la ragazza gigantesca che dormiva così bene sul letto, con una faccia che adesso riconosceva, e anche lei senza desideri. Un viso da bambola di celluloide, ovale, con bocca piccola come quella delle bambole. Viso da bambina piccola, mai cresciuta, ma pieno di grinze, come se avesse una pelle che sotto la superficie rosea era quella d'una vecchia.

Ma proprio nel momento in cui ha pensato che forse doveva essere lei la Sibilla, si è accorto che sulla porta la madre lo stava osservando con aria severa. Si è riscosso, e imbarazzato usciva subito dalla stanza. Non sapeva cosa fare. La madre continuava a tenerlo d'occhio come se lui avesse combinato una marachella. Dice che in quegli sguardi c'era l'insinuazione che lui avesse voluto violentare la gigantessa, o toccarla o qualcosa del genere, comunque un rimprovero per averlo trovato nella stanza della figlia. La madre ha chiuso la porta della camera, adagio, poi ha messo in tavola due piatti, sempre tenendolo d'occhio. Lui non sapeva se andare o stare, con quelle occhiate era imbarazzatissimo. Allora la donna l'ha invitato a mangiare la minestra, scodellandola in un piatto e indicandoglielo con un gesto sbrigativo. Il dottore non aveva fame, ma ha mangiato lo stesso. Poi la madre gli ha detto che doveva spaccare la legna, come un ordine che non si discute. E per tutto il pomeriggio lui ha spaccato la legna nello spiazzo dietro la casa, ritrovandosi alla sera col mal di schiena, le ossa rotte, oltre all'emicrania. Aveva tanto faticato con l'accetta, che camminava traballando e ha chiesto di potersi distendere.

La madre gli ha indicato il vecchio divano con le molle che uscivano fuori dalla stoffa, dove lui è crollato in un sonno profondo. Si è svegliato che era sera, e sul tavolo c'era un piatto con la minestra fredda, evidentemente lasciato lì per lui. Le due donne erano nella camera da letto, da dove giungeva il rumore della televisione. Il dottore ha mangiato e dopo si sentiva ancora molto stanco, col mal di testa, non aveva voglia di tornare a casa. Ha preso una coperta in macchina e ha dormito sullo scomodo divano.

L'indomani era domenica, non doveva andare all'ospedale, e a partire dal risveglio la madre ha iniziato a dargli ordini in continuazione, senza guardarlo in faccia, ma sorvegliandolo con la coda dell'occhio, con gesti e parole che lo intimidivano. Per prima cosa gli ha fatto accendere il fuoco, poi l'ha mandato in paese a fare gli acquisti, poi sul tetto con la scala a rimettere a posto dei coppi, poi a togliere di mezzo un vecchio nido d'uccelli all'imboccatura del camino. Nel pomeriggio gli ha indicato un monte di biancheria da portare nel magazzino, dove c'era la tinozza piena di acqua fumante, e lui è rimasto a rimestare i panni nella tinozza, poi è andato a stenderli sui fili davanti alla casa.

Dice che gli stava venendo un ingrossamento del fegato, con un po' di nausea, oltre all'emicrania e al male a un dente. Alla sera non aveva nessuna voglia di mangiare, ma mangiava la solita minestra, e voleva solo fuggire, ma era completamente stremato. Nei giorni seguenti, la madre gli dava continuamente degli ordini, come si parla a un servitore. Non gli dava neanche il tempo di visitare la figlia, e lo metteva subito al lavoro appena entrato in casa. Ma perché ci tornava in quella casa? Non si sa. Così ha dovuto portare la legna spaccata in cucina, spostare tutte le damigiane e lavarle, andare dietro la casa a distruggere le tane delle talpe, spargere l'insetticida contro gli scarafaggi nel magazzino, zappare l'orto, tagliare le erbe infestanti, lavare le bottiglie per il passato di pomodori, pelare le patate, pulire il caminetto e fare molti altri lavori che non ricordo. Appena finiva un lavoro, la donna gli dava altri ordini con qualche parola secca, e lui obbediva senza sapere perché. Ogni volta restava lì sorpreso, poi la guardava allontanarsi muovendo il grosso sedere nel vestito nero, ancheggiando con tutto il suo peso. Ma succedeva sempre che lei si voltasse a sorprendere le sue occhiate maldestre. Sembrava che gli leggesse nei pensieri, lo dominava anche quando era voltata da un'altra parte. Più che mai a disagio, con l'emicrania e il mal di denti, il dottore ricordava che la cartomante Marilù gli aveva predetto che sarebbe diventato succube delle due donne.

Ma poi anche tornando a casa sua si sentiva succube della madre vestita di nero, e gli sembrava di ricevere ancora i suoi ordini, di dover fare tutto in fretta all'ospedale per correre a ricevere altri ordini nella casa vicino al canale. Intanto sentiva che le sue braccia diventavano flosce, la calvizie guadagnava terreno sulla cima del suo cranio, e non aveva tempo di andare dal dentista per curarsi i denti. Con i colleghi d'ospedale non scambiava più una parola, se non per necessità impellenti, e loro lo guardavano come un fallito, un poveretto che non farà mai carriera. Quando tornava in famiglia sua moglie gli teneva il muso per ore, poi di colpo scoppiava a sospirare: "Ma dove vai? dove passi la notte? hai una amante? dimmelo, che almeno mi metto il cuore in pace". A lui veniva da rispondere soltanto: "Perché non muoio? perché non muoio?".

Non voleva più stare a casa, e ha annunciato a sua moglie che aveva una amante e andava a stare da lei. Ma glielo ha detto al telefono, per non cadere in balia anche dei suoi pianti, perché gli altri avevano il potere di dominarlo completamente. Nella casa sul canale gli piaceva poco dormire sullo scomodo divano con le molle, che gli pungevano la schiena. L'ha fatto presente alla madre della gigantessa, e questa una sera ha preso la lampada a petrolio e l'ha accompagnato nelle rovine della fabbrica, dove al primo piano c'è uno stanzone di cemento pieno di macerie, con una brandina in un angolo. Qualcuno doveva aver dormito o abitato lì, perché si vedevano le ceneri di un bivacco, della legna bruciata, le finestre tappate da fogli di plastica. Mentre erano nello stanzone, con la lampada a petrolio appoggiata al pavimento che spandeva una luce fioca in mezzo alle ombre, il dottore dice che ha capito di essere schiavo. Non solo succube, ma schiavo della situazione che aveva creato con la sua mania di aiutare gli altri. Né poteva tornare a casa, perché sarebbe stato schiavo dell'altra situazione che aveva creato in famiglia.

La madre vestita di nero metteva una coperta sulla branda, e lui la guardava da dietro, in stato di confusione. Le sue grosse natiche, con la carne che tremolava sotto il vestito, in certi momenti lo eccitavano. Quando gli è passata vicino ha allungato la mano per toccarla, le ha sfiorato il fianco. Lei non ha detto niente, s'è voltata a fissarlo con sguardo severo, aspettando le sue mosse. Allora il dottore dice che gli è balenata l'idea di ribaltare la situazione, di comprarla e di tenerla al guinzaglio, facendo leva sulla sua avidità. Ha tirato fuori dal portafoglio dei biglietti di grosso taglio, e li ha messi sulla branda. Tremava tutto, dice, ma voleva metterla sotto, ridurla alla sua volontà, e capire finalmente qual era il suo destino. Non sa neanche lui come sia riuscito a trovare il sangue freddo, imbarazzato dalla situazione, per farle un cenno con la testa indicando il letto. Lei ha capito, ha preso i soldi e se li è ficcati in seno, poi ha cominciato a levarsi il vestito sempre tenendolo d'occhio, e infine si è lasciata montare in silenzio sulla branda. Ha fatto tutto senza un sospiro o un ansimo, rendendolo ancora più succube col suo mutismo, ancora più schiavo, poi rivestendosi tranquillamente e andando via senza salutarlo.

La cosa si è ripetuta due volte, poi lui non ne aveva più voglia. Quando certe sere lei lo guardava con aria di attesa, il dottore le dava semplicemente i soldi. Poi ha smesso anche di guardarlo in quel modo, perché il dottore le dava tutti i soldi che guadagnava all'ospedale, sottraendo quelli che doveva versare alla moglie per i cosiddetti alimenti. Nella casa sul canale lui e la madre erano diventati come marito e moglie, dice, salvo per la variante che non dormivano assieme e non si parlavano mai. Lui dormiva sempre sulla branda nella fabbrica in rovina, e obbediva a tutti gli ordini ricevuti dalla madre vestita di nero. Adesso la gigantessa sembrava che lo trattasse come un padre o uno zio, e per quanto non gli parlasse mai, non sbuffava più a trovarselo vicino. Lui però aveva paura di fermarsi a guardarla, come avrebbe voluto, a studiare la sua indolenza senza desideri, perché la madre gli avrebbe puntato addosso i suoi occhi duri che lo confondevano subito. Ad ogni modo aveva già capito il suo destino, non c'era più bisogno di consultare la Sibilla.

In quella campagna non ci sono consolazioni, non c'è niente da aspettarsi. Dal suo bunker si potrebbero vedere le stelle, e forse anche le luci delle case su per la montagna, se le finestre non fossero state tappate da fogli di plastica. Nello stanzone di cemento pieno di macerie, con ceneri sparse e un fuoco acceso sul pavimento, nel silenzio della notte si sentono i gridi di un uccello notturno. Siamo alla sera d'inverno in cui il suo amico è andato a prenderlo, e l'ha trovato febbricitante. Seduti vicino al fuoco i due uomini proiettano ombre che tremolano assieme alle fiamme, per via degli spiffferi dal basso. Nella poca luce, il dottore, vestito di abiti logori, sembra un vecchio barbone macilento. All'ospedale ormai lo tengono solo per la bontà del primario vanesio, l'amico lo sa. Il dottore ha finito di scrivere il racconto su tutta questa vicenda, e vuole che l'amico lo legga lì, accanto al fuoco. Allora l'altro si mette a leggerlo seduto su una cassa da frutta, mentre fuori scende la neve, e il dottore trema per la febbre, con la gamba destra che gli duole per i reumatismi. Poco fa la gigantessa ha mandato sua madre a chiamarlo, perché non si sente bene. Ma il dottore vuole restare nello stanzone accanto al fuoco, finché l'amico finisce di leggere il suo racconto, e dunque ha cacciato via la donna vestita di nero con due strilli da isterico.

Fa freddo, il fuoco non lo scalda. Mentre l'amico legge il racconto, il dottore rivede quelli sul molo, operai, scioperanti, girovaghi, non sa, che nel mattino stavano là contro il cielo, contro le nuvole, contro i cavalloni del mare che si sollevano in altissime ondate. L'amico non sa di cosa stia parlando. Forse sta parlando di qualcosa che ha visto alla televisione, quando alla sera va a scaldarsi un po' in casa delle due donne. Il dottore dice che quelli devono essere ancora là sul molo tra le onde, che aspettano. "Cosa aspettano?" Non risponde. Dice che non c'è più posto al mondo per gente come lui, per quello che credeva d'essere lui, per quello che pensava lui. Aggiunge: "Credevamo d'essere al di sopra di tutto, ma siamo come gli altri, come le bestie, come gli uccelli, come le vacche sopra una mangiatoia". E il suo amico nota che anche queste parole sembrano uscite da una televisione, non sono voci da terra.

Ora c'è solo il freddo dell'inverno, che il nostro dottore sente ancora di più perché mangia poco, e starnutisce sempre, qui chiuso nello stanzone di cemento. La sua branda è un cumulo di lenzuola sporche e arruffate, l'unica coperta che ha se la tiene addosso. La madre gli porta ogni giorno qualcosa da mangiare, ma poco, solo un piatto di minestra, un po' di pane e un companatico. E meno mangerà più avrà freddo, si capisce, mentre là contro i frangiflutti le onde salgono, e la furia del mare continua su tutto il litorale, dicono le notizie alla radio da qualche giorno. Una parte del litorale è invasa dall'acqua, ma ormai tutta la costa è in balia del mare, dice il dottore, trenta o quaranta chilometri sono un puro deserto senza ripari.

L'amico ha finito di leggere il racconto. Il dottore dice che non vuole sentire commenti, odia i commenti. Ma vorrebbe che il suo racconto fosse pubblicato, perché allora qualcuno potrebbe leggerlo e scrivergli per metterlo sulla buona strada, nel caso che la famosa Milena sia davvero una persona viva e non solo una fissazione della sua mente. Lui spera ancora di riuscir a sapere se la donna con la voce fiera che lo aveva affascinato è la gigantessa indolente, oppure un'altra persona, oppure una chimera. Ma per capire tutto questo ci vuol molto tempo, dice il dottore, il tempo di lasciarsi andare e perdersi del tutto, e il tempo di risalire la china in cerca di altro. Sì, e bisogna saper tirare avanti senza nessuna meta, senza nessun desiderio che ti porti dietro a sempre nuove chimere. È questo il senso del destino, secondo lui. A questo punto aggiunge: "Sono così debole che non posso più decidere niente".

Al mattino, in macchina, l'amico lo riporta a casa, avvolto in una coperta, pallido come un morto, con brividi di febbre così forti che lo scuotono tutto. Piove a grosse gocce, il panorama è tutto grigio. In quelle campagne quando piove molto i terreni golenali si allagano subito, e allora intorno si vede gente pescare con l'ombrello sui canali che si interseca-

no tra i campi. Si vedono biciclette e rare macchine che spa-
riscono nella nebbia, e case coloniche che spuntano da una
grigia foschia. Tutto quel buio e quel grigio della foschia sui
canali sembra un incanto, dove la gente vive protetta dai cla-
mori del mondo. Ma può anche produrre deliri malinconici,
oppure altri deliri che qui è inutile definire. Forse è stata
quell'atmosfera a influire sul nostro dottore, bloccandolo
nella fabbrica di cemento abbandonata, tra le erbe infestanti
che hanno invaso tutto il terreno attorno, dietro la casetta
sul canale dove abitano le due donne. Quando se n'è andato
di casa era la fine della primavera, adesso siamo in inverno.
Durante la notte è nevicato, nel suo bunker si gelava anche
accanto al fuoco.

Il dottore si sveglia quando arrivano sul litorale. Trema,
poi si drizza sul sedile: "Guarda, guarda!". Indica degli uomini là sul molo vicino al frangiflutti, mentre i cavalloni si le-
vano sopra di loro, alti e bianchi. Anche l'amico li vede. In
distanza sembrano sfollati, forse disoccupati, forse solo sfac-
cendati girovaghi. Tutto lo sfondo del mare è plumbeo, tranne per le ondate bianche e spumose contro i frangiflutti. Si
vede il lungo molo come un nastro che si spinge in mezzo al
mare, in mezzo alla furia delle onde, e là schierati in fila quegli uomini. Di lontano hanno l'aria di gente malmessa, con
ombrelli, teloni sopra la testa, giornali sopra la testa, o chiusi negli impermeabili, con le mani in tasca, ma calmi, immo-
bili, indistinti. Non si capisce cosa stiano a fare, là intruppa-
ti nella bufera. Sembra che aspettino la fine di tutto, pazientemente, senza muoversi, tra gli spruzzi delle onde, esposti
alla tempesta che non smette d'infuriare.

Il dottore tossisce, deve avere la polmonite, a parte tutti
gli altri suoi mali e acciacchi. L'amico dovrà portarlo all'o-
spedale, e all'ospedale lui cadrà in balia dei suoi colleghi con
il delirio degli arricchiti. Questa è l'unica soluzione, e non è
la migliore, dice l'amico, perché il dottore si troverà malissimo con quella gente. Ma io non so poi cosa sia il meglio, forse è un errore come tanti altri, come le altre chimere a cui si
corre dietro. Fortissime mareggiate lungo la costa sono an-

nunciate dalla radio, che l'amico ora ha acceso. Si sente il vento ululare forte, scuotendo i pali della luce, mentre si attende un uragano che viene dall'oceano o da chissà dove, poco importa. Intorno è come un deserto, ma un deserto grigio d'asfalto, tra sfilate di villette per le vacanze, alberghi per le vacanze, negozi per le vacanze, attrezzature balneari e luoghi di ritrovo popolati soltanto d'estate. Si ha l'impressione di un pianeta disabitato, con insegne commerciali che ci guardano passare, scosse del vento. Dalla radio una voce, che sembra l'ultima voce da terra, sta trasmettendo notizie ai naviganti.

La storia è così, che c'era questa modella sbarcata su quella spiaggia del mondo come tanti altri. Orfana completa, allevata da una zia di paese, viaggi di qua e di là da sola, molto giovane. Era un periodo felice, si credeva ancora nei viaggi. Sbarcata su quella spiaggia del mondo, lei è diventata modella d'alta moda, con molto successo. Aveva molto successo? Be' sono cose che si dicono e si dicevano, il successo di qualcuno, "quello ha avuto molto successo", ci si riempie la bocca. Per il resto la storia della modella si può riassumere in poche parole: prima lei era sulla cresta dell'onda e dopo è scoppiata, almeno quel tanto che basta per buttarsi via.

Ma com'era? Alta e snella, si capisce, una bella ragazzona con le gambe lunghe. Appena faceva una minima mossa, tu vedevi la sua arte di modella. Aveva studiato tanto per diventare così, non poteva più fare altro, neanche un gesto qualsiasi, neanche un muscolo della faccia tirato senza preavviso. Lei ormai era la modella d'alta moda e basta. Non so come fosse quando era da sola, ad esempio quando andava a letto, se ci andasse con il suo passo da modella. Me lo sono chiesto molte volte, ma non mi viene niente da dire, e quello che succede a un altro nessuno l'ha mai saputo.

Comunque poi è scoppiata e allora è arrivato l'assicuratore Baruch, per investigare. Era un tipo calvo coi baffi. Ma investigare cosa? Investigare perché era andata così, come poteva succedere che una ragazzona così scoppiasse di colpo e il suo successo andasse a rotoli, di conseguenza. Bisognava specificare le cause, trovare eventuali colpe. La soluzione migliore sarebbe stata di poter accusare qualcuno, ad esempio se qualcuno le aveva fatto venire l'esaurimento nervoso. Ecco cosa cercava di capire l'assicuratore Baruch, tipo calvo coi baffi, vestito di grigio, con la cartella. Doveva interrogare dei testimoni, scoprire qualcosa, qualsiasi cosa per dare la colpa a qualcuno. La sua società d'assicurazioni non sapeva come liquidare la pratica, c'era di mezzo l'assicurazione del successo. Di chi? Della modella.

Andava così da quelle parti, appena uno aveva un po' di successo lo assicurava. Per esempio? Qualsiasi tipo di successo, appena uno ce l'aveva correva difilato ad assicurarlo. C'erano società di assicurazione specializzate, lassù su una collina verso nord, vicino a un cimitero. Sono cose che ho sentito perché se ne parlava molto in giro, poi l'assicuratore Baruch mi ha spiegato meglio, mi ha portato sulla collina. Tipo calvo, un po' filosofo, ha dovuto mettere su un interrogatorio in piena regola, con sfilata dei testimoni. È stato un gran lavoro, a casa dei Fuzzi, e io gli facevo da aiutante.

I Fuzzi? Sì, amici della modella. Quando non era in giro per qualche sfilata, lei mi passava a prendere per portarmi dai Fuzzi, al sabato, ed è lì che ho conosciuto l'assicuratore Baruch. Ma dopo, quando lei era già scoppiata. Prima, al sabato, lei mi passava a prendere per portarmi in macchina, altrimenti non ci si arrivava. Dove? Alla casa dei Fuzzi, giù sulla costa, una bellissima casa. La modella era molto amica dei Fuzzi. Il signor Fuzzi la proteggeva come un padre, le telefonava sei o sette volte al giorno, lui o sua moglie. Orfana completa: "Ho trovato una famiglia", diceva. Chi? Armanda la modella. Noi non parlavamo molto, non avevamo niente da dirci, ma lei ci teneva a portarmi dai Fuzzi. Me l'aveva presentata un amico, uno di Roma.

C'era questo sistema, che là ognuno proteggeva qualcun altro, e al sabato se lo portava dietro alle feste nel giardino dei Fuzzi. Io ci andavo come protetto della modella, e quando lei era in giro per le sue sfilate di moda allora mi passava a prendere la sua segretaria. Questa era una brunetta, bassa, diciamo tombolina. Con lei parlavo di più, discorsi tra connazionali di basso rango, sbarcati da quelle parti non si sa perché. Mi ricordo che ce l'aveva sempre con qualcuno, questa tombolina. Tra l'altro guidava in modo pazzesco, voleva superare tutti facendo dei zigzag tra le fiumane di macchine, là sui grandi ponti delle freeway, puoi immaginarti. Quanti anni fa? Ah, ero giovane, risale al tempo che si credeva ancora nei viaggi.

Il signor Fuzzi voleva che gli insegnassi a leggere Dante, ma non aveva mai tempo. Nel suo giardino c'era sempre una festa al sabato, e la moglie lo chiamava appena arrivava un ospite, lui doveva correre. Là si dice giardino per dire un prato, che era sul retro della casa, e in mezzo al prato c'era una bianca tenda con i rinfreschi per gli ospiti. Quando la moglie lo chiamava, il signor Fuzzi doveva correre fuori, ricevere gli ospiti, offrire da bere, conversare come dovuto. Poi tornava nel suo studio, si riprendeva con Dante. Gli avrò spiegato trenta terzine sì e no, non c'era mai tempo.

Ma perché voleva studiare Dante? Per sfizio, era dentista, voleva mettere nel suo studio qualche verso famoso in una cornice dorata. Delle sue feste al sabato io non ne potevo più. Appena arrivava un ospite nuovo, il Fuzzi mi chiamava per presentarmi, poi parlava con entusiasmo dei suoi studi su Dante, di come ero bravo a spiegargli Dante: "Wonderful, wonderful!". Gli avrò spiegato trenta terzine, sì e no. Più che altro gli facevo dei riassunti e gli parlavo delle anime all'inferno, le categorie di dannati, le colpe, le pene. Da giovane parlavo molto, mi piaceva parlare, ma dopo mi è passata la voglia.

Quelle feste nel giardino mi mettevano in confusione, ma non avevo mai la forza di spirito per dire: "No, non ci vengo". Dopo due mesi che andavo a spiegargli Dante al sabato, eravamo ancora al terzo canto, appena dentro le porte dell'inferno, con le anime là che aspettano l'arrivo della nave di Caronte. Facevo dei riassunti svelti altrimenti non si andava avanti d'un passo, ad esempio la spiaggia nell'aria scura, il tumulto delle anime che gridano e piangono, gli ignavi nudi con le vespe e i mosconi che li pungono, le lacrime mescolate al sangue che gli scendono dal viso e sono raccolte a terra dai vermi. Tutto in riassunto, non c'era tempo di leggere. Ogni tanto il Fuzzi diceva: "Ah, bello questo", poi doveva scappar via.

Se non c'era un ospite a cui voleva presentarmi, io restavo nel suo studio a guardarmi attorno. Ascoltavo le voci in giardino, attraverso le tapparelle guardavo la modella. La vedevo fare tutte le facce giuste, le mosse eleganti, come un compito. Non poteva più fare altro, lei era la modella d'alta moda. Del resto era normale da quelle parti. Che cosa? Che dovevi stare attento a come ti presentavi, attento a far sempre le facce giuste, a dare le risposte appropriate, altrimenti gli altri non ti guardavano più. Una parola fuori posto, una battuta un po' troppo intelligente, magari tu credevi di fare il furbo, e quelli ti voltavano le spalle perché non eri considerato un tizio come si deve.

Là nel giardino dei Fuzzi era il trionfo delle facce giuste, delle risposte appropriate, come se Dio li avesse benedetti dal cielo tutti quanti: "Voi siete nel giusto, andate avanti così!". A me non è mai arrivata giù quella benedizione dal cielo, anche se da giovane parlavo molto. Ero sempre un po' fuori passo, dicevo anche molti strafalcioni. Però dopo l'ho imparato che bisognerebbe saper fare le facce adatte e dare le risposte come si deve, tra quei benedetti dal cielo.

La segretaria della modella veniva dentro a chiacchierare, ogni tanto: "Come va?". Anche lei come me, in giardino non sapeva fare le conversazioni dovute, allora veniva dentro a raccontarmi qualcosa. Sempre un po' rancorosa la ragazza. Come si chiamava questa? Adesso non mi viene in mente. Un tipetto basso, brunetta, tombolina. Ma mi sembra che ce l'avesse sempre con qualcuno, anche con la modella che l'aveva presa come segretaria appena sbarcata su quella spiaggia del mondo. Chi? La tombolina. Ce l'aveva con tutte quelle del giardino, soprattutto quelle con le smorfie da belle donne.

A proposito di belle donne, ogni tanto veniva dentro a

chiacchierare anche la signora Fuzzi. Alta, distinta, anche gentile, ma sempre sul chi vive. Cioè? Una che spiava gli altri. Mi sembrava intristita da una delusione, in cerca di qualcosa o qualcuno per non annoiarsi. La guardavo nel giardino attraverso le tapparelle, e avevo l'idea che lei fosse stata abbandonata da un amante, e stesse a spiare per veder se il suo drudo compariva. Donna attraente, che mi faceva anche discorsi intimi. Ma io non mi fidavo di lei, mi sembrava che mi spiasse per vedere se facevo uno scivolone. Però qui devo andar piano, perché mi confondo con tutte queste storie.

Parlerei più volentieri dell'assicuratore Baruch, perché con lui mi trovavo bene. Ah, i suoi metodi di indagine! Trovare le cause, trovare chi può essere in colpa. Gioco straordinario quello di trovare un colpevole. E Baruch si sedeva al tavolo, nello studio del Fuzzi, come un messaggero dell'inquisitore massimo. Soltanto un messaggero, intendiamoci, un cancelliere che stende i verbali. Questo ci teneva a farlo capire, Baruch, che non era lui l'inquisitore massimo. A un certo punto sembrava che fosse sulla pista buona per trovare qualcuno da accusare, cioè il fidanzato della modella. C'è mancato un pelo che non lo beccasse in colpa, con le sue risposte evasive.

Quale colpa? Di averle fatto venire l'esaurimento nervoso, alla modella. Dico fidanzato, però non so quei due quando avessero tempo di fare i fidanzati, con tutti i loro impegni sociali. Anche lui, uno con mosse sempre giuste, risposte svelte e appropriate. Veniva nel giardino dei Fuzzi in rapide apparizioni, salutava tutti, stava a fare un po' di conversazione dovuta, poi scappava. Gli avrò parlato un paio di volte, era come parlare a un elenco del telefono. Come colpevole io lo vedevo bene, ma Baruch diceva che non c'erano le prove.

Come si chiamava questo? Adesso non mi viene in mente. Aveva molto aiutato la modella a lanciarsi, si diceva. Ma secondo la tombolina stava con lei solo per far bella figura. "Lei non ha carne addosso," diceva, "lui la tiene come fidanzata per i ricevimenti, perché si sappia in giro che lui sta con un'affermata modella." Andava un po' a peso, la tombolina. Cioè? Valutava le donne secondo il peso di carne che una si porta addosso, le solite storie della carne, il piacere della carne. E lei che si sentiva carnosa, aveva uno spirito di superiorità sulle smilze: "Qui sono tutti dei bambinoni con mogli magre, ma se riesco a farmi sposare da uno, vedrai! Dopo gli faccio fare quello che voglio!".

Ce n'erano di tutti i generi là in giardino, con i sorrisi, le risposte giuste, le facce in posa, dottori, avvocati, cantanti, attori, produttori, ruffiani, usurai, barattieri. Tutti abbronzati, con occhiali da sole. Su quella costa abbronzati tutti quanti, capirai, il clima, i lidi. Durante le feste avevo voglia di guardare la casa dei Fuzzi da fuori, perché era una bella casa in stile prateria. Ma appena stavo fuori a guardarmela, arrivava qualche abbronzato: "Come va? Cosa fai?". Allora ci volevano le risposte adatte, che non mi scappasse una frase insolita, una parola che non si capiva al volo, altrimenti si seccavano. Adesso parlo come mi viene, ma là impossibile, tra i benedetti dal cielo.

Una volta il signor Fuzzi arriva dentro eccitato: "Vieni, vieni, che ti faccio conoscere Ben Fellow". Chi era? Uno entrato nella Storia. La Storia, entrare nella Storia, erano parole che si dicevano molto, là in quel girone dell'umana specie. Quel tale aveva avuto un colpo di genio comprando il terreno su un colle che dominava una bellissima vallata. La tombolina ha provato a farci il filo, col Ben Fellow, girandogli intorno per un pomeriggio. Credeva che il sessantenne cascasse ai suoi piedi vedendola bene in carne, invece lui a un certo punto le ha detto che doveva imparare meglio l'inglese, se voleva parlare con lui.

Ma quel tale, com'era entrato nella Storia? Col terreno sul colle che aveva comperato, il suo colpo di genio. Ci aveva fatto un cimitero per cani e gatti, e vendeva i lotti di terra per le tombe, tombe di lusso per cani e gatti, che ognuna costava un patrimonio. Ma i padroni dei cani e gatti poi potevano visitare i loro morti, che riposavano in pace sopra la bellissima vallata. Una svolta storica nel campo delle speculazioni sui terreni. Ci vuole sempre un campo per entrare nella Storia.

E Baruch? Baruch non c'entra per il momento. Sto ancora parlando di quando cercavo di insegnare Dante al signor Fuzzi. Credo fossimo arrivati all'incontro con i grandi poeti nell'aldilà, il nobile castello cerchiato da sette mura, la luminosa vita nel limbo. Io suggerivo al signor Fuzzi dei versi da mettere nella sua cornice dorata. Fin lì, con le grida e le bestemmie degli ignavi contro Dio, non era di suo gusto, lui voleva qualcosa di più normale.

Ma io non ho ancora capito: perché questo Fuzzi voleva studiar Dante? Per sfizio, te l'ho detto. Dentista che guadagnava un sacco di soldi, da quelle parti, figuriamoci. Là possono levarsi tutti i capricci, sono scatenati in queste cose, e il Fuzzi faceva studi speciali a tempo perso, una mania. Che studi? Per esempio aveva studiato tutti i ponti attraversati da Napoleone nella campagna di Russia. Fatti molti viaggi in Europa, arrivato fino a Mosca, per ritrovare i luoghi dei ponti, duecentosei ponti e ponticelli attraversati da Napoleone.

Lo stesso con Mozart. Aveva trovato tutte le case e casette dove aveva dormito Mozart, poi s'era fatto stampare un bel libro rilegato in marrocchino rosso, più che altro per mostrarlo a quelli del sabato, immagino. Adesso però quello che mi viene in mente è la gran luce di certi giorni, sulla costa, quando la modella mi portava in macchina dai Fuzzi. Una luce bianca, cielo azzurro compatto, ce l'ho in mente come se fossi ancora là. Invece i personaggi di quel giardino li confondo tutti, come se fossero in penombra, tipo le anime di Dante.

Il mio amico, quello che mi aveva presentato la modella, diceva che Armanda diventava stramba quando guidava giù per la costa nei giorni di gran sole. Cioè? Cioè non era calma e posata come la vedevo io nel giardino dei Fuzzi. Cambiava sempre idea, a un tratto voleva correre a rotta di collo fino al confine, fino alle spiagge meridionali, poi invece si fermava, tornava indietro. Neanche con lui parlava molto, tendeva al mutismo. Lui doveva capire tutto dai suoi gesti, dalle mosse. Come si chiamava questo amico? Adesso non mi viene in mente. Anche lui sbarcato su quella spiaggia del mondo, veniva da Roma, e dopo s'era sposato con una messicana e messo a fare il taxista. Un po' buzzurro, se devo dire la verità.

Perché? Tipo un po' brutale, poco sul delicato. Non voleva sentire discorsi e gli interessava solo trovare femmine per darci sotto in quanto bel maschio. Anche con la modella puntava a portarsela a letto, come si suol dire. E lei? Non so cosa è successo. L'amico a un certo punto mi ha detto che lei non gli piaceva perché aveva un odore forte. "Ha un odore della pelle che non mi piace," così mi diceva. Voleva farmi capire che c'era stato il fatto carnale, ma alla fine mi ha raccontato una storia tutta diversa. Ma cambiamo argomento, altrimenti anche qui mi confondo con tutti questi ricordi.

In quel periodo era capitata in città altra gente che trafficava nella moda, italiani in viaggio d'affari. Me li ha fatti conoscere il mio amico. Li andavo a trovare al Marmont Hotel, tre uomini e una donna, anche loro conoscenti della modella. Quel Marmont Hotel era un posto pieno di attori famosi, una palazzina con stucchi d'altri tempi e finestre col davanzale, un grande giardino intorno, piscina. Una sera quegli italiani hanno fatto baldoria in una dépendance dell'albergo, c'era anche Armanda. È lì che l'ho vista in un'altra luce, come poi mi è rimasta in mente. Come? Come una bella ragazzona che va a ballare per la prima volta, non so se rendo l'idea. Gambe lunghe, spalle dritte, ma l'aria come se fosse nelle nuvole, mai sveglia del tutto.

In realtà le mancava il dono del sorriso schietto e suppliva con le facce ben posate per accompagnare le chiacchiere. Poi però bevendo si è smollata, seduta sul bordo d'un letto, e ascoltava gli altri senza più le sue facce posate. Io credevo che non sapesse ridere, invece quella sera si faceva delle risate da sola. Però allora io non ero molto interessato a conoscere meglio questa modella, perché mi facevo troppe idee e guardavo poco. Io la vedevo un po' come una cavalla ben fatta, ma che non c'entrava niente con me. Ecco i miei sentimenti di allora, epoca dei viaggi, prima che lei scoppiasse.

Quando Armanda è scoppiata, deve esserci stato nella sua testa come un tuono, un tuono e un lampo di luce rossastra. Perché? Non lo so, immagino. Era appena tornata da un giro di sfilate in Europa, bazzicava il mio amico buzzurro in quel periodo. Le ultime volte che mi è passata a prendere per portarmi dai Fuzzi, le parole che ci siamo detti potevi contarle sulle dita. E l'ultima volta che l'ho vista è stato al Marmont Hotel, dove la guardavo come una cavalla ben fatta, senza notare altro. Ma lei non aveva più quella voce posata, i toni così perfetti, questo me l'hanno detto dopo.

Fin qui lei ci teneva all'accento perfetto, perfezionista che voleva fare tutto a puntino, ma un giorno le è uscito fuori l'altro accento. Quale? L'accento di quando non parlava ancora bene l'inglese. Nel giardino dei Fuzzi queste cose si notavano subito. Sorpresi i benedetti dal cielo ad ascoltarla. Non dava neanche più risposte appropriate con frasi regolamentari. Dava delle risposte a caso, come facevo io per togliermi dai piedi gli abbronzati. Poi però qualcuno ha cominciato a chiederle: "Ma cos'è successo al tuo accento?". Non se n'era accorta, le era crollato l'accento, come quando crolla l'intonaco da un muro.

Io non me n'ero accorto perché parlavamo in italiano. Ma pare che fosse cambiato anche il modo di muoversi nelle sfilate. Il suo passo del gatto, il passo delle modelle, era molto ammirato. Ma a un tratto meno slanciato, meno morbido. Il suo agente, che le procurava i contratti, sospettava che bevesse. Convinto che bevesse, al suo ritorno dal giro in Europa ha cancellato tutti gli impegni, perché le cose si mettevano male se la società d'assicurazione fosse venuta a saperlo. Ed è allora che lei è scoppiata, un giorno che era in libera uscita, un giorno di sole. Io l'ho sentito dire, mi informava la tombolina, la sua segretaria.

Passando da un parco in un giorno di sole, a un tratto un lampo di luce rossastra nella testa, e subito fuori gioco, come un carciofo. Lo diceva la tombolina: "È diventata un carciofo". Forse si è sentita anche tremare la terra sotto i piedi, da quelle parti capita spesso. Comunque non ricordava dove era stata dopo il fatto nel parco, si ricordava solo la luce rossastra. Le chiedevano: "Ma che luce? Quale luce?". Niente, non rispondeva. Doveva esser crollata a terra, aveva del fango nei ginocchi sbucciati, fango dappertutto nei vestiti, doveva essersi trascinata nel fango. Con Baruch abbiamo rifatto i suoi passi, visitato quel parco, per capire. Era rimasta assente per due giorni, forse a girare senza saper dov'era, non diceva dov'era stata.

C'è stato un consulto a casa dei Fuzzi, con quel fidanzato. Le hanno mandato uno psichiatra di fiducia, pieno di frasi regolamentari, altro abbronzato del giardino dei Fuzzi. Ma lei come sorda, non rispondeva, mi raccontava la tombolina. Potevano farle tutte le domande che volevano, lei stava a guardare il muro, muta come una statua. Come ad esempio quando non si crede più alle bugie della coscienza, dev'essere così che succede: non si ha più voglia di rispondere agli altri.

Dopo che Armanda è scoppiata, tornavo a casa in macchina con l'assicuratore Baruch. Ci fermavamo a bere un caffè in un bar, e lui mi spiegava i segreti del successo e delle assicurazioni sul successo. La questione è così: se uno butta via il successo di sua propria volontà o per incompetenza, l'assicurazione se ne lava le mani. Invece se uno che è sulla cresta dell'onda poi perde terreno, e il suo successo si sgonfia perché ad esempio qualcuno gli ha fatto venir l'esaurimento nervoso, in questo caso la società d'assicurazione interviene. Come? È complicato, e non so se mi ricordo bene.

Il fatto primario era trovare un colpevole, secondariamente rimettere in gara quell'altro. Chi? Quello che s'era sgonfiato, come la modella. Rimetterlo in gara come i cavalli. Quali cavalli? Come i cavalli alle corse. C'erano agenzie specializzate, lassù sulla collina. Si saliva, si saliva, e in cima vedevi una sfilata di agenzie, tutte con i muri bianchi, tutte con quel motto a grandi lettere: WE'LL KEEP YOU WORKING. Una volta ci sono andato con Baruch, e ricordo bene il posto, lì vicino c'era un cimitero. Era un giorno di sole, e di lassù l'occhio spaziava lontano lontano, fino al deserto.

Le agenzie avevano tutte i muri bianchi, e dentro c'erano degli ometti con visiera sulla fronte ed elastici nelle maniche della camicia, dove tenevano infilate le cedole con le quotazioni dei clienti. Li vedo ancora, chini sui tavoli, consultare i contratti, parlare al telefono. Ma cosa facevano? Be', poniamo, uno sbarcava su quella spiaggia del mondo, un naufrago o uno con certe ambizioni personali, e subito andava sulla collina, entrava in una agenzia: "Voglio avere successo". "Benissimo. In che campo?" Ci voleva il campo. Poi le foto, la documentazione per mostrare cosa vali, e ti mettevano in gara. In che modo? Cercavano qualcuno che puntasse su di te.

Quello era il lavoro degli ometti con la visiera. Telefonavano per trovare uno che puntasse. Puntasse su cosa? Sul successo di quello che voleva avere successo. Li vedevi telefonare fino a tarda notte, stanchi, con la sigaretta che gli pendeva dalle labbra, la testa che gli crollava dal sonno. Perché, mi spiegava Baruch, quelli che puntano sul successo non sono tanto disponibili. È gente che ha sempre troppo da fare, troppi traffici. Allora bisognava beccarli nei momenti di rilassamento, ad esempio a tarda sera quando sono in mutande con una donna, là che si fumano un sigaro o bevono un whisky. In quei momenti, se gli ometti riuscivano a presentare bene l'offerta in poche parole, senza disturbarli troppo, gli scommettitori dicevano: "Sì, sì, va bene".

Poi bisognava vedere se le puntate erano azzeccate, se i piazzamenti erano buoni, come alle corse dei cavalli. Era una lotteria quella storia dei piazzamenti. Se gli ometti si sbagliavano troppo nelle quotazioni, gli scommettitori protestavano. Allora interveniva l'inquisitore massimo e gli facevano un processo. A chi? Agli ometti con la visiera. Per forza, tutto doveva essere professionale, altrimenti gli scommettitori non ci stavano più. Tu non ti puoi immaginare che razza di concorrenza c'era in giro, in tutti i campi, dalla costa fino al deserto. Anche il fidanzato della modella aveva un'agenzia sulla collina, ma trattava solo gente già lanciata nel campo della moda, con piazzamenti sicuri.

Anche lui nel ramo assicurazioni? No, lui nel ramo pubblicità per aumentare le quotazioni dei clienti. Tipo molto professionale, si vedeva dai sorrisi e poi perché aveva sempre fretta. Lui non rischiava, non doveva correre dietro agli scommettitori come gli ometti. Baruch mi raccontava che quegli ometti con la visiera molto spesso dormivano lì, con la testa appoggiata sul tavolo, crollati dal sonno dopo aver convinto uno scommettitore a tarda notte, senza più la forza di alzarsi per andare a casa. Sempre stanchi, facevano compassione, me li ricordo. Erano degli esseri tremolanti, li ho visti attraverso una finestra.

Comunque, dopo, Baruch mi ha preso come aiutante. Cioè, io lo accompagnavo, gli stavo al fianco. Stavo bene con lui. Al sabato, nello studio del signor Fuzzi, faceva gli interrogatori e gli abbronzati del giardino si stupivano: "Ma che cosa succede?". L'assicuratore Baruch, dovevi vederlo, con che arte li interrogava! Sempre modesto, che non credessero fosse lui l'inquisitore massimo. Testa china, scriveva tutto nei suoi verbali. Io gli stavo a fianco e lui scriveva con la matita, ogni tanto voleva la gomma e gliela passavo. Gli facevo da aiutante.

Era una pratica non da poco per la sua società di assicurazione. Bisognava appurare che Armanda non bevesse. Se si fosse scoperto che beveva, l'assicurazione poteva lavarsene le mani. Le alternative erano quelle, mica tante. O trovare qualcuno che le aveva fatto venire l'esaurimento nervoso, o scoprire che beveva, si drogava, o una cosa del genere. Gli ospiti del giardino facevano pochi sorrisi con Baruch, stavano tutti in campana per non farsi coinvolgere come testimoni. Uno a uno hanno smesso di andarci, dai Fuzzi. Certuni dicevano che non l'avevano neanche mai conosciuta Armanda. Così c'è stata la diaspora, finite le mie lezioni su Dante, adesso solo le udienze con Baruch.

È venuto il turno dei Fuzzi, che parlavano volentieri con Baruch e sapevano tutto della modella. Erano andati anche in Italia a visitare il paesino della zia che l'aveva allevata. Orfana completa, piombata in questo buco di mondo, da bambina non parlava, credevano fosse sordomuta. Chi? La modella. La zia le aveva insegnato a parlare a gesti, come si fa con le scimmie. Questa è la leggenda che ho sentito. Solo sui diciott'anni Armanda aveva imparato a parlare come gli umani, e subito via a far l'amore con un tale di Rho, provincia di Milano. L'ha seguito in un viaggio d'affari, a Istambul, in un albergo di lusso, per una settimana. Doveva essere uno di quegli amori da letto travolgenti.

All'ottavo giorno però il tale di Rho sparisce. Come? Non so, non s'è più visto. Questa è la leggenda che raccontavano i Fuzzi. Lei rimasta da sola a Istambul senza un soldo in tasca, con il conto dell'albergo da pagare. Ragazza semimuta, per la prima volta fuori casa, puoi immaginarti che situazione. Il direttore dell'albergo l'ha portata in un locale notturno, dove l'hanno assunta come entraîneuse o qualcosa del genere. Ma quello dell'albergo s'è tenuto il suo passaporto, in attesa che lei pagasse il conto.

I Fuzzi erano contenti di poter parlare, ora che tutti gli abbronzati si tenevano alla larga dal loro giardino. Baruch aveva l'asma e ogni tanto gli mancava il respiro, allora io prendevo l'inalatore dalla sua cartella e lui si spruzzava la gola. Poi si puliva con un fazzolettone a quadri, lo ripiegava, riprendeva l'interrogatorio: "Scusate". Diceva così, a voce bassa. Tipo calvo coi baffi, persona che mi piaceva. Lui aveva l'asma perché tutti gli incontri gli davano ansia. Si sentiva inadeguato, diceva. Perché inadeguato? Cioè non un uomo di spirito. Si sentiva bene solo quando compilava i suoi verbali da cancelliere, altrimenti spesso gli mancava il respiro, per l'asma.

Ma come è andata a finire la storia della modella a Istambul? Due mesi dopo era ancora là a far l'entraîneuse nel locale notturno. Il suo debito con l'albergo non diminuiva mai. Quello del locale notturno inventava scuse per non pagarla. Fortuna vuole che una sera capiti lì un inglesotto, che si offre di saldare il debito se lei va a lavorare nel suo locale

156

di Londra. Lei firma il contratto e si ritrova a far la spogliarellista a Soho, di nuovo incastrata. Il suo guaio era che non parlava. Non aveva imparato? Sì, ma io immagino come doveva essere lei sui diciott'anni: mai stata fuori casa, poco propensa ad aprire la bocca per chiedere qualcosa, qualsiasi cosa. Ero così anch'io sui diciott'anni.

E i Fuzzi cosa dicevano? Dicevano che per loro era come una figlia: "Per noi Armanda è una figlia". Non smettevano mai di lodarla, e ci tenevano che legasse col fidanzato. A proposito del fidanzato, mi torna in mente che era socio d'affari con la signora Fuzzi. Forse erano anche amanti, io avevo quell'idea, ma soprattutto erano soci d'affari nella compravendita di case e terreni. Ma non hai detto che lui aveva un'agenzia per la pubblicità del successo? Può darsi, o mi confondo. Ma erano stati i Fuzzi a farli incontrare, la modella e il fidanzato. Loro si gloriavano molto di quell'unione e capirai, adesso, lei diventata un carciofo, come diceva la tombolina.

Baruch a testa china scriveva tutto nel suo verbale, ci teneva a redigere un buon profilo dei clienti. Quella volta ha dovuto risalire fino all'infanzia, non trovando un colpevole a portata di mano. Ma se scopriva che Armanda aveva sofferto di disturbi di mente, anche quella era un'ottima soluzione. La sua società poteva liquidare la pratica senza sborsare un soldo. Però prima di passare la pratica all'inquisitore massimo, Baruch voleva delle testimonianze sicure, come quelle dei Fuzzi. E i Fuzzi, parlando parlando, si sono ricordati della zia di paese, quella che l'aveva allevata, che diceva che Armanda da bambina era come una scimmia e aveva parlato solo molto tardi.

Questa zia li aveva accolti facendogli grandi feste. I due Fuzzi biascicavano l'italiano, c'erano state grandi discussioni nel salotto della zia, con anche altri parenti del paese venuti in visita. E chiacchierando, era venuto fuori che Armanda da bambina era una selvatica indomabile, che certe volte bisognava chiuderla in cantina altrimenti lei mugolava e spaccava tutto nella casa. È così che la signora Fuzzi, ricordandosi quella storia, ha cominciato ad avere dei sospetti che non fosse del tutto normale. Chi? La modella.

Intendiamoci, quando l'ho conosciuta io Armanda era una ragazza calma con gesti molto posati, l'ho già detto. Il passo morbido senza ancheggiamenti, le facce ben studiate per accompagnare le frasi. S'era presa dei maestri per imparare a muoversi, a parlare in società. Poi un maestro di dizione per avere l'accento perfetto. Aveva lavorato tanto per diventare come doveva essere, in quanto modella d'alta moda. Il suo stile l'ammiravano tutti. Elegante, un po' riservata, perfezionista. Niente più mugolare e far gesti da scimmia, capito?

Va bene, ma quando era a Londra, spogliarellista, poi cos'ha fatto? Stando alla leggenda raccontata dai Fuzzi, l'inglesotto che l'aveva scritturata non voleva che uscisse di casa se non per andare a far gli spogliarelli. Al massimo la lasciava andare a spasso nel cimitero di Highgate, lassù a nord di Londra. Un cimitero grandissimo con prati e alberi, bei viali, monumenti, e molti stranieri che vanno a visitarlo. Qui lei deve aver fatto qualche incontro, forse deve essersi rinfrancata grazie a qualche galante che le stava dietro nei suoi giri. Quel cimitero io lo conosco bene, è il posto ideale per gli approcci garbati. Perché, con tutte quelle tombe famose, si incontra sempre gente per parlare.

E dopo? Dopo, un bel giorno lei ha preso un aereo per New York alla chetichella, senza neanche una valigia, assieme a un altro che le stava dietro. Questo era l'arredatore d'un negozio di moda italiana a New York. Caso vuole che lo stesso tipo di negozio stesse per essere aperto sull'altra costa, ma all'ultimo momento mancava una modella per la sfilata inaugurale. Avevano fretta e hanno preso lei per la sua bella presenza. L'organizzatore la trovava selvatica e ha detto queste precise parole: "Questa fa colpo". Infatti dopo la sfilata le hanno chiesto di posare per riviste di moda, poi diventata modella, con le sue foto su riviste importanti.

Cominciano le sfilate nei luoghi d'alta moda da quelle parti, quartieri elegantissimi, celebrità mondiali in tutte le ville. Là se uno non va in giro vestito benissimo e su una automobile di lusso l'arrestano subito. Se vai a piedi e ti fermi a guardare una villa, ti arrivano addosso dei poliziotti da tutte le parti, ed è meglio che alzi le mani in fretta e non apri bocca, altrimenti ti bastonano. È successo anche a me, so di cosa parlo. Insomma è così che lei era sbarcata su quella spiaggia del mondo, poi ha conosciuto i Fuzzi, e il resto l'ho già detto.

Quanto è durato l'interrogatorio dei Fuzzi? Tre o quattro settimane. Avevo anch'io l'ansia di vedere come andava a finire, in quanto aiutante di Baruch. L'assicuratore Baruch non insisteva mai nelle domande, lui stava a testa china e scriveva. Vestito modestamente, abiti grigi fuori moda, ma dignitosi. Ogni tanto un colpo d'asma, io gli passavo l'inalatore. Si vedeva che pensava solo al suo verbale, concentrato a scrivere con la matita, cancellando con la gomma se le parole non erano esatte. Ma più arrivava vicino alla soluzione di una indagine, più gli tornava l'ansia e con l'ansia l'asma. Allora gli sudava il cranio, doveva tirar fuori il fazzolettone e asciugarsi la testa: "Scusate".

I Fuzzi avevano fretta di parlare, per dire tante cose sulla modella. È venuto fuori che Armanda aveva delle amnesie. I Fuzzi l'avevano notato più volte, ma solo con l'udienza di Baruch cominciavano a pensare che Armanda non fosse a posto con la testa. "È sempre stata strana," diceva la signora Fuzzi. Raccontava episodi di quando loro due andavano insieme a fare le spese, e una volta in un centro commerciale si era persa. Chi? La modella. Poi Armanda non ricordava cose che aveva fatto assieme alla Fuzzi, ad esempio una gita che avevano fatto sulle montagne. Diceva: "Non mi ricordo". "Ma come?" diceva la Fuzzi, "una gita che abbiamo fatto assieme, e lei non se la ricorda?"

Il signor Fuzzi una volta aveva dovuto intervenire perché per una settimana Armanda non s'è fatta viva col fidanzato. S'era dimenticata anche di lui? A quanto pare, secondo i Fuzzi. Invece io credo fosse quella volta che ha fatto una scappata col mio amico buzzurro, una settimana al sole nelle spiagge deserte oltre il confine. Il fidanzato era furibondo, voleva sapere. Ma lei faceva la muta, cioè non gli badava. Offesissimo, l'uomo, lanciava minacce di mandarla sul lastrico, come dicono da quelle parti: "You're dead", "Ti faccio vedere io!". Che sia stato lui a farle venire l'esaurimento nervoso? No, al contrario, era il fidanzato che dopo aveva dovuto andare da uno psichiatra.

Questa storia l'ha confermata la tombolina. Lei diceva che tutta la mostra di frasi appropriate, di bei modi eleganti, Armanda la faceva solo in occasioni mondane e per il resto era una selvaggia che faceva fatica ad aprir bocca. Anzi, secondo la tombolina era un'idiota: "Se qualcosa è un po' complicato bisogna ripeterglielo dieci volte, perché non capisce". Doveva fare tutto lei, diceva, con gli agenti, con i sarti, i fotografi, anche col fidanzato, perché la modella non aveva un cervello normalmente sviluppato secondo la psicologia moderna. Ma credi che fosse davvero un'idiota? Io non lo so. Però bisogna anche dire che la tombolina aveva uno spirito di superiorità per partito preso: qualcosa che trovi spesso nelle persone un po' basse di statura.

Una sera l'assicuratore Baruch ha dovuto interrogare anche lei, in un bar. Io stavo pronto a prendergli l'inalatore, perché la sua ansia e la sua asma erano al massimo, eravamo alla fine dell'inchiesta. La tombolina spifferava tutto a ruota libera. Poco umana, Armanda, secondo lei. Diceva che in privato era una mezza belva, che la trattava malissimo, che girava per casa nuda, le tirava dietro dei vasi. In quel bar, con le luci del neon che si accendeva e spegneva di fuori, Baruch faceva segni con la testa alla tombolina, per mostrare che la ascoltava, ma io vedevo che non ne poteva più.

Del resto aveva abbastanza testimonianze da passare all'inquisitore massimo. I Fuzzi ormai sicuri che la modella non fosse una persona normale, la tombolina diceva che era un'idiota, poi la storia della luce rossastra, come un lampo e un tuono che le era arrivato addosso, mentre passava da quel parco, in un giorno sereno, e lei che non sapeva dire altro, tornata a casa dopo aver strisciato nel fango. Questo risolveva tutto, non c'era bisogno d'altro. Succede così, in un giorno di sole uno si ritrova nell'oscura tela, con la colpa di essere nato. Lo diceva anche Baruch: "Può succedere a tutti, è nell'ordine naturale delle cose". Cioè, no, non lo diceva, lo leggevo nei suoi occhi.

Con la tombolina l'ansia gli era salita al massimo, perché lei non stava mai zitta e parlava a raffica. Ma quando siamo andati a cena in un ristorante, io e lui da soli, si è calmato. Eravamo in un ristorante nel downtown, vuoto, triste, con i tovaglioli rossi, mi ricordo. Ma dopo vedevo che Baruch mangiava di gusto. Ha preso una pastiglia, perché aveva la pressione alta, e mi ha mostrato le foto della sua casa, di sua moglie, del suo cane, di due figlie grandi e già sposate. Due ragazzone con le gambe lunghe come Armanda.

E dopo, i Fuzzi li hai più visti? Il signor Fuzzi mi telefonava ogni tanto: "Quando studiamo Dante?". Gli proponevo di venire a casa mia. Lui sfogliava l'agenda, ma tutti i suoi giorni e tutte le sue ore erano impegnati. Doveva giocare a golf, andare in barca, andare al club. Ma poi secondo me mi telefonava solo per sfizio. Come sua moglie, coi sospiri da donna abbandonata. I Fuzzi erano persone affettuose, ma un po' insistenti con la loro mania telefonica. Io abitavo in una stanza senza telefono, e spesso dovevo scendere tre piani di corsa soltanto per sentire la loro domanda: "Hai visto che bella giornata?". Se non sapevano cosa fare per due secondi, loro prendevano il telefono e chiamavano qualcuno.

Ma sia che il Fuzzi mi telefonasse perché voleva studiar Dante, o per invitarmi a casa sua alla domenica, secondo me parlava sempre tanto per parlare. E anche quando la Fuzzi mi sospirava nel telefono: "Senti, ho bisogno di qualcuno che mi consoli, vediamoci", secondo me parlava tanto per parlare. Erano dei tipi così, con la vita piena di impegni, ma l'ansia di dover starsene tranquilli per tre secondi. Anche con la modella, le telefonavano nove o dieci volte al giorno, sempre per sfizio, per non star mai zitti, nei momenti vuoti della loro vita. Ma questo prima che lei scoppiasse, s'intende, perché dopo non si è più parlato della modella.

Quando lei e scoppiata, non c'era più nessuno che mi portasse in macchina dai Fuzzi. Il marito alla domenica sempre in barca. Sua moglie non ne poteva più di andare in barca, ma non sapeva cosa fare di domenica. Il Fuzzi mi telefonava: "Perché non fai un salto da noi, domenica?". In modo che la moglie non si annoiasse. Poi mi telefonava la moglie: "Vieni, ti prego! Mi sento sola, ho bisogno di qualcuno". Faceva tanti sospiri che io non sapevo cosa dirle. Siamo tutti così separati, ognuno nella sua capsula, e là più che mai.

E allora? Niente. Io ci sarei andato volentieri a spiegarle Dante, magari il canto dei lussuriosi, con la bella storia di Paolo e Francesca, le anime vaganti che volano come gru in fila gridando i loro lamenti, nel turbine dei venti contrari che non le lasciano mai sostare. Sì, ma come ci arrivavo alla casa dei Fuzzi? Non c'erano autobus? Macché, là in quel girone dell'umana specie, o hai la macchina o stai a casa.

Ricordo una sera in macchina, con l'assicuratore Baruch, le grandi strade a quattro corsie, una strada che passa sopra quell'altra sugli alti piloni. Io non capivo mai dove eravamo, in quella città. Neanche Baruch ci stava bene, lui che da bambino aveva attraversato steppe e tundre per imbarcarsi verso nuove terre. Quella sera siamo andati a casa sua e m'ha presentato sua moglie, che era un donnone corpulento, ma delicata delicata in tutti i movimenti. Sembrava una grossa piuma. Nel salotto l'assicuratore seduto in poltrona mi sorrideva, poi guardava sua moglie e tornava a sorridere. Così per un po', senza dir niente. Prima volta che lo vedevo sorridere, dopo tanti giorni che gli facevo da aiutante. Era arrivato in porto, finalmente, con la sua ansia.

Una cosa che mi sarebbe piaciuto fare con Baruch sarebbe stato di tornare sulla collina, lassù da dove si vedeva il deserto. Salire con lui fino alle bianche agenzie del successo, poi entrare tra gli ometti con la visiera, e vedere anche solo per un attimo l'inquisitore massimo nel suo ufficio. Io me lo figuravo come Cacciaguida, un'anima in uno sprazzo di luce. Chi? Cacciaguida, quello che Dante incontra in paradiso, tipo un po' da inquisitore. È chiaro che io non ci avrei fatto una bella figura, ma come aiutante di Baruch sarei stato più accettabile.

E pensandoci mi veniva l'idea d'un consesso di giudici, che stanno lassù, seduti a testa china come Baruch, forse tutti con l'asma come Baruch, a decidere la giustizia assegnando a ciascuno le sue colpe, secondo i verbali vistati dall'inquisitore massimo. Mi chiedevo cosa pensasse Baruch mentre faceva il cancelliere, se si dicesse che ci sarà indulgenza per le nostre anime, nell'amore supremo che ci hanno sempre promesso. Da giovane parlavo molto e mi piaceva affrontare anche questi problemi. Quali problemi? Sai, il problema del giudizio estremo, con le nostre anime là che aspettano molto stanche su una sedia, e i giudici schierati a decidere cosa abbiamo combinato alla fin fine, dopo aver sprecato tanto fiato per darci ragione.

Cevenini e Ridolfi, vecchi amici un po' avanti con l'età, passavano la vita senza far niente di speciale e al massimo di sera giocavano a carte oppure a biliardo nel bar di campagna vicino a casa. Un giorno sono partiti per l'Africa sul treno con le valigie e le carte geografiche, e di lì cominciano le loro avventure che sono state molte ma non sempre piacevoli. Dopo una settimana si trovavano su una corriera tutta piena di neri, là strizzati come sardine su sedili stretti e sconquassati, con i montanti di ferro spigolosi che davano fastidio alla schiena. Gli sembrava di morire dal caldo e andavano per posti strani, che non si sa neanche di preciso dove siano sulla carta geografica. "Ma guarda come vivono qua," diceva Ridolfi schiacciato contro il finestrino. Dalla corriera vedeva dei villaggi con gente nera vestita di stracci che stava lì a non far niente, donne con abiti colorati, bambini che scorrazzavano nudi. Non c'era neanche un bel cielo azzurro come sia Cevenini che Ridolfi si sarebbero aspettati di vedere in Africa. Un cielo grigiastro, un gran vuoto dappertutto, l'orizzonte della savana che baluginava confuso sotto il sole. Ogni tanto cespugli qua e là, poi villaggi qua e là con poche capanne fatte di paglia o fatte di fango. "Guarda qua, che vivono vestiti di stracci e non hanno neanche un bel cielo azzurro," diceva Ridolfi a Cevenini.

Cevenini era incastrato tra la valigia sul sedile e dei giovani neri sullo strapuntino. Nel corridoio tra i sedili c'erano degli strapuntini pieni di gente che stava ammucchiata tra valigie e pollame e pacchi e sacchi pieni di roba. I giovani neri accanto a Cevenini erano così strizzati nello strapuntino, che per forza dovevano venirgli addosso e spingerlo con le costole contro la valigia. Quando lo spingevano più del solito ridevano tra di loro e delle volte gli ridevano anche in faccia. Cevenini faceva finta di niente. "Ma guarda dove siamo venuti! A fare cosa, poi?" brontolava Ridolfi. "Sai, Cevenini, ho paura che da queste parti c'è solo caldo e basta. Io direi che sarebbe meglio tornare a casa." Cevenini era un po' sordo e quando non capiva qualcosa diceva: "Sì sì", per farla corta; diceva: "Sì sì", e guardava da un'altra parte. Questo faceva venire il nervoso a Ridolfi, che nell'occasione gli ha risposto: "Sì sì cosa? Non ascolti e poi dici sì sì!". E gli dava ancora più rabbia che il socio guardasse da un'altra parte, per non entrare nel merito: "Fai sempre delle finte per non ascoltarmi, io ti darei dei pugni!". Ma non poteva muoversi, era incastrato dalla valigia contro il finestrino, con i montanti spigolosi del sedile che gli pungevano la schiena. Allora grugniva da solo, sperduto in Africa, spingendo la valigia contro le costole dell'amico: "Ma guarda che situazione!". Anche qui i giovani neri sullo strapuntino ridevano, perché si vede che il nervoso di Ridolfi gli metteva allegria. Cevenini faceva finta di niente.

La corriera si era fermata in un punto deserto, dove c'era solo un albero rinsecchito e dei sassi per terra. Il guidatore era sceso a orinare e anche dei passeggeri erano andati a fare lo stesso, laggiù in fila. "Perché ci siamo fermati qui, cosa c'è qui?" aveva brontolato Ridolfi. Però tutti i neri erano scesi dalla corriera e Cevenini aveva suggerito che era meglio scendessero anche loro a prendere un po' d'aria. "E la valigia? Chi ci bada alla valigia?" chiedeva Ridolfi. Adesso erano scesi ma non capivano cosa stava succedendo. Il guidatore si era messo a dormire sotto l'albero, tranquillo, disteso per terra, senza più badare a nessuno. Gli altri neri si erano seduti per terra e tutti osservavano i due bianchi in silenzio, tranne un paio di ragazzine che ridevano a crepapelle ogni volta che li guardavano. Era imbarazzante passargli davanti, così scrutati da occhi estranei, tra popoli sconosciuti dell'Africa. Loro due col cappello in testa, dei vestiti che avevano comprato ai saldi. I neri li guardavano a occhi fissi, perché gente come quei due ne avevano vista poca dalle loro parti, io credo. Cevenini era un uomo bianco di bassa statura e un po' sordo da tutte e due le orecchie, mentre il suo amico Ridolfi era un bell'uomo bianco, alto e corputo, orbo d'un occhio e miope da quell'altro. Un'altra cosa da sapere è che Ridolfi era un uomo bianco che aveva letto moltissimi libri, aveva studiato molta filosofia, e per quello non voleva mai essere contraddetto. Allora Cevenini gli dava sempre ragione, sapendo che altrimenti gli veniva il nervoso.

"Non capisco perché ci guardano tanto, ma cosa vogliono questi qui?" brontolava Ridolfi. Cevenini gli suggeriva di sedersi sotto l'albero rinsecchito per non stare al sole; ma sotto l'albero era disteso il guidatore che dormiva, e Ridolfi non aveva voglia di sedersi vicino a un nero che dorme: "Non vedi che non c'è posto?". Dappertutto si vedeva una pianura di terra rossa con niente fino all'orizzonte. I due amici si sono seduti sui sassi vicino al guidatore, e Ridolfi brontolava: "Non capisco cosa siamo venuti a fare qui. Tu vuoi far sempre di testa tua, e io devo venirti dietro!". Poi gli è venuto sonno e ha appoggiato la testa alla spalla di Cevenini, col fazzoletto sulla faccia per ripararsi dalla luce. Cevenini guardava la savana con tutto quel niente all'infinito, e non gli dispiaceva d'essere lì, gli sembrava d'essere in un libro d'avventure. Aveva solo paura che il sole facesse male alla testa del suo amico, perché l'albero secco non spandeva molta ombra, e la testa del suo amico faceva certi scherzi, delle volte. Comunque adesso c'era calma dappertutto, le due ragazzine nere non sghignazzavano più, gli altri passeggeri si riposavano sdraiati per terra, aspettando l'ora di ripartire. Anche Ridolfi s'era addormentato. È il tardo pomeriggio, l'aria trema a onde, la luce abbaglia ancora gli occhi, ma tra poco verrà il tramonto nella savana.

Mentre Ridolfi dorme e Cevenini guarda l'orizzonte, bisogna spiegare come è successo che i due amici erano partiti per l'Africa, risalendo a quando andavano ogni giorno nel loro bar di campagna, certe volte a giocare a biliardo e certe volte a giocare a briscola. A quei tempi succedeva che ogni tre mesi circa Ridolfi diventava matto per la rabbia di essere al mondo. A un tratto andava in escandescenze e spaccava tutto perché gli veniva in mente la disgrazia di essere nato; ossia quella disgrazia lì che tocca a tutti, a lui dava particolarmente fastidio. Allora era Cevenini che doveva correre a calmarlo, prima che i vicini telefonassero per farlo portare al manicomio, dato che lui nella furia era capace di spaccare tutti i mobili e certe volte li buttava giù dalla finestra. E quando Cevenini arrivava a casa sua per la chiamata di qualche vicino, trovava Ridolfi lì che pestava tutti i libri che aveva tanto studiato, tutti i suoi libri filosofici e altri. Quelli filosofici in particolare gli facevano venire rabbia, perché li aveva studiati tanto senza cavarci niente, diceva. E l'altra cosa che gli faceva venire una rabbia da matto era il ritratto a olio di suo padre, che tirava giù dal muro e cominciava a pestarlo sotto i piedi, così che alla fine era tutto uno sbrago.

Un giorno Cevenini aveva letto sul giornale di quel famoso professor Paponio, il quale aveva fondato un Centro di Medicina in Africa dove si diceva che guarisse i matti con la magia africana. Naturalmente aveva subito pensato di portarci il suo amico Ridolfi per farlo curare; ma sulle prime aveva qualche dubbio che fosse una fregatura, perché non si sa mai come vadano queste cose che scrivono sui giornali. Poi una sera nel bar di campagna è comparso alla televisione quel professor Paponio che parlava in modo così saputo da convincere tutti, e ha convinto anche quelli del bar. Tanto è vero che qualcuno ha detto: "Guarda quello lì che cura i matti con la magia, ci vorrebbe uno così per curare Ridolfi". Allora s'era convinto anche Cevenini, che è corso subito da Ridolfi e gli ha detto: "Senti Ridolfi, perché non andiamo in Africa?". E lui che era seduto al suo tavolo col capo chino, studiando un libro filosofico, gli ha risposto: "Sì, sì, va bene", senza neanche voler sapere cosa dovevano andarci a fare. Dopo nel bar di campagna si facevano scommesse, e alcuni dicevano che in Africa con tanto sole la testa di Ridolfi sarebbe andata a rotoli del tutto, altri che magari con la magia africana sarebbe diventato uno normale che non pensa più alla disgrazia d'essere al mondo. Discutevano di queste cose, ma Cevenini non badava più a nessuno, adesso che s'era convinto. Allora aveva preso dalla banca i suoi risparmi e aveva detto a sua moglie che doveva andare in Africa, poi aveva preparato tutto quello che serviva e così i due amici erano partiti.

Dopo un'ora Ridolfi si è svegliato dal suo pisolino, e non c'era più il cielo opaco di prima ma un tramonto tutto azzurro, con un po' di rosa sul fondo che si stemperava verso l'alto. Poi ha visto che il guidatore s'era alzato e quel posto era adesso pieno di gente, con tante donne spuntate non si sa come dal deserto, donne con abiti colorati che andavano in giro portando in testa frutti e cibarie per venderli ai passeggeri della corriera. Ma la sua sorpresa più grande è stata un'altra, quando ha alzato gli occhi. Una bella donna nera, alta e imponente, avvolta in un abito turchese, con in testa una specie di turbante turchese, gli stava davanti tranquilla. Gli offriva un vasetto di qualcosa che poi si è capito era yogurt. Lui credeva che glielo volesse vendere, ma Cevenini gli ha detto: "Te lo offre per gentilezza". La donna stava ferma col suo vasetto in mano, e il vecchio Ridolfi seduto sul sasso scuoteva la testa, un po' imbarazzato: "No, no, grazie, non faccio complimenti". Lei lo guardava tranquilla, col suo abito turchese, molto elegante. "Dài," suggeriva Cevenini, "prendilo." Allora Ridolfi ha fatto una mossa del collo come dire: "Ma sì, lo prendo per capriccio". E qui la donna gli ha rilasciato un sorriso, ma un sorriso tale che a Ridolfi è passato del tutto il dispiacere d'essere al mondo. Poi lei stava a vedere se mangiava, facendo segni con la bocca per sapere se era di suo gusto. "Buonissimo, buonissimo!" diceva Ridolfi in uno stato confusionale che è durato fin quando lei è andata via. Ci ha pensato dopo a com'era affascinante quella donna nera dal vestito turchese, e come sorrideva bene, perbacco, che gli aveva fatto andar via il dispiacere d'essere al mondo. E avrebbe voluto correrle dietro per guardarla un po' meglio, ringraziarla, e poi chissà cosa, questo non era chiaro nel suo stato ancora abbastanza confusionale. Ma aveva le gambe ingranchite da una lombaggine, e quando finalmente è riuscito ad alzarsi in piedi era già ora di rimontare in corriera.

Nella corriera Cevenini s'è infilato nel loro sedile accanto alla valigia e subito è rimasto schiacciato contro il finestrino. Invece Ridolfi si è trovato tra i giovani neri che sgomitavano per raggiungere lo strapuntino: "Ohé, poco spingere, eh?". Quelli sgomitavano e gli ridevano in faccia, con aria molto contenta. Ridolfi è rimasto in piedi, appoggiato a un vecchio vestito di bianco che teneva in braccio una gallina. Allungava il collo per capire dove fosse la donna che gli aveva offerto lo yogurt, ma essendo orbo d'un occhio e miope da quell'altro, con la luce fioca non vedeva un bel niente. Ogni tanto il vecchio vestito di bianco gli faceva un sorriso; Ridolfi non era capace di fare sorrisi, e per rispondergli ciondolava la testa come dire: "Eh sì, eccoci qua". Gli è venuta voglia di chiedere a Cevenini cos'erano venuti a fare da quelle parti, perché Cevenini voleva far sempre tutto di testa sua, dunque era giusto inchiodarlo ogni tanto alle sue colpe. Però il suo amico era troppo lontano per parlargli, in mezzo alla confusione di neri che non stavano mai zitti. Fuori s'era fatto buio, il vecchio vestito di bianco s'era addormentato appoggiandogli la testa sulla spalla. Poi la corriera si è fermata e i passeggeri sugli strapuntini si alzavano per lasciar passare quelli che dovevano scendere. Ridolfi era appena riuscito a districare una gamba incastrata tra quelle di due neri, quando d'improvviso gli è apparsa davanti la donna vestita di turchese.

Una donna così elegante e regale non l'aveva mai incontrata in vita sua; di questo lui è stato subito sicuro a colpo d'occhio, mai incontrata una donna così in vita sua. Sicché vedendola avanzare verso di lui nel corridoio tra i sedili, con un passo così maestoso che qui non saprei descrivere, al vecchio Ridolfi sono venute le palpitazioni di cuore ed è ricaduto in uno stato confusionale. La fissava con l'occhio non orbo che strabuzzava nell'orbita e la tremarella nelle gambe perché non sapeva cosa fare, cosa dirle. Ma il momento più convulso è stato quando la donna, avvicinandosi e vedendo che lui la fissava, gli ha rilasciato un altro bellissimo sorriso da rimescolare tutto il suo essere; e Ridolfi che non sapeva far sorrisi, stava lì paralizzato. Lei ha capito tutto a volo, perché era anche una donna intelligente, si vede, e facendo un altro sorriso gli ha dato la mano con molto garbo. Allora è stato il panico. Ridolfi le ha stretto la mano con il palpito al cuore, ma subito dopo stava per lanciarsi a testa bassa per baciargliela, con un impulso improvviso che gli ha fatto anche perdere l'equilibrio, e lui ha dovuto aggrapparsi al vecchio vestito di bianco. Però la donna aveva già continuato la sua marcia tranquilla e maestosa, poi scendendo dalla corriera nella notte. Come ha spiegato dopo a Cevenini, lui (Ridolfi) si sarebbe suicidato all'istante vedendola andar via così, con quel passo maestoso che gli aveva fatto tanto colpo. Perché se lei scompariva per sempre in quel modo, è chiaro che la disgrazia d'essere venuto al mondo diventava poco sopportabile, ancora peggio di prima.

"Cevenini, scendiamo anche noi!" L'altro sorpreso: "Ma perché?". Ridolfi: "Passami la valigia, dài, non farmi venire il nervoso!". Il suo amico non voleva contraddirlo, per paura che gli venisse uno di quei momenti quando si metteva a spaccar tutto. Una volta era successo anche nel bar di campagna, che qualcuno l'aveva contraddetto, cioè aveva detto tre parole che non erano di suo gusto, e lui s'era messo a spaccare una sedia su un tavolo, da vero matto. Ma adesso Cevenini era troppo pigiato contro il finestrino per districare sia le braccia che la valigia in fretta; diceva: "Scusate, scusate!". I giovani neri stavano rimettendo a posto lo strapuntino e Ridolfi fremente: "Fate passare, ehi, giovanotti, avete capito?". I giovani neri se la prendevano comoda, là nella notte, nella savana, senza badare neanche un po' alle proteste del bianco orbo d'un occhio, che tra l'altro aveva il cuore malato e confusionato tra sistole e diastole. La corriera è ripartita. "Ferma, ferma!", strillava Ridolfi, non si sa a chi, dato che nessuno lo capiva. Il vecchio vestito di bianco gli ha detto qualcosa per calmarlo. Ridolfi l'ha guardato e si è chiesto cos'era venuto a fare in Africa. No, perché di donne lui ne aveva conosciuto parecchie, lui piaceva alle donne da giovane, anche se era orbo d'un occhio, e aveva avuto tanti amori che non si possono neanche raccontare; ma lui non avrebbe mai creduto di venire in Africa per trovare una donna così, che lo scombussolava solo a vederla, e poi che gli metteva in discussione tutte le sue idee filosofiche. Da quel momento e per tutta la sera ha rimuginato sulla faccenda d'essere nato, se fosse una disgrazia oppure no.

Alla mattina i due amici si sono svegliati l'uno accanto all'altro, seduti sul sedile dove erano alla partenza, e si stupivano. "Com'è che sono seduto qui," chiedeva Ridolfi, "se ieri sera mi sono addormentato vicino a quel vecchio vestito di bianco?". Durante la notte c'era stato un viavai continuo di neri che salivano e neri che scendevano con i loro sacchi e copertoni e galline; la corriera s'era molto svuotata e appariva diversa alla luce del mattino. Diversi i colori, diversi i passeggeri, diverso anche il posto dove s'è ritrovato a sedere Ridolfi. Il quale (Ridolfi) aveva ancora quella visione davanti agli occhi, cioè la donna nera dal vestito turchese; ma siccome tutto era così cambiato aveva l'idea che facesse parte d'un sogno notturno. Cevenini alla storia del sogno notturno ci credeva poco, e inoltre non l'aveva neanche vista quella donna sulla corriera. Però è stato zitto. Poi, mentre mangiavano i biscotti che s'erano portati da casa, Ridolfi pensieroso guardava dal finestrino e diceva: "Niente di quello che la mente concepisce è mai alla luce del sole. La mente ha bisogno della notte e del sonno, perché la notte è madre di tutte le cose". Il suo amico non sapeva di cosa parlasse, ma gli ha dato ragione lo stesso: "Eh già!". C'era ormai un gran caldo e il sole faceva brillare i vetri della corriera, anche l'aria brillava, si restava abbagliati a guardare fuori. Qui non si vedevano villaggi, ma solo grandi termitai e sabbia lungo una strada tutta dritta che correva davanti in controluce.

Cevenini si era portato il ritaglio del giornale dove aveva

letto di quel Centro di Medicina impiantato in Africa dal professor Paponio, e nell'articolo si facevano grandi elogi di Paponio perché era uno che aveva scoperto come fanno gli africani a guarire la gente con la magia. C'era anche la sua foto, come un bell'uomo con la faccia seria, uomo molto distinto e saputo, che si vedeva subito dalla foto. Mentre Ridolfi guardava dal finestrino, Cevenini aveva tirato fuori l'articolo e lo rileggeva per capirlo bene. Nella corriera tutto era calmo, nessuno parlava, i pochi passeggeri sonnecchiavano. Sul sedile oltre il corridoio, un giovanotto nero con la maglietta stracciata allungava il collo per vedere cosa il bianco stava leggendo; ogni tanto allungava il collo con aria da curioso, e quando ha visto la foto di Paponio sul giornale s'è messo a ridere da solo in modo strano. Cevenini faceva finta di niente. Dopo un po' si sente picchiare sulla spalla ed era quello con la maglietta stracciata che gli parlava una lingua sconosciuta, poi indicava la foto sul giornale e si dava delle ditate sul petto. Era un tizio magro, coi calzoni corti, gli occhi che gli brillavano, e si dava delle ditate sul petto come per dire che lui e Paponio erano grandi amici. Ridolfi chiede: "Cosa vuole quello lì?". Cevenini: "Dice che lui conosce il professor Paponio". Di quel Paponio a Ridolfi non importava un fico, dunque è tornato a guardare dal finestrino.

La corriera si ferma in un posto dove non c'era niente, tranne lontano delle case bianche, dei cammelli che pascolavano in un fosso, un tizio che andava in giro su un asino. E all'improvviso i due amici si sono ritrovati giù dalla corriera, mentre correvano dietro al nero dalla maglietta stracciata che scappava via con la loro valigia dicendo questa frase: "Paponiò, là bas!". Ridolfi non capiva cosa stesse succedendo; aveva perso il filo degli avvenimenti e adesso correva soltanto per non restare abbandonato nel deserto. Perché lui si sentiva perso facilmente anche al suo paese, figuriamoci nell'Africa sconosciuta. A parte il fatto che Cevenini faceva sempre tutto di testa sua senza dirgli niente, e anche qui era successo lo stesso. Quando la corriera s'era fermata, il giovanotto con maglietta stracciata aveva cominciato a fare gran gesti indicando le case che si vedevano sul fondo e ripetendo quella frase: "Paponiò, là bas! Paponiò, là bas!". Ora Cevenini non aveva capito cosa volesse dire, e siccome non capiva aveva detto: "Sì sì", come al solito. Ma l'altro si vede che aveva inteso "Sì sì", nel senso normale, e subito aveva afferrato la loro valigia ed era scappato giù dalla corriera, poi via di corsa per un sentiero di sabbia. Cevenini gli trottava dietro preoccupato che non scappasse con la loro roba, e solo dopo un po' si è ricordato del suo amico Ridolfi; dunque si è voltato e per tranquillizzarlo gli diceva: "Ci porta dal professor Paponio". Ridolfi più che altro aveva paura di restare abbandonato nel deserto, e lo seguiva calmo e ubbidiente; solo ogni tanto brontolava da dietro: "Cevenini, devo andare al gabinetto".

Hanno fatto a piedi un chilometro o due sotto il sole, sudando molto mentre il nero marciava davanti. Là in fondo c'erano case bianche e malmesse, case? Qualcosa del genere, baraccotti in muratura senza tetto, che non si vedevano neanche bene nella luce abbagliante.

Dietro di loro invece c'era il niente del tutto, salvo un pozzo dove delle donne tiravano su dei secchi con una carrucola, e poi lontano il deserto già con molte dune. A un certo punto Ridolfi dice: "Sai, Cevenini, quella donna sulla corriera mi ha proprio stranito". E Cevenini senza pensarci, camminando davanti: "Io non l'ho vista sulla corriera". Ridolfi si ferma: "Ma cosa c'entra se tu non l'hai vista? L'ho vista io, chiuso il discorso!". Si era fermato sul sentiero di sabbia, col nervoso che gli montava: "Perché mi devi dire che tu non l'hai vista? È mai possibile che mi tratti sempre come un deficiente, e poi fai tutto di testa tua?". Qui il problema di Cevenini era il seguente: che il nero con maglietta stracciata continuava a marciare e si allontanava sempre più con la valigia, mentre Ridolfi non si muoveva sotto il sole, si asciugava la fronte e brontolava: "Guarda qua alla mia età, che devo andare in giro con uno che mi prende sempre per un deficiente!". Intanto si guardava intorno per cercar qualcosa da spaccare, ma lì c'era solo sabbia e sassi e qualche arbusto. Delle capre più lontane brucavano un po' di spazzatura. Cevenini pensava alla valigia, dunque s'è messo a correre dietro al nero che si allontanava, e subito Ridolfi gli ha gridato: "Ma dove vai? Mi lasci qui da solo nel deserto?". L'altro correva in avanti e gli faceva segni di muoversi, anche perché il nero era arrivato dove c'erano quelle case bianche, aveva svoltato all'angolo d'una casa e non si vedeva più. "Ecco che ci ha fregato la valigia," sospirava Cevenini correndo.

Ma appena ha svoltato anche lui l'angolo, gli è apparso davanti come un miraggio quel Centro di Medicina Africana del professor Paponio, che ha riconosciuto subito avendolo visto in una foto sul giornale. Erano delle cupole di sassi con intorno un muro, e nel muro c'era un cancello, e davanti al cancello c'era un guardiano nero e zoppo che appena l'ha adocchiato si è messo a guardarlo male. Cevenini qui s'è fermato, preso da vari dubbi. Non sapeva se aspettare Ridolfi per darsi coraggio o chiedere subito del professor Paponio al nero zoppo che lo guardava male. Ha provato ad avvicinarsi mostrando il ritaglio di giornale per far capire cosa cercava. Niente, il guardiano zoppo non badava al giornale e faceva gesti poco simpatici per mandarlo via. Tre volte lui ha provato ad avvicinarsi e per tre volte quello l'ha mandato via con gesti poco simpatici. Era un uomo zoppo, ma anche grosso, col petto largo, molto più grosso di Cevenini, e con in testa un cappello di paglia. Nel racconto delle sue avventure in Africa che poi ha scritto, Cevenini qui confessa di essersi un po' avvilito, sia perché aveva perso la valigia con tutta la loro roba e sia perché non sapeva come fare con lo zoppo che lo trattava così male, e non si sa perché.

Intanto Ridolfi aveva ripreso il cammino sul sentiero di sabbia, dove non aveva trovato niente da spaccare, allora aveva dato un calcio a qualche sasso e s'era messo a pensare ad altro. Come poi ha raccontato a Cevenini, appena lui si ricordava di quella donna nera dal vestito turchese gli venivano le palpitazioni di cuore; e non era una cosa da scherzarci sopra, perché lui aveva già sfiorato l'infarto parecchie volte in vita sua. Fin da bambino Ridolfi era stato debole di cuore, e con le palpitazioni che gli venivano dovevano portarlo all'ospedale. Non lo avevano voluto al servizio militare per quello, non aveva potuto mai fare un lavoro per quello, e aveva vissuto con sua madre vedova, che lo asfissiava con la scusa di preoccuparsi per il suo cuore. Un paio di volte lui stava quasi per strozzarla, a forza di sentirla dire: "Come ti senti, poverino?". Ma ancora peggio era stato quando, dopo, gli scoppiavano rabbie così furiose che doveva spaccar tutto, rischiando ogni volta un infarto secco, oltre che d'essere ricoverato al manicomio. Ridolfi sul sentiero di sabbia si chiedeva se il suo destino era di morire in Africa di palpitazioni per una nera che non sapeva neanche chi fosse. Fatto sta che aveva le palpitazioni a tutto spiano, con salti e svarioni tra diastole e sistole, e doveva fermarsi ogni momento perché gli mancava il fiato.

Torniamo a Cevenini che non sapeva cosa fare, e stava lì a guardare in distanza il guardiano zoppo, senza più osare avvicinarsi d'un metro. A questo punto riappare il giovanotto nero con la valigia, che si è messo a discutere col guardiano zoppo e i due sono andati avanti a parlare per circa mezz'ora. Parlavano fitto fitto, sotto il sole, e Cevenini non capiva niente. Sembrava che i due litigassero, ma ogni tanto si voltavano a guardarlo e ridevano tra di loro in modo strano. Dicevano: "Paponiò, Paponiò", poi sembrava che litigassero, invece ridevano. Un caldo tremendo. Ridolfi è arrivato fin lì piano piano, col fazzoletto in testa annodato ai quattro angoli, e stava fermo sotto il sole senza parlare e senza capire neanche lui un'acca. Quando poi ha finito di chiacchierare con lo zoppo, quello con maglietta stracciata è venuto da loro e faceva gesti per sapere chi erano, chiedendo: "Anthropologues?". E: "You anthropologues?". "Cosa?" ha chiesto Cevenini, che prima non capiva quella parola, ma alla fine ha capito: "Macché antropologi, noi siamo gente che paga di tasca sua!". Però era stupito a sentire una domanda del genere. Doveva essere così in Africa, che se vedono un bianco gli chiedono subito se è un antropologo. Comunque, risolta la questione, Cevenini ha mostrato la testa di Ridolfi: "Non sta bene nella testa, deve curarsi la testa". E indicava il Centro di Medicina, e mostrava l'articolo sul giornale. Qui il nero con maglietta stracciata s'è messo a ridere ancora più di prima, mostrando tutti i denti, e rideva proprio di gusto. È tornato a parlare con il guardiano zoppo per un'altra mezz'ora circa, e ogni tanto i due si voltavano a guardarli in un modo così strano che a Cevenini faceva subodorare qualche fregatura in vista.

Ridolfi stava buono sotto il sole senza protestare, ma ogni tanto diceva: "Devo andare al gabinetto". Il nero è tornato di nuovo da loro e con altri gesti gli ha fatto capire che li portava a casa di Paponio, perché lì non li accettavano se non erano antropologi. Cevenini questa volta voleva chiare spiegazioni, si informava, la tirava per le lunghe. Ridolfi: "Dobbiamo star qui molto?". Cevenini: "Aspetta un momento che non capisco". Il giovanotto nero bofonchiava: "Chez Paponiò, we go!". Poi ha fatto un gesto per indicare lontano, ha preso su la valigia e si è avviato di buon passo senza chiedere il loro parere. Così hanno dovuto camminare sotto il sole per due o tre chilometri, trottando dietro al giovanotto con la valigia attraverso un sentiero che girava attorno al centro abitato, dove vedevano solo arbusti e capre e delle donne con carichi sulla testa. Ridolfi non riusciva a trottare di buon passo, gli mancava il respiro, con le palpitazioni che svariavano tra diastole e sistole, e il pensiero della donna nera che lo aveva stranito. Ogni tanto diceva con voce fievole all'amico: "Cevenini non ce la faccio, mi sono venute le palpitazioni". L'altro, sordo che non afferrava i sussurri dietro le spalle, camminando gli rispondeva: "Sì sì".

Continuano le avventure in Africa di Cevenini e Ridolfi, che bene o male sono arrivati nella villetta del professor Paponio. Come poi Cevenini ha scritto nel racconto delle loro avventure, il guardiano di quella villetta era un nero molto buono e gentile, ma anche uno che amava fare dei sonnellini a tutte le ore. Infatti quando sono arrivati stava dormendo sotto un albero. Quello con la valigia l'ha svegliato con due urli, e dopo anche lì i due neri si sono messi a parlare per circa mezz'ora nel giardino della villetta di Paponio. Tra una cosa e l'altra è venuto il tramonto, ma un tramonto come Cevenini e Ridolfi non ne avevano mai visto. All'orizzonte spuntavano belle strisce di nuvole rosa e malva, con una luce che faceva piacere a guardarla, e oltre il muro della villetta c'era una pace che i due amici non si ricordavano di aver mai sentito. Là c'erano solo sassi e sabbia e degli arbusti e delle pecore e capre che brucavano qualcosa; un gran silenzio di cose buttate via, di sassi e arbusti, fino alle prime case del paesotto là davanti. E un cielo così largo che assorbiva i pensieri, e un silenzio così intatto che portava da lontano voci di bambini e di ragazze che ridevano.

Mentre Cevenini guardava il tramonto, Ridolfi s'era seduto sulla valigia e si chiedeva se era destinato a morire in Africa. Ma un'altra idea gli faceva crescere ancora di più le palpitazioni, ed era l'idea di andar a cercare la donna vestita di turchese in quel posto dove l'aveva persa di vista, prendere subito una corriera, tornare indietro, ritrovare quella fermata dove lei era scesa nella notte. Ostacoli non ne vedeva. Stava lì a mormorare da solo: "Domani prendo la corriera e torno in quel posto, perché non posso fare a meno di rivederla, questo è chiaro. Sì, sì, perché no? Ma se la trovo, poi cosa faccio? Be', vedremo". Quel pensiero lo agitava tutto, mentre era seduto sulla valigia, ascoltando la grande calma di cose buttate via che c'era intorno; ed era un pensiero che lo faceva palpitare nell'intimo, e gli ha anche smosso gli intestini dopo tre giorni che non andava di corpo. A un certo punto si è alzato: "Devo andare al gabinetto!". Per fortuna il nero buono della villetta parlava italiano, perché era un tipo internazionale che bazzicava gli amici di Paponio, e questo nero gentile l'ha portato in un casotto dove Ridolfi ha potuto finalmente scaricarsi le budelle.

Poi il nero buono ha chiesto dei soldi a Cevenini per fare la spesa ed è andato a far la spesa nel paesino di fronte. È tornato e ha preparato della roba in padella, e nella sera i quattro cenavano sul tavolo con una lampada a petrolio, nel giardino pieno di zanzare, sotto il cielo stellato. Mangiavano tutti di gusto, tranne Ridolfi che in conseguenza delle palpitazioni non riusciva a buttar giù un boccone, e quando se ne metteva uno tra i denti borbottava: "Ma che roba è?". Mentre cenavano il nero buono spiegava che Paponio è uno che ha sempre tanto da fare con quelli che seguono le sue teorie scientifiche, ma ha soprattutto da fare con gli antropologi che vanno là a studiare i guaritori locali per capire la magia africana, e dopo scrivono libri per mostrare che hanno capito. Poi il nero diceva che il professor Paponio è un uomo bianco di fama mondiale, conosciuto da tutti e molto venerato in quel posto dell'Africa perché è un benefattore che porta tanti antropologi in visita, e gli antropologi portano un po' di quattrini. "Sì, sì, va bene, ma noi quando possiamo vederlo?" chiedeva Cevenini, che aveva fretta di far curare Ridolfi. "Bisogna aspettare," diceva il nero buono. "Aspettare quanto?" "Aspettare, aspettare," ha detto l'altro.

Hanno aspettato per una settimana nel giardino, dove il nero buono ha messo due amache tra gli alberi e i due bianchi potevano dormire lì sotto il cielo stellato. Quello con maglietta stracciata dormiva anche lui nel giardino, sotto un albero, e di giorno andava a fare dei giri nel paesino o cittadina là davanti, portandosi dietro Cevenini che era molto curioso di vedere com'è l'Africa. Invece Ridolfi non si muoveva dalla sua amaca, ridotto uno straccio sia per il caldo che per le sue palpitazioni d'amore, con dubbi e pensieri di ogni genere che gli montavano nel cervello. In quella bellissima calma di cose buttate via, i pensieri gli montavano in massa nella testa, e ogni tanto lui diceva al suo amico: "Eh, Cevenini, va male!". "Ma che cos'hai?" "Palpitazioni al cuore," spiegava Ridolfi con faccia dolente, sperando che l'altro lo ascoltasse e capisse cosa aveva combinato a volerlo portare in Africa. Il suo amico però non se la sentiva di stare a badargli, perché gli piaceva molto andare in giro nella cittadina là davanti e vedere gente e imparare i costumi dei neri, dunque gli rispondeva: "Va be', Ridolfi, stai lì tranquillo a riposarti e vedrai che ti passa".

Come poi Cevenini ha scritto nel racconto delle loro avventure, il paesino dove lo portava quello con la maglietta stracciata si presentava uguale a un paesino da noi, con strade e stradine, ma con la differenza che le strade là sono fatte di sabbia. E anche là c'è tanta gente che va per le strade e sta a guardare gli altri, ma con la differenza che là sembra che non debbano mai andare da nessuna parte perché tutti se la prendono comoda. Inoltre dentro nelle case là stanno sempre seduti per terra, e anche quando mangiano sono seduti per terra e mangiano con le dita invece che con la forchetta. Comunque là erano tutti neri, ha scritto Cevenini nel suo racconto, tranne dei turisti che ogni tanto lui vedeva arrancare sotto il sole senza saper dove stavano andando, proprio sbandati, poveretti, correndo dietro una guida nera. Ormai gli sembrava di aver capito come vivono da quelle parti, aveva fatto tante conoscenze in quel paesotto, e gli sarebbe piaciuto visitare dei dintorni un po' più selvaggi dell'Africa; gli sarebbe piaciuto conoscere dei neri che vivono veramente allo stato selvaggio, se non fosse stato che mentre andavano in giro quello con la maglietta stracciata gli scroccava sempre dei soldi.

Intanto Ridolfi sull'amaca sospirava. Non è che avesse sempre le palpitazioni, ma si sentiva certi dolori al cuore che gli levavano il fiato e si diagnosticava da solo un infarto imminente; per cui si dava già per morto e stava a aspettare la sua ora. In quei momenti gli ripassava in mente tutta la sua vita, fin da quando era bambino e andava a spiare sotto le sottane di sua madre; e sua madre, che era una donna sempre tranquilla, continuava a cucire e gli chiedeva: "Cosa guardi lì sotto, poverino?". Poi gli tornava in mente quando era un ragazzo alto che leggeva già molti libri, ma intanto gli era venuta un'altra smania potente, e cioè gli insorgeva la foia per qualsiasi donna che vedeva, sia vecchie che giovani. Poi gli tornava in mente quando dopo, più grande, già un giovanotto robusto ma non ancora orbo d'un occhio, aveva cominciato a sfogarsi quelle voglie a destra e a sinistra, con donne varie del paese, anche con mogli di quelli del bar, andando di nascosto nelle case mentre i mariti sono al bar. E infine gli tornava in mente quando, dopo, ormai adulto, aveva cominciato a provare la delusione di tutto, cioè di qualsiasi cosa che vedeva o che faceva. Per giunta una notte voglioso di entrare nel letto d'una donna sposata, che tra l'altro era una sua parente stretta, nel buio aveva sbattuto contro un tondino di ferro che spuntava da un muro e così era diventato orbo d'un occhio. E dopo gli erano cominciate le rabbie furiose, che ogni tanto doveva spaccare i mobili e tirare giù il ritratto di suo padre per pestarlo sotto i piedi. Allora c'erano anche i pianti di sua madre che diceva: "Ma perché fai così? Cosa t'ha fatto il tuo povero papà, ch'era tanto un buon uomo?". Ecco com'era passata via la sua vita, senza combinare niente, con quelle foie e quelle palpitazioni, studiando molti libri e in particolare un filosofo di nome Spinoza, che spesso gli faceva venire il nervoso. Questo Spinoza diceva che bisogna superare le foie con la conoscenza, cioè smettere di correre dietro alle immaginazioni che producono le foie. "Vabbe', ma chi ce la fa?" si chiedeva Ridolfi. E sempre con la delusione di tutto che gli era arrivata addosso dopo la giovinezza: "Delusione di tutto, di tutto", diceva spesso a Cevenini, "quello è stato il mio letto di miseria".

Una settimana, due settimane ad aspettare, là nel giardino della villetta di Paponio. Di sera quando Ridolfi si addormentava e russava facendo molto rumore con le adenoidi, Cevenini stava a guardare il cielo stellato e vedeva che là il cielo ha un numero infinito di stelle più che da noi, e che ci sono masse di stelle dovunque si guardi, per cui stando supini a guardare in alto si è tutti avvolti dalle stelle. Ma poi pensando al suo amico che sembrava davvero tirasse gli ultimi, gli tornava in mente cosa dicevano certuni del bar di campagna: "Alla vostra età, uno sordo e l'altro orbo, cosa vi salta in testa di andare in Africa?". Si chiedeva se avessero fatto bene a partire e cosa poteva succedere adesso, sotto tutte quelle stelle lontane. Come poi ha scritto nel racconto delle loro avventure, erano capitati in un posto così sperduto che non si può neanche immaginare, un posto che non c'è neanche sulla carta geografica, e si erano intrigati a dover aspettare Paponio senza poter sapere quando sarebbe tornato. E tutto questo perché lui Cevenini s'era fidato di quello che scrivono sui giornali.

Finalmente un giorno si ferma una macchina davanti al giardino, ed era il famoso Paponio che tornava da uno dei suoi giri di studio scientifico nella savana. Qui siamo a un momento cruciale, era mattina, l'aria non ancora troppo calda. Entra quest'uomo alto e solenne, seguito da una fila di cinque o sei antropologi molto bassi di statura, tutti vestiti da caccia grossa, tutti con gli occhiali scuri, che marciavano con lo stesso passo e anche le stesse mosse delle braccia. Cevenini stava ascoltando il canto degli uccelli sugli alberi e ha riconosciuto subito il professor Paponio. Salta in piedi e si presenta levandosi il cappello; spiega che vorrebbe far curare la testa del suo amico Ridolfi con la magia africana in quel Centro di Medicina, e tira fuori il ritaglio del giornale. Ma il professor Paponio non gli risponde e guarda in giro nel giardino, dove vede quello con maglietta stracciata che stava svegliandosi sotto un albero e Ridolfi che stava stirandosi nell'amaca. Ha fatto una smorfia con la bocca e ha detto qualcosa al nero buono, che intanto s'era svegliato anche lui ma sembrava che tremasse dalle preoccupazioni che gli erano venute.

Nel racconto delle sue avventure Cevenini confessa di esserci rimasto piuttosto male, perché secondo lui Paponio poteva almeno salutarlo come suo connazionale. Ma l'altro aveva fretta, e gli fa: "Dovete andar via, qui c'è una riunione di lavoro". Cevenini spiega che li hanno già mandati via dal Centro di Medicina perché non erano antropologi. Come se non avesse parlato. Paponio li invita a uscire da casa sua, ma senza fare gesti, cioè solo con voce bassa da vero signore. Cevenini si è rassegnato, ha chiesto persino scusa del disturbo; però poi gli è scappato detto: "Perché sa, tra tutti questi neri...". E qui Paponio si volta, lo guarda fisso negli occhi e chiede: "Perché li chiama così?". "Chi?" "Quelli, come li ha chiamati?" "I neri? Come devo chiamarli? Sono neri, no?" No, per il professor Paponio quella era una parola che non si deve mai pronunciare, scrive Cevenini nel racconto delle sue avventure. Lui questo non lo sapeva, era una cosa che gli giungeva nuova, ma vedeva che anche gli antropologi lo guardavano male da dietro le spalle di Paponio. Allora è rimasto titubante, e si è voltato verso Ridolfi per vedere se ne sapesse qualcosa.

Ridolfi intanto era venuto giù dall'amaca e si sentiva benissimo, tanto è vero che mentre loro parlavano si era messo la giacca e si era pettinato fischiettando. Ma quando ha sentito cosa aveva detto Paponio, nel silenzio generale ha pronunciato una frase in latino che è sembrata una fucilata, per come sibilava nell'aria. Una bella frase in latino che nessuno se l'aspettava, in quel momento. La faccia di Paponio è rimasta paralizzata, e gli antropologi molto bassi, che finora s'erano tenuti nascosti dietro Paponio, hanno messo fuori la testa a guardare stupefatti. A questo punto Ridolfi ha chiuso la valigia tranquillo e ha cominciato a parlare da solo, guardando in aria, guardando il cielo, facendo tutto un discorso sulla demenza degli uomini, la sostanza dell'universo, i modi della sostanza, gli attributi della sostanza, e la mente di Dio secondo il filosofo Spinoza. Nessuno ha capito di cosa parlasse. Però Cevenini si è accorto che la faccia di Paponio diventava sempre più seria, e c'era un silenzio un po' agghiacciante nel giardino, non più quella bella calma di cose buttate via. Allora ha detto: "Ridolfi, è meglio che andiamo via, sai?". Anche perché aveva paura che qualcuno volesse contraddirlo, e dopo magari il suo amico dava in escandescenze. Invece nessuno ha fiatato, ma tutti con la faccia che gli veniva giù sempre più seria. Ridolfi al contrario sembrava allegro, cosa stranissima per lui, e ha preso su la valigia dicendo: "Cevenini, andiamo!". Ecco come si è svolto l'incontro con il famoso professor Paponio in Africa, scrive Cevenini, e tutto perché lui era andato a fidarsi di quello che scrivono sui giornali.

Quando sono andati via dalla villetta, si sono messi a vagare nella sabbia del paesino nella savana, seguiti da una banda di bambini, due cani e un vecchio sdentato che gli venivano dietro. I bambini cercavano di vendergli qualcosa, oppure si offrivano di portare la valigia, che quello con la maglietta stracciata non mollava come se fosse di sua proprietà. Ridolfi camminava di buon umore senza badare al codazzo. La faccenda con Paponio si era chiusa e lui poteva partire alla ricerca della donna nera con vestito turchese. Si toccava le guance perché aveva una barba lunga di vari giorni e avrebbe voluto sbarbarsi bene prima di presentarsi a quella donna: "Che ci sia un barbiere da queste parti?" chiede fermandosi. "Un barbiere?" fa Cevenini. "Sì un barbiere, un barbiere! Chiedilo a quello con la maglietta stracciata, dài, che ho fretta!" Poi è rimasto ad aspettare guardando lontano, facendo dei bei respiri all'aria aperta, anche se il cuore gli batteva in modo poco convincente. I bambini e il vecchio sdentato e i due cani e altra gente di passaggio s'erano fermati a guardare cosa succedeva. Il sole era a picco e non si vedeva in giro neanche un po' d'ombra tra le case.

In quel paesino della savana una strada centrale di sabbia attraversava tutto il centro abitato, e ai lati c'erano tante stradine che sembravano uno scarabocchio, perché giravano senza una direzione, e certe volte così strette che ci passava soltanto una persona alla volta. Dopo tre o quattro ore i due amici, con tutto il codazzo di bambini e cani e altra gente, si inoltravano in una di quelle stradine strettissime e Ridolfi era molto nervoso per vari motivi. Il primo motivo era che il nero con la maglietta stracciata li aveva guidati in tanti posti, ma ogni volta gli avevano detto che il barbiere era da un'altra parte, dopo molte chiacchiere inutili di circa mezz'ora. Il secondo motivo era che per strada Cevenini aveva incontrato varie persone conosciute durante i suoi giri col nero, e ogni volta si era fermato a dare la mano a tutti, con sorrisi e gesti ed esclamazioni che non finivano più. Questo aveva rallentato ancora più la marcia verso il barbiere e conseguentemente verso la partenza, cosa che Ridolfi non perdonava al suo amico. Per giunta nella stradina strettissima dov'erano arrivati, adesso quello con maglietta stracciata aveva saputo che il vecchio barbiere era tornato al suo villaggio natale. "Basta," ha detto Ridolfi, "andiamo a prendere la corriera e facciamola finita!" Cevenini però si trovava bene in quel posto, e gli sarebbe piaciuto stare in giro per vedere qualche dintorno selvaggio dell'Africa. "Che fretta abbiamo?" ha chiesto all'amico. "Per la madonna, Cevenini," è scoppiato Ridolfi, "mi hai fatto perdere tutta la giornata a fermarti a parlare con gente che io non conosco, e adesso mi salti fuori a fare lo gnorri? Sempre sì sì, sì sì, e dopo bisogna far sempre quello che vuoi tu!"

Il sole era tramontato; nelle stradine si cominciava a sentire una bella frescura e una calma così rilassante che avrebbe fatto piacere a chiunque. Ma non a Ridolfi, che stava arrancando da solo nella sabbia, masticando livore tra i denti, voltandosi ogni tanto per mandar via dei bambini che continuavano a venirgli dietro. Aveva deciso di rompere l'amicizia con Cevenini, perché Cevenini secondo lui lo trattava come un deficiente, poi faceva sempre finta di niente, e questo imbestialiva Ridolfi più di tutto. Così era partito via furioso senza sapere dove andava, ma adesso si stava pentendo e arrancava da un'ora per stradine sempre più strette senza riuscir a tornare sulla strada centrale. Per giunta il cuore gli dava fastidio e gli sembrava di avere la febbre per tutto il sole che aveva preso. La gente sulle porte lo guardava passare accigliato, gli puntava addosso gli occhi in un modo che gli dava fastidio. Nello stesso tempo lui avrebbe voluto chiedere soccorso, chiedere la strada a qualcuno, perché più perso di così non s'era mai sentito. Ma Ridolfi non era il tipo da rivolgersi a gente che non conosceva, neanche al suo paese; figuriamoci con gente nera che parla una lingua incomprensibile.

Nel frattempo il suo amico Cevenini, insieme a quello con la maglietta stracciata, aveva incontrato un'altra sua conoscenza, e cioè l'antiquario del posto di nome signor Aboulaye, un tipo nero atletico che faceva eccezionali sorrisi. E tra un gesto e l'altro, tra una risata e l'altra, questo signor Aboulaye l'aveva invitato cordialmente a cena a casa sua. Era ormai sera e ci si vedeva ben poco tra i vicoletti, anche perché là non ci sono lampioni, non c'è neanche la luce elettrica. E mentre Ridolfi arrancava sempre più perso tra stradine a scarabocchio nel buio, il suo amico Cevenini stava degustando un buonissimo pesce bollito, con le due mogli e tre cugini dell'antiquario Aboulaye che lo guardavano sorridendo. Come poi ha scritto nel racconto delle sue avventure, mentre era a cena seduto per terra e mangiando con le dita, a Cevenini sembrava di capire bene quello che gli dicevano e di poter rispondere con gesti e parole d'un vocabolario sconosciuto. In breve, ha passato una serata piacevole, proprio fuori dal comune, e non si è neanche dispiaciuto quando quello con la maglietta rotta gli ha fatto capire che doveva dare dei soldi all'antiquario per la cena di tutti.

La mattina dopo Ridolfi si è svegliato sentendo una voce che gli parlava dall'alto. Si è svegliato nella sabbia all'angolo d'una strada, dove la sera prima s'era accucciato col male al cuore. Davanti a lui c'era un nero che biascicava in spagnolo, o italiano, o una via di mezzo tra tante lingue, chiedendo se aveva bisogno di qualcosa. È chiaro che qui Ridolfi s'è sentito subito un po' meno perso, cioè quasi salvato dalla disperazione di trovarsi così perso in Africa. E dopo non è mai stato meno scorbutico in vita sua. Infatti si è alzato in piedi a presentarsi: "Piacere, Ridolfi". L'altro era un nero atletico, con sorrisi eccezionali, e ha detto di chiamarsi Aboulaye l'antiquario, e lo ha invitato a casa sua per far colazione. Intanto che lo portava a casa faceva tante belle risate, e parlava e parlava di tante cose che Ridolfi non capiva neanche lontanamente; ma adesso anche lui rispondeva: "Sì sì", come Cevenini. Poi a casa, mentre l'Aboulaye preparava la colazione col caffè e il pane, una massa di bambini stava a spiare l'orbo bianco con un certo spavento. Erano in un cortile dove Ridolfi vedeva delle bestioline correre dappertutto, gechi e altre specie di bestie, ma ormai non ci faceva caso perché si sentiva un uomo di mondo. E un'altra cosa: studiando e studiando, lui aveva scoperto che gli uomini sono quasi tutti disgraziati e malati di demenza, chi più chi meno, lui compreso, ben s'intende; ma non aveva mai capito il motivo e non sapeva a chi dare la colpa. Quella mattina però ha avuto l'idea che in altri posti del mondo forse le anime non sono tutte così asfissiate come nelle nostre terre, dove era rarissimo trovare poniamo un marito o una moglie, o anche un figlio o una figlia, che non sia tanto asfissiante da farti venire la delusione di tutto. Forse in altri posti del mondo non era così, ossia si può trovare gente che non è così asfissiante, come ad esempio la donna dal vestito turchese, con sorrisi tali da rimetterti l'anima in letizia. Queste sono state le sue conclusioni, a casa dell'Aboulaye.

Come poi ha raccontato al suo amico Cevenini, in quel momento aveva sì il cuore che batteva a scatti, tutto sfasato tra sistole e diastole, però lui non provava la delusione di tutto (anche perché non si sentiva così perso come la sera precedente). Mentre rimuginava questi pensieri gli è comparso davanti Cevenini, arrivato per far colazione nel cortile del signor Aboulaye; e Ridolfi è corso ad abbracciarlo con gli occhi che gli brillavano, perché aveva quasi voglia di piangere. Poi mangiando s'è messo addirittura a fare dei mezzi sorrisi all'Aboulaye, cosa che non s'era mai vista, Ridolfi che fa sorrisi! Cevenini era persino un po' preoccupato e chiedeva: "Va bene, Ridolfi?". "Sì, sì, va bene," risponde lui, "ma non farmi domande inutili." L'antiquario Aboulaye era gentile e caloroso; gli ha chiesto dei soldi per la colazione con una bella risata, poi li invitava a stare a casa sua finché volevano e questo ha fatto piacere ai due amici. Però nel pomeriggio loro si sono accorti che voleva anche vendergli delle statuette africane. Li ha portati nel suo negozio, che era uno stanzone buio pieno di roba ammucchiata, e qui per varie ore gli parlava e parlava, facendo delle belle risate da solo, perché voleva vendergli delle statuette, oppure degli amuleti o delle collane o degli anellini o dei vestiti ricamati, eccetera.

A un certo punto Ridolfi tira da parte Cevenini e gli fa: "Senti, perché non gli vendiamo la valigia e tutta la nostra roba, a questo qui?". "Perché?" "Perché non ci serve." È venuto fuori che Ridolfi era stanco d'essere vestito in quel modo, coi calzoni e la giacca come quando andavano nel bar di campagna; gli era saltato in testa che voleva vestirsi come i neri. Questo Cevenini non se lo sarebbe mai aspettato da Ridolfi; ma naturalmente non voleva contraddirlo e ha fatto finta di niente, per quanto gli dispiacesse separarsi dalla valigia (che era sua e non di Ridolfi). Insomma è successo che quel mercante Aboulaye è stato contentissimo della proposta, ha preso la loro valigia e la loro roba, poi li ha vestiti con degli stracci colorati, compreso un turbante che a Cevenini cascava sempre sugli occhi. Ma Ridolfi non aveva detto al suo amico la cosa più importante: che vestito così lui si sentiva più adatto a presentarsi alla donna nera che voleva andar a cercare, e che adesso non vedeva l'ora di prendere la corriera per trovarla prima di tirare gli ultimi. Quando poi Ridolfi ha saputo che l'Aboulaye era anche barbiere, e questo gli ha fatto la barba e gli ha dato una spuntatina ai capelli, gli è sembrato che persino i battiti a singhiozzo del suo cuore fossero una cosa normale.

Alla sera i due dormono nel cortile dell'antiquario su due stuoie, e alla mattina Cevenini dice: "Senti, Ridolfi, cosa ci stiamo a fare ancora in Africa? È meglio che torniamo a casa, sai?". "Ah, no, no," fa Ridolfi, "già che sono venuto qua io ci resto." "Ma a far cosa, che non stai neanche bene di salute?" "Silenzio! Voglio andare da quella donna nera col vestito turchese, quella della corriera!" Ecco cosa gli ronzava per la testa, con tutte le sue meditazioni sui grandi problemi filosofici, scrive Cevenini. Ridolfi adesso sembrava calmo, ma si sa che le sue furie scoppiavano quando uno meno se le aspettava, e quelle più da matto scoppiavano circa con la scadenza di ogni tre mesi. Cevenini calcolava che adesso potevano essere a tiro, perché l'ultima volta che Ridolfi aveva rischiato di farsi ricoverare in manicomio era stato circa tre mesi prima, quando aveva buttato giù dalla finestra un armadio con i vestiti di sua madre. Comunque anche qui Cevenini ha fatto finta di niente, e andiamo avanti. Mattina calda. I due amici sono pronti; pagano il dovuto e chiedono all'Aboulaye come si fa per andare a prendere la corriera. L'altro risponde: "Andate per di là, sempre dritto". Tanti saluti al mercante; camminano sempre dritto, vestiti in quel modo, con i turbanti in testa e le sacche da pellegrini.

Escono da un dedalo di stradine, escono finalmente da quel paesotto sperduto, là davanti si profila la savana e poi più lontano il deserto di sabbia. Ed è qui che Ridolfi ha ricominciato a parlare delle sue meditazioni filosofiche, tirando in ballo anche quel filosofo Spinoza, con discorsi difficilissimi da capire. Cevenini camminando voleva far vedere che lo ascoltava, e diceva: "Eh già!", oppure: "Sì, sì". Non capiva cosa avesse in testa il suo amico e dove volesse andar a parare con tutte quelle chiacchiere sotto il sole; ma per mostrarsi interessato ogni tanto gli faceva anche delle domande: "In che senso? Spiegati meglio". L'altro spiegava che bisogna scaricare via le fisime dell'immaginazione, che poi fanno venire sempre delle foie, e con le foie dopo uno vorrebbe che tutto andasse come vuole lui. Perché è così che ci si sbaglia: a forza di badare all'immaginazione, che ti fa immaginare sempre le cose in generale, mentre le cose esistono solo in particolare, solo come cose particolari, una per una, e non sono mai come uno se le immagina da lontano. "Mi sono spiegato?" ha concluso Ridolfi. Qui Cevenini si è fermato: "Ma dove sarà quel posto della corriera?". Si guardano intorno sotto il sole cocente e là dove erano arrivati non si vedeva niente in giro, neanche capre o pecore, ma neanche più sterpi, neanche sassi, solo sabbia e sabbia dappertutto.

"Abbiamo sbagliato strada, sai Ridolfi?" Però ai due amici sembrava di essere andati sempre dritti, come aveva detto l'Aboulaye. "Io ti sono stato ad ascoltare," fa Cevenini, "e tu con tutti i tuoi discorsi mi hai confuso. Per la madonna, con tutti quei discorsi! Guarda qua che abbiamo sbagliato strada e siamo capitati nel deserto!" "Torniamo indietro," fa Ridolfi, che adesso non era più ringalluzzito come alla partenza. "Ma da che parte?" chiedeva Cevenini. Era un problema. In mezzo a un posto dove c'era solo sabbia non sapevano come orientarsi, e non si ricordavano da che parte restava il sole rispetto alla cittadina che avevano lasciato. Uno aveva un'idea, l'altro ne aveva un'altra. Cevenini immusonito dava la colpa a Ridolfi. Ridolfi nervoso dava la colpa a Cevenini: "Basta, basta! Non mi ascolti mai, e vuoi far tutto di testa tua!". "Ah, ti ho ascoltato fin troppo, se vuoi saperlo!". Il posto della corriera non si sa dove fosse in tutto quel vuoto, e alla fine i due si sono rimessi in cammino prendendo una direzione a caso.

Al tramonto, dopo tanto vagare e strascicare i piedi nella sabbia, intorno non riuscivano a vedere neanche più l'orizzonte, perché la sabbia montava a dune abbastanza alte che chiudevano la visuale. "Dormiamo qui, speriamo che passi qualcuno." Si sono stesi per terra mezzi morti di stanchezza. "Vuoi mangiare?" chiedeva Cevenini. Ridolfi faceva fatica a tirare il fiato e non se la sentiva di mangiare; per fortuna s'erano portati una bottiglia d'acqua così ha bevuto un po' e si è sentito meglio. Nella notte il cielo stellato sembrava che gli venisse addosso, tanto era fitto di luci, e Cevenini rifletteva: "E pensare che sono tanto lontane quelle stelle! Ma anche noi siamo lontani, vero Ridolfi?". Gli era venuto quel pensiero, ma non sapeva cosa volesse dire e gli tornava in mente sua moglie che forse si preoccupava per lui. Poi ha parlato Ridolfi: "Sai, Cevenini, qualcosa che ho nella testa si sta sgonfiando". "Come, sgonfiando?" chiede l'altro subito preoccupato. "Ma sì, sgonfiando, sgonfiando," risponde Ridolfi, "non capisci più l'italiano?" Dopo di che ha ricominciato a parlare delle sue meditazioni filosofiche, dicendo che bisogna badare solo alle cose in particolare, una a una (questa cosa, quella cosa), perché le cose viste così, nel loro particolare, sono come sono e basta; e se uno bada alle cose come sono, non si fa più tante idee con l'immaginazione, per cui se il pensiero ha solo idee di cose singole scarica via i discorsi in generale che fanno venire inutili fregole. Parlava disteso nella sabbia guardando le stelle, e Cevenini non capiva che razza di invasamento gli fosse venuto questa volta. Faceva molto freddo a star là distesi per terra, ma egualmente sono riusciti ad addormentarsi, mettendosi la fascia dei turbanti davanti alla faccia e stando uno con la schiena contro quella dell'altro.

Nel racconto delle loro avventure che poi ha scritto, Cevenini dice che nel deserto di sabbia loro stavano camminando sotto il sole non si sa più da quanto tempo. Ridolfi aveva l'aria d'essere tranquillo, anche quando non si teneva più in piedi e boccheggiava crollato al suolo. Invece era la testa di Cevenini che s'era messa a fare degli scherzi, e c'erano dei momenti che era lui sul punto di dare in escandescenze da matto, per la paura di dover morire così lontano da casa. Avevano poche riserve di cibo, acqua quasi finita, ma continuavano a camminare, camminare finché non crollavano esausti. Poi hanno cominciato a vedere dei nuvoloni neri da fine del mondo, che non sono cose delle nostre parti, con nubi di sabbia intorno a folate che confondono la testa. Stava arrivando la stagione delle piogge, e i due amici non lo sapevano neanche lontanamente com'è la stagione delle piogge da quelle parti. Niente fermo e compatto all'intorno, neanche per un momento; l'aria ti gira intorno e perdi l'orientamento nelle folate; allora vedi soltanto il rasoterra, l'unica cosa che puoi fissare con gli occhi per orientarti è il rasoterra, e quello deve bastarti. Ecco la scena come l'ha descritta Cevenini, quando Ridolfi è caduto nel fosso.

Nuvoloni neri così non ne avevano mai visti in vita loro, alti e distanti dal mondo; di lassù viene in terra solo un gran polverone a mezz'aria, il resto netto e pulito a colori vivaci. Ridolfi avanzava a testa bassa, con una mano sul turbante che gli scendeva sempre sul naso, fin quando è caduto nel fosso, cioè in una buca nella sabbia. E dopo non sono più andati avanti, anche perché Ridolfi non aveva nessuna voglia di tirarsi fuori dalla buca. A Cevenini quasi veniva uno sbocco di bile: "Per la madonna, Ridolfi, non vedi che sta per arrivarci addosso una tempesta di sabbia che ci seppellisce tutti e due?". "E dove vuoi andarti a nascondere? Siamo arrivati nel posto dove non ci si nasconde più, Cevenini." "Be', Ridolfi, se a te ti dispiace d'essere al mondo, io ci tengo alla mia pelle!" E l'altro nel fosso: "Macché, tu non hai capito niente di quello che t'ho detto, non mi ascolti mai, fai solo finta di ascoltarmi!". Poi gli spiegava che quando si arriva in un posto così, tutto deserto e piatto, sullo sfondo d'un cielo come quello, bisogna smettere di farsi le solite idee dell'immaginazione che va sul generale, e poi ti porta le foie e le paure con relativi dispiaceri. Perché, spiegava, là non c'è più posto per i dispiaceri, siccome tutto è necessitato, come diceva il filosofo Spinoza. Ecco cosa gli veniva in mente nel fosso, mentre stava per arrivargli addosso la tempesta di sabbia, scrive Cevenini. In sostanza Ridolfi nel buco voleva dire che non gli veniva più il dispiacere d'esser nato, e di conseguenza nessun dispiacere, col tempo che passa, col vento del deserto che soffia, disperso in quel paese lontano.

Comunque è un momento cruciale, la tempesta di sabbia li sta investendo. Si riparano la testa con gli stracci che gli aveva dato l'Aboulaye. Cevenini si mette cuccioni con la faccia in giù vicino alla testa del suo amico. Ma la tempesta di sabbia da quelle parti è una turbolenza polverosa capace di seppellirti in pochi minuti. L'aria ti turbina attorno, niente è fermo e compatto, e sembra che tutto quello che esiste al mondo sia lo stesso turbine, anche se ti viene l'idea che tu non c'entri, perché ci sei capitato solo per errore. Invece sei tu l'errore, il resto è tutto naturale. Tutto è naturale, tranne la tua coscienza e i tuoi dispiaceri, come poi Ridolfi ha spiegato al suo amico. Sì, però la storia che tutto è naturale aiuta poco in certi momenti, come ha scritto Cevenini, che qui confessa la sua fifa grandissima di morire sotto la sabbia. "Ridolfi, cosa facciamo?" "Niente, cosa vuoi fare? Non si può far niente, siamo qua e basta." "Ma qua crepiamo, ti rendi conto?" "Non pensarci," dice Ridolfi nel fosso. "Come faccio a non pensarci?" chiede Cevenini. "Te lo spiego dopo," risponde il socio. "Ma dopo quando? Per la madonna, io son già mezzo sepolto!"

In quelle regioni, quando comincia la stagione delle piogge, scoppiano queste turbolenze fuori dall'azzurro e si salvano solo quelli che sanno cosa bisogna fare, comprese le bestie. Ma se uno non sa cosa bisogna fare, è un miracolo che si salvi, perché ci vuole qualcuno che venga a disseppellirlo al più presto. I due amici sprofondati nella sabbia si erano già dati per morti e non capivano più niente, quando è successo il miracolo del loro salvamento, che non si saprà mai come sia successo perché Cevenini non lo racconta. Cevenini però dice che mentre era là sepolto nel deserto, col dispiacere di dover morire, ha avuto la visione di quello che doveva succedergli dopo. Proprio una visione in piena regola, dove vedi tutte le cose precise come devono essere, e senti le voci che devono arrivare al tuo orecchio, e ti trovi in un posto mai visto dove poi dovrai capitare anche senza averci mai pensato. Era la visione di un paese dei neri dove tutti li accoglievano molto bene, gli portavano da mangiare e li curavano, e dove lui (Cevenini) chiacchierava tranquillamente come se capisse la loro lingua, ossia come se l'avesse sempre capita ma se l'era dimenticata.

Infatti quando lui si è svegliato su una stuoia, ancora piuttosto sbarellato, in uno stanzone che sembrava una cantina o un posto sotterraneo, tutto era proprio come l'aveva visto nella sua visione. Dei neri gli stavano intorno, e quando lui ha aperto gli occhi e ha tirato su la testa, hanno fatto delle risate di soddisfazione, dicendogli: "Bravo, bravo!". Molto allegri questi neri gli davano pacche sulle spalle, per cui anche Cevenini si è sentito subito allegro e si è subito ambientato bene, in quel posto sotterraneo. Solo dopo ha saputo che quei neri che lo avevano accolto così bene erano tutti venditori di statuette, cioè di statuette africane fatte per i turisti che stanno negli alberghi e hanno quattrini da spendere. E dopo lui andava in giro a visitare il posto dove erano capitati, e trovava sempre gente di buon umore che gli dava la mano, congratulandosi di essersela cavata. Molti gli chiedevano chi era, da dove veniva, e lui faceva gesti per dire: "Lontano, lontano! Veniamo da lontano". Erano tutti incuriositi a vederlo vestito con gli stracci dell'Aboulaye; molti ridevano perché lo trovavano comico vestito così, e anche lui si sforzava di ridere per dargli ragione. Poi ha cominciato ad accorgersi di capirli abbastanza bene e di saper parlare con un vocabolario sconosciuto, come quando era a cena dal signor Aboulaye. Sulle prime si stupiva di quel fatto, scrive

Cevenini, ma quello è un fatto impossibile da spiegare, dunque andiamo avanti.

Nel posto dove i due amici erano capitati dopo il salvamento dal deserto, quei venditori di statuette li avevano messi a dormire nello scantinato d'un grande albergo per gente che viene in vacanza, e gli portavano da mangiare quello che la gente in vacanza lascia nei piatti. Non era roba cattiva, scrive Cevenini, solo un po' avanzaticcia perché gliela portavano il giorno dopo o anche due giorni dopo, e con il caldo va a male. Ma lui non si sentiva di protestare, mangiava quello che gli davano e ringraziava. Nello scantinato di questo albergo c'erano file di stuoie, poi altri scantinati simili con altre file di stuoie, per gente che forse era malata, forse altri salvati dal deserto. Ma nessuno faceva dei sospiri, tranne Ridolfi.

I venditori di statuette ogni tanto venivano a vedere come stava, lo guardavano, lo toccavano, discutevano fitto fitto. Il malato apriva gli occhi: "La macchina non va più, la pompa non pompa". Diceva delle frasi così, poi ripiombava in catalessi. Cevenini chiedeva: "Un dottore, non c'è un dottore?". I venditori di statuette scuotevano la testa; erano molto gentili, ma sulla faccenda dei dottori sembrava che facessero orecchio da mercante. Certe volte Cevenini cercava di uscire dallo scantinato e arrivare ai piani superiori dell'albergo, per chiedere se c'era un dottore, ma non riusciva mai a infilare la strada buona. Girava per corridoi sotterranei e si ritrovava in altri scantinati come quello dove li avevano messi, con altra gente sulle stuoie che doveva essere malata, o forse solo lì per dormire. Mentre si perdeva per quei sotterranei, ogni tanto chiedeva a qualcuno: "Da dove si esce?". Quelli facevano gesti: "Per di là". Ma gira e gira, la strada buona non la trovava mai. Dopo qualche settimana Ridolfi sembrava uscito dal coma del deserto, e per prima cosa ha chiesto: "Dove siamo?". Cevenini: "In un albergo". L'altro: "A me sembra uno scantinato". "Sì, perché non c'è posto nell'albergo." "Va be', fa lo stesso." Era diventato buonissimo, Ridolfi, non protestava più, forse non ne aveva la forza. Però trovava la forza per dire qualcuna delle sue frasi filosofiche, tipo: "La virtù è la mente che agisce e non patisce, le foie sono la mente che patisce e non agisce". Cevenini non sapeva cosa farneticasse. Ma gli dava ragione: "Eh, già!". Qualche volta Ridolfi chiedeva: "Ma com'è questo posto? Cos'è una città o un paesotto come quell'altro?". Cevenini diceva: "Be' è un paese dei neri". Gli sarebbe piaciuto uscire per veder com'era l'Africa da quelle parti, ma non riusciva mai a imbroccare la strada buona per uscire dagli scantinati e arrivare ai piani superiori. In quei corridoi sotterranei c'era dappertutto molta gente accucciata per terra, certuni con le loro statuette da vendere, altri che vendevano cibo, frutta, sigarette, manubri di biciclette, copertoni, lampade, detersivi, sandali di plastica, bevande. Come un mercato dovunque, con uomini che andavano a bere una limonata, donne che facevano la spesa, qualcuno che arrivava portando un sacco di ceci da vendere. Era un viavai continuo, chiacchiere che si sentivano dappertutto, perché ogni volta che due si incontravano stavano a parlare per circa mezz'ora. Cevenini spesso chiedeva a qualcuno: "Com'è questo albergo di sopra?". E nessuno sapeva rispondergli; al massimo gli dicevano: "Ci sono dei bianchi in vacanza". È stato dopo un po' di tempo, a forza di chiedere, che gli è nato il sospetto che tutti quanti là sotto non sapessero niente dell'albergo di sopra e non andassero mai da nessuna parte. Però in quegli scantinati non si stava male, scrive Cevenini; c'era la luce elettrica, c'erano dei gabinetti alla turca, c'era un bel fresco nei corridoi, il cibo non mancava e c'era sempre un certo buon umore in giro nel viavai di quel posto sotterraneo.

Intanto Ridolfi non si riprendeva. Stava in catalessi per tutto il giorno; ogni tanto apriva un occhio per dire una delle sue frasi, poi si stancava subito e ripiombava nel suo torpore. Più tardi si rialzava a mangiare le pietanze avanzaticce che gli portavano, poi si stancava subito e ripiombava nel suo torpore. Quando di sera Ridolfi si addormentava e russava facendo molto rumore con le adenoidi, nello scantinato dell'albergo c'era meno viavai del solito, e Cevenini si metteva a scrivere in un quaderno il racconto delle loro avventure in Africa. Di sera si accendeva un tubo al neon che era proprio sopra le loro stuoie, così c'era abbastanza luce per scrivere; mentre di giorno la luce era scarsa per via delle finestre molto strette in fondo, che davano sul giardino dell'albergo dove si vedevano dei turisti che andavano in piscina. Sempre un po' in ombra, quello stanzone, anche per via degli alberi davanti alle strette finestre. Soltanto alla mattina col sole basso veniva dentro una bella luce che portava allegria nello scantinato, e Ridolfi a quell'ora apriva un occhio, diceva qualcosa al suo amico, poi ripiombava subito in catalessi.

Una mattina però il vecchio Ridolfi si sveglia. Cevenini non c'è accanto a lui come al solito, e lui non sapeva a chi dire le sue frasi filosofiche. Allora ha girato l'occhio verso le finestre sul fondo, restando abbagliato perché era in controluce, ma subito con l'impressione d'aver visto laggiù nello scantinato la donna nera col vestito turchese. Si è agitato per il fatto che aveva ancora gli occhi abbagliati, e avrebbe voluto fare un gesto per dire: "Sono qui!". Con la storia di Paponio e la tempesta di sabbia nel deserto, gli sembrava fossero passati anni da quando l'aveva vista l'ultima volta; per cui aveva paura che si fosse dimenticata di lui, e voleva chiederle: "Si ricorda di me? Si ricorda che mi ha offerto uno yogurt?". Ma naturalmente non era sicuro di aver visto quello che credeva di aver visto nel controluce, dunque voleva tirar su la testa e aveva poca forza per farlo. Poi gli è sembrato che ci fosse un'ombra con un alone intorno che gli veniva vicino, e ancora con gli occhi abbagliati chiedeva: "È lei? Ci siamo visti in corriera?". Ad ogni modo, come poi ha raccontato a Cevenini, dopo c'era una donna accanto a lui, e quella donna doveva essere senz'altro la donna nera così bella e regale che aveva visto sulla corriera e che poi era scomparsa nella notte. Infatti anche questa gli ha dato la mano con molto garbo, e aveva lo stesso tipo di sorriso di quell'altra, dunque doveva essere lei, secondo Ridolfi. Gli parlava e lui aveva l'impressione di capire benissimo cosa diceva, ma purtroppo dopo non si ricordava più cosa gli avesse detto. Si ricordava solo una cosa, e cioè che quando lui le aveva chiesto: "Sta anche lei qui?", la donna nera gli aveva rilasciato un sorriso per dargli ragione, come dire che quella era la sua casa. Ridolfi aveva l'idea che quando lei era scesa dalla corriera nella notte dovesse essere sbarcata direttamente negli scantinati di quell'albergo, che forse comunicavano con la corriera, non si sa come; e aveva anche l'idea che lei a un certo punto gli avesse detto: "Vede che ci siamo ritrovati?". Forse volendo dire che lui aveva avuto tanti patemi per niente. Poi pare che Ridolfi sia riuscito a dire a quella donna una delle sue frasi, e precisamente questa che poi ha ripetuto a Cevenini: "Sono triste ma la mia tristezza è naturale, non mi dà fastidio". Voleva dire che la sua tristezza era calma, e la calma gli teneva a bada i pensieri che invece avrebbero voluto mettergli addosso un'allegria esagerata di rivederla, e questa sì gli avrebbe dato fastidio in quel momento. Tutte cose che lei deve aver capito a volo, perché doveva essere anche una donna molto intelligente.

Quando Cevenini è tornato, portandogli una limonata, Ridolfi continuava a parlare e raccontare quello straordinario incontro della sua vita, dicendo poche parole alla volta perché il respiro gli veniva sempre meno. Ma tornava sempre a dire che la sua tristezza era una cosa naturale perché era calma, e questa calma gliela aveva messa addosso la donna nera col vestito turchese, fin dalla prima volta che l'aveva vista in quella fermata della corriera nel deserto. Stava disteso con la testa sul cuscino, guardando il soffitto, e parlava da solo. Dopo sono venuti i venditori di statuette ad ascoltarlo parlare, e anche loro erano molto calmi; ma ogni tanto facevano segni della testa per dargli ragione, poi confabulavano fitto tra di loro sulla frase che avevano sentito, molto interessati a quei discorsi.

Ridolfi aveva ormai così poco fiato che diceva una frase ogni cinque minuti, ed erano tutte frasi che i venditori di statuette approvavano, anche se l'altro parlava nella sua lingua. Ma non c'è da meravigliarsi, scrive Cevenini, perché quelli sanno moltissime lingue più di noi, e non c'è confronto. So-

prattutto lo approvavano con cenni del capo quando Ridolfi
ha detto le sue ultime frasi scombinate, come questa: "C'è la
pioggia, la pioggia esiste". Poi questa: "C'è il vento del deserto". E quest'altra: "Quando torni a casa, la nebbia non ti
deve dar fastidio, Cevenini". Così è finito l'ultimo discorso
di Ridolfi, e così finisce anche il racconto di Cevenini sulle
loro avventure in Africa, scritte per far sapere a quelli del loro bar come erano andate le cose. Dopo si vede che Cevenini
ni non se l'è più sentita di raccontare altro, perché trovando-
si senza il suo amico, non gli veniva più l'ispirazione.